每個人心中都有一座島嶼，

藉文字呼息而靜謐，

Island，我們心靈的岸。

# 人呢，聽說來了？

王祥夫◎著

## 【導讀】小說的一只慧眼

南方朔（評論家）

讀當今大陸主要作家王祥夫的短篇小說，是一種非常獨特的經驗，他不像許多大陸作家那樣有過度意識型態的皺褶，而只是以一個說故事者的身分，注視著他生活的社會，而後將故事以簡約、精確，偶爾會相當懸疑的敘述方式，將我們帶進故事人物的心靈世界中，去分享那或悲或喜的生命經驗，而王祥夫最傑出的乃是他那畫龍點睛式的收尾本領。他的小說都在收尾後開始波瀾蕩漾。

所有的藝術種類，它的評價和回饋系統，皆有一個嚴重的盲點，那就是以長以大為準，從音樂、繪畫、雕塑、小說到詩歌莫不如此，但長而大就真的更有價值嗎？顯然未必。但儘管如此，由於藝術及文學的體制性，這種盲點人們早已在習慣中視為理所當然，於是難度其實比長篇小說更高的短篇小說遂顯得日益寂寞，或者只不過是小說作者寫作生涯的一種過渡。短篇小說不提供作者宏大的表演舞台，沒有那麼多可以在象徵、隱喻、因果演案上發揮的空間，短篇小說無論正統的契訶夫、莫泊桑、莫拉維亞這種印象寫實傳統，或是卡夫卡、波赫士、卡爾維諾這種想像寓言的新派，都講究簡約、細緻、切事、準確等品質，這是高標準要求，於是短篇小說就更讓人卻步了。

而王祥夫的短篇小說，無論寫的是老夫婦、著魔的瘋老農、殘障人、年輕的工人或下鄉知青，在社區看管車棚或公廁的小人物，……在短篇小說最講究的有骨有肉有血等每個層次上，都厚實有力，一切就切出了非常完整的平面。這是高人本領。

就以我最喜歡的那篇獲得魯迅文學獎短篇小說首獎的〈上邊〉來說吧。一對老夫婦住在鄰居都已搬走的老社區「上邊」，只有他們獨留，整個社區的老屋日益凋蔽，他們的房子也處處皆漏，他們以前領養現已長大出外工作的兒子有假返家，立刻叫了夥伴來修房子。這其實是個非常普遍的場景，但作者卻真的掌握住了父母與領養的兒子間那種專注但又含蓄的深刻感情。中國人的親情沒有西方那種又擁又親非常外顯的表達方式。中國的親情都很內斂，父母對子女的愛會表現在過度的絮絮叨叨上，會表現在有點慌亂以致於看起來好像很生份的誇張上，而子女其實明明知道，但也要表現出欲迎還拒的不耐煩模樣。中國的父母子女明明都相互關懷相互愛，但卻硬是不會說出來，而是用一種經常會讓人生氣的方式來表現那種牽腸掛肚的心情，而王祥夫處理這種親情可真是細緻。領養而長大出外工作的兒子劉拴柱對養父母其實是很牽掛的，但回到家裡也不和二老見個面，即呼朋引伴來修漏水的房子。老媽媽看著兒子在屋頂上上下下，則是歡喜和緊張等情懷種種，變得格外嘮叨，一大把年紀也上房去遞水遞毛巾。那種母子感情互動，外國人看了可能一頭霧水，而我們則點滴在心，這就是中國人甚至東方人的感情表達方式，我們用羞怯來表達親密，用囉嗦來代替掛念，用慌亂來傳達歡喜。短篇小說不一定要像它發源的傳奇故事那樣，非去講一個故事不可，一個場景、一串互動、一波心裡的感情激動或幾串話、幾個動作，都可以切出許多深刻的東西。

可以和〈上邊〉相互搭配來對比的是〈五張犁〉這篇，講一個「著魔」（Obsession）這種精神官能症和老農五張犁的故事了。由於他過去承包的土地隨著時代變遷，已被收回成了國林局的地，原來的阡陌田埂也都在重劃後消失，可是這個著了魔的老農還真是憑著自己對土地的那種固執之愛，絲毫不差的找回自己曾耕耘的那一塊，依然像過去一樣耕之耘之，種出來的花草硬是和別人種的都不一樣。這個老農目光灼灼，露著彷佛兒童的笑容。這是個令人傷感而近乎現代傳奇的故事，它把中國農民那種對土地的執著，以一種近乎宗教的態度來投入。當王祥夫以瑣碎的耕耘細節在敘述老農時，整個敘述的氛圍，給人的感覺彷佛是在進行一場無言的土地祭拜儀式，讓人在慘惻中不得不肅穆以對。〈五張犁〉藉著寫瘋子老農，千言萬語都抵不過它筆下所表達的那種對土地之愛，那是中國農民集體潛意識蛻變而成的宗教儀式，是一種固執的昇華變成了宗教，而宗教和發瘋人間，原來就只在一線之距離。

而在同樣寫親情的〈浜下〉這一篇，它更像是齣家庭倫理喜悲劇。八十三歲的老媽媽，雖然二子二女，但都各忙營生，關懷當然都在，但看著老母親一切都好，大家自然都把關懷變成了冷淡，但老母親縫鞋子時不小心吞進了一截斷針，於是子女原來的關懷都被調動了起來，成了一種贖罪的虧欠。女兒怕母親會死，硬是一個晚上替老母親趕縫出一件棉被。但在一場慌亂中，母親卻排泄出了那節斷針，於是大家放了心，又回到過去那種清淡的情況，而就在那麼一天，母親很得意地誇耀棉被時卻突然倒了下去。這是個很不尋常的結局，子女的孝心彷彿都成了替母親預做的死亡準備。對於這樣的結局，我們真的不知該喜或悲，只能說那是一種奇特的遺憾——老母親在體會到子女的孝心後猝然而倒，子女在彌補孝心的遺憾後卻碰到真正的遺憾，這樣的結局是真正的高人手筆。亨利・詹姆斯曾說過，短篇小說是寫於詩的窮盡處和現實的開始時，短篇小說因而仍帶著詩裡的那種模糊多義，給人反覆咀嚼的餘韻，王祥夫的小說見證了這樣的境界。

近代多數契訶夫、莫泊桑、莫拉維亞這種寫實傳統的短篇小說，都特別偏好在邊緣小人物或畸零人的生活裡去尋找生命更基本的意義、最初的感動、最後的憤怒。這幾乎是長篇小說無法取代的角色。〈半截兒〉寫一對殘障夫婦懷孕的故事，冷靜的筆法讓人覺得殘酷，而殘酷中都有著最後的溫暖，那是非常現代性格的動人傳奇；〈堵車〉則像超現實的戲劇，一條高速公路大堵車，堵上十天半月，一個老農對他賣出的老牛黑妞不忍，那種人畜間的感情被誇張處理到一個高度臨界狀態。而〈懷孕〉寫一對多年未孕的夫婦，為了領養孩子而假裝懷孕，最後真的懷孕了，這是難得的小型喜劇。至於〈洗澡〉寫知青；〈狂奔〉寫一個看管公廁的小人物的優秀小孩自我扭曲的故事；〈菜地〉寫山西富裕煤礦老闆要吃無污果蔬菜而找農民種菜的故事，則帶著濃重的嘲諷；〈端午〉寫工地過節加菜，則儼然是另一種諷喻；至於〈懲罰〉寫幹部的惡形惡狀反慘遭報復，反倒太露骨了。反倒是〈菜頭〉一篇寫沈默者的憤怒就有力多了。契訶夫有個短篇〈傻子〉，寫人的卑順。〈菜頭〉則是〈傻子〉的另一面。

而整本書裡，最讓我安慰的乃是〈花生地〉，看管車棚的老趙地位卑下，形同整個社區的公用僕人，穿的吃的用的都是剩餘的東西，但他們可活得真有品味與格調。有一天他意料之外的請街坊鄰居吃飯，不但秀出他們的水準，而最後一道菜掀開，原來是他兒子考上清華大學的入學通知書，這是不可思議的結局。這個故事讓我想到小學時的一個同學，他們家住在台南市東門城的違章建築裡，他們家窮，但窮得清清爽，父母卻極斯文雅緻，而我同學也長得異常端正，成績又好，一手好毛筆字是教室壁報欄上的範本，但有一天大颱風，城牆塌倒，他們一家都死了。當我讀到〈花生地〉，我童年的記憶又告浮起，家人其實是可以很高貴的！王祥夫所要傳達的，大概也是這樣的訊息。

這本小說集，縱使放在普世短篇小說的標準上來看，都可算是極為傑出之作。無論從故事的選取、切入、表達方式，甚至語言運用，它都匠心獨具，是短篇小說的一個高峰，而難得的是它的每個故事，都會觸及到人性的琴弦，讓餘音一直縈繞不息。

# 目錄

# 半截兒

這個春天，雪簡直是下得無休無止，人們都說農民這下子種地不用發愁了。平城是北方的一個小城，這幾年總是鬧乾旱，有時候六月都過了地裡還是下不了種。今年可好，雪是一場接著一場，但雪是給農民下的，城裡人的麻煩可就太大了，雪下多了路光溜溜的不好走；白天太陽好，路上的雪慢慢化了，到了天黑一起風，路上的雪水又會給凍得嚴嚴實實，這樣一來路就更加難走，路比玻璃都滑，玻璃滑嗎？玻璃是看著滑，實際上不滑，但路上的雪水一經冰凍，滑得簡直怕人。甭說騎自行車，步走都危險，但人們都還得去上班，在路上虛虛地走，樣了個個像賊。現在呢，畢竟是春天了，雪下到路上就化，路上是一片卑鄙的泥濘，雖然不再滑得讓人摔跟頭，但這泥濘給人們外出帶來多少不便，好一點的鞋子不能穿，好一點的褲子也不能穿。路上的泥濘對一般人來說還能湊合著過去，但對蜘蛛和半截兒來說就太難了。

蜘蛛是個女的，個子怎麼說，只有正常人的一半兒，她不是侏儒，而是小時候得了一種怪病，這種病連醫生都說不出是什麼病，這種病讓她長到一半兒就不再長了，她的四肢看上去好像還正常，但和她的身子比就顯得特別的長而細，而且蜷曲著，這在以前好像還不怎麼顯，自從她一結婚，而且呢，去年居然還懷了孩子，這簡直就是奇蹟！人人都認為她根本就不可能有孩子，但她居然就有了，而且是和那樣的一個男人，她的男人叫什麼？就叫「半截兒」。半截兒是個正常男人，只可惜在十六歲上和院子裡的孩子們趴火車玩兒，從火車上摔了下來，讓火車把下半截給收了去，半截兒現在是連一點點腿都沒有，是實實在在的半截兒，半截兒是個鞋匠，就在街邊擺個鞋攤子。人們想不到半截兒會找上物件（注：「物件」指男朋友。），但是呢，半截兒居然結婚了，這簡直又是一個奇蹟。鄰居們都奇怪他們是怎麼有的孩子？鄰居們都一致認為他們根本就不可能會有性生活，一個那樣，一個這樣，怎麼如膠似漆？更怎麼如魚得水？這怎麼能不讓人們興奮？人們說這事的時候就都忍不住要笑，想一想這麼兩個怪物在一起做愛，可笑不可笑？但人家肯定是該做的都做了，一點兒也不比別人差，該有的也有了，一點也不比別人含糊！而且，蜘蛛就要生了。雖然醫生一再申明說像她這樣的人絕對不能生孩子，生孩子也許會要了她的命，但半截兒和蜘蛛就是想要孩子。像他們這樣，幾乎是爬來爬去，再沒個孩子，老了怎麼辦？

蜘蛛叫吳豆花，她怎麼會被人們叫了蜘蛛呢？是她懷了孩子了，肚子一天比一天大，好像是，有誰專門要出她的洋相，因為她的那種身體，她的肚子一旦懷上孩子就要比別人還大還誇張，肚子裡的孩子六七個月的時候，鄰居們忽然對她避而遠之，她的樣子實在是難看極了，或者是實在讓人慘不忍睹，肚子那麼大，那麼突出，配上她那麼畸形的小個子，因為肚子太大，遠遠看去她簡直是在那裡爬，但離近了看，她還是在那裡走，長長的胳膊一擺一擺，真像個蜘蛛。她可以說是在那裡拖著一個大肚子走。她不得不出來進去氣喘吁吁地走來走去，她要給她的丈夫半截兒送飯，半截兒就在院子外邊的街邊擺了個釘鞋攤兒。中午，她出去了，提著那個兩層的鋁飯盒子，一層是燴菜——山藥豆腐，一層是饅頭。晚上，半截兒總是要堅持釘到很晚，是為了多掙一點錢，所以飯也總是在外邊吃，所以蜘蛛還得再去送一次，還是那兩層的鋁飯盒子，一層是饅頭，一層是燴菜——山藥豆腐。那天晚上，她黑乎乎的出去，把看到她的人嚇了一跳，是個上晚自習的女孩兒，那女孩兒真是嚇得不輕，簡直是嚇壞了，那女孩兒扔了書包尖利地叫起來，以致那女孩兒的家長氣憤地找到了蜘蛛家裡，又找到了街道：那家人也太不講理了，說像蜘蛛這樣醜陋的人就不應該上街，說到後來，那女孩兒的家長動了氣，居然又說像蜘蛛這樣的人應該待在雜技團，如果一下子，怎麼說，嚇壞了從外面來觀光的外國人，怎麼辦？應該是涉外事件！為了這事，蜘蛛和半截兒還給對方道了歉，半截兒和蜘蛛是被叫到了街道辦事處，半截兒和蜘蛛立在辦公室的地上，情形簡直是讓人可憐極了，半截兒和蜘蛛只有別人的一半兒，他們想努力看都看不到別人的臉，只能看到別人的褲襠那一部分或者是別人的腿，別人抽的菸灰時不時會飄落到他們的臉上。那家人一開始還大聲說些不好聽的話，後來辦事處的小個子左主任忽然火兒了，認為那家人也實在是太過分了。後來呢，是辦事處的左主任安慰了半截兒和蜘蛛。辦事處左主任蹲下來，一半開玩笑一半正經地對半截兒和蜘蛛說這事也不能怪人家是不是？大晚上，黑咕隆咚，你們兩個，古裡古怪，別人還以為是電視劇「西遊記」裡的蜘蛛爬了出來！人家又是那麼個小女孩兒，要是你們的孩了呢？辦事處主任這麼一說，半截兒和蜘蛛心裡就更不安了。蜘蛛不由得把手放在自己隆起的肚子上，感到一種從沒有過的溫情，兩個人互相看著，好像真是有些對不起人家了。

從那以後，人們就叫吳豆花「蜘蛛」，無論人們怎麼叫吧，為了生活，蜘蛛不能不出去，為了生活，半截兒也不能不出去。蜘蛛和半截兒的生活有多麼不易！每一次出去進來都是一次歷險，蜘蛛在前邊走，拉著半截兒的釘鞋車，半截兒跟在後邊，坐著一塊木板子行動，木板子下邊有四個小軸承。這時候要是來了汽車，那轟轟隆隆的汽車對他們的威脅別人是永遠不能想像的，車軲轆簡直就懸在半截兒和蜘蛛的頭上。下雨天，路上聚了一坑一坑的雨水，半截兒簡直就是從一個水坑又一個水坑爬過去，忽然來了一輛大車，車轂轆濺起多高的水，都會從天而降落到半截兒和蜘蛛的身上。鄰居們簡直是有些討厭半截兒和蜘蛛，起碼是有那麼一點點敵意或者是不友好，因為他們的樣子，因為他們的早出晚歸，他們能不弄出些動靜嗎？他們原來住的是平房，被拆遷了，給他們分房子的時候，居然！操他媽的！是六樓！半截兒託了人去找分房部門，好不容易才又給換成了一樓。一樓也有兩級台階，不管怎麼難，半截兒也習慣了，他每天是先把釘鞋車子從屋子裡弄出來，一點一點把釘鞋車子先送下去，送到那兩個台階的下邊，釘鞋車子上也釘了四個軸承，是半截兒小時候的同學幫他做的。這釘鞋車子正好和那兩級台階相平，然後，半截兒再慢慢慢慢挪到那釘鞋車子上，釘鞋車子實際是個箱子，以前半截兒試著坐過釘鞋車子，但釘鞋車子太高，不便於用手把它划動了走，後來半截兒的同學又給他做了一塊有四個輪子的木板子。

早上，半截兒盡量不弄出動靜，但他是個半截兒，許多事都不可能由著他的想法來，或者是，釘鞋車子一下子翻了，發出很大的聲音，或者是晚上有人把走廊門插上了，他怎麼也開不開，只能用一根棍子去捅，捅半天，發出很大的聲音，這都讓鄰居討厭。半截兒能聽到鄰居家裡的動靜，能感覺到他們的情緒，半截兒生性特別敏感而自尊。

半截兒有兩家鄰居，一家是教員。這教員姓王，脾性呢，是清高的，想過的是高雅生活，幻想著讓理想在空中飛翔。王老師意中的生活環境是到處開滿了玫瑰，周圍都是光閃閃的高雅之士，這樣一來呢，好像是，他的身分也會隨之提高了。但是呢，他怎麼會想到和半截兒蜘蛛這樣的怪物生活在一起，這就讓他生了氣，簡直是無名之氣，說不能說，發不能發，只能憋出些臉色給半截兒和蜘蛛看。王老師有時候簡直都怕外邊的朋友們到他的家裡來，就怕讓他的朋友碰到半截兒和蜘蛛。

半截兒的另一家鄰居是個姓張的小商販，專賣各種假貨，他對半截兒的反感源於半截兒總是擋他們的道，他又不能一腳從半截兒的頭上跨過去，半截兒又不能從走廊過道裡一下子消失掉把路讓開。但半截兒是客氣的，總覺著是自己妨礙了人家。可憐的半截兒，他的目光注定了只能注意別人的下半截兒，半截兒的生理條件，好像是，怎麼說呢？頂頂合適做一個鞋匠，他總是先看到別人的腳，然後才看到別人的兩條腿，努努力，把頭往後背再往後背，還可以看到別人的下巴殼兒。半截兒能幫助別人什麼呢？那就是釘鞋，他總是注意王老師的鞋子，王老師愛穿那種舌頭皮鞋，這種皮鞋便宜，是教員的鞋，這種鞋子總是愛開線。半截兒碰到王老師的時候就總是注意王老師的鞋，有時候，王老師都沒注意到自己的鞋子需要修了，卻給半截兒發現了。半截兒會主動提出給王老師修修鞋。

半截兒對做小買賣的那家鄰居更是這樣，那家的孩子多，鞋子總是壞了又壞。半截兒就總是主動提出來給人家把鞋子修了又修。到了後來，半截兒的行為簡直像是贖罪。人的身體可以和別人不一樣，但心一定還是一樣的。愛美之心人人都有，半截兒和蜘蛛都知道自己是醜陋的，不堪入目的，所以，簡直是平白無故，半截兒和蜘蛛就好像自己欠了鄰居什麼。

今年的八月十五，半截兒的鄰居王老師忽然給半截兒送過來六個石破天驚的月餅，半截兒和蜘蛛感動得什麼似的，半截兒和蜘蛛也想到鄰居家去看看，但一想自己是這樣，他們就不敢去了。但他們這次決定了，生小孩兒之前一定要去兩位鄰居家裡說一聲，看一下，問題是：蜘蛛就要生孩子了，問題是：醫生說，也許孩子生不下來，大人也沒命了。問題是：半截兒也不知道蜘蛛這一去還回得來回不來。他們的生活太艱難了，一點點風吹草動也許就會要了他們的命，他們是太擔心了。

這個世界上，沒人知道他們的擔心，沒人知道他們的艱難。蜘蛛是從孤兒院裡出來的，半截兒呢，父親早早去世了，母親已經八十多，他只有一個姐姐，也是顧了東顧不了西。所以，他們只好自己處理自己的事情。他們已經找好醫院了，因為行走不便，他們找了最近的醫院，就在一出院子的街邊，是一家單位的醫院，他們不可能走太遠了，就單位的醫院吧。而且呢，他們還要提前行動，因為醫生對半截兒說蜘蛛的情況和一般孕婦大不相同，不能等到見了紅才行動，要早來一兩天或者三四天才行，若不這樣就怕出意外。半截兒和蜘蛛是又怕又喜，蜘蛛不怕死，她說這一輩子找到了像半截兒這樣的好丈夫死也不怕。除了腿，半截兒簡直什麼都和別人一樣，只能說他比別人更加簡練了一些，之外呢，什麼也不比別人遜色。讓蜘蛛害怕的是生下個孩子像自己怎麼辦？半截兒有什麼法子呢，只有安慰蜘蛛，說蜘蛛的好處別人想來還來不了，首先是省衣服，天塌下來呢，首先是砸到別人。半截兒這麼一說呢，蜘蛛就忙用手堵半截兒的嘴，說可不能這麼說話，這麼說就是不對，要是地陷進去呢？半截兒就和蜘蛛苦笑了起來。半截兒勸蜘蛛放心，老天既然給咱們受了這麼多的苦，還會再給咱們的孩子受苦嗎？蜘蛛是個堅強而樂觀的女人，但半截兒這麼一說呢，蜘蛛就怎麼也忍不住了，眼淚像開了閘。一想到肚子裡的孩子，蜘蛛自己就感動得了不得。她現在的感覺是既溫馨，又害怕，還有那麼一點點自豪，從來沒有過的自豪。

蜘蛛要去生孩子了，這對他們可真是大事。他們輕輕敲響了鄰居的門，像是怕把別人嚇著。王老師開了門卻一下子沒看到立在外邊的半截兒和蜘蛛。做小買賣的那家是孩子，噗通噗通跑過來開門，便尖聲喊了起來，說半叔叔來了。

和鄰居告了別，半截兒和蜘蛛出門了，這是他們多少年來第一次在白天雙出雙入，他們很少在白天出門。半截兒想開了，他要帶蜘蛛吃一回好東西，買一些蜘蛛喜歡的東西。他們在白天出現在商店肯定是會引起轟動的，但半截兒想開了，也許就這麼一回了。就這麼一回。半截兒對蜘蛛說。

讓半截兒和蜘蛛感動的是他們和兩家鄰居告了別，兩家鄰居居然會送他們出來，還問了他們去哪家醫院？王老師還奇怪半截兒怎麼這麼早就送蜘蛛去醫院？不是說離產期還有三四天？半截兒就悄悄把話背著蜘蛛告訴了王老師，王老師是蹲下來和半截兒說的話，這就讓半截兒特別的感動。

半截兒其實是性情中人，只是，一個人既然只剩下了半截兒，好像就不會再引起人們的注意了，誰會注意他呢？王老師讓半截兒放心，說蜘蛛一定能生出個漂亮健康的孩子，要相信老天有時候也是公平的。這話就更讓半截兒激動了。

半截兒和蜘蛛在頭天晚上都擦了澡，蜘蛛給半截兒擦，半截兒用雙手撐著身子一下子就穩穩進了那個很大的塑膠盆，半截兒一旦進了盆裡，好像是，人一下子就完美了，好像下半截兒其實還在，只不過是那半截兒在地下。蜘蛛給半截兒擦完澡，卻說什麼都不讓半截兒給她擦，也不讓半截兒看自己，她讓半截兒出去，她從來都不讓半截兒在明處看一下自己，她把自己關在裡邊自己給自己擦拭，慢慢慢慢擦自己那高高隆起的肚子，肚子上的皮現在給裡邊的孩子撐薄了，好像馬上就要裂開了。她把手放在自己的肚子上，感覺著裡邊的動靜，眼淚卻怎麼也止不住。她恐懼極了，她覺得自己是做了一件蠢事，怎麼會要孩子，她不敢想自己再生出一個小型的蜘蛛。哭是哭，她把自己從上到下擦拭乾淨了，用的時間並不長，等在外邊的半截兒簡直是急壞了，砰砰砰砰地敲門。半截兒突然變得執拗得了不得，他一定要帶著蜘蛛去吃一回飯，再逛一回商店。這是早上九點多的事，蜘蛛拗不過半截兒，跟他出發了。他們這樣的兩個人，又能走多遠呢，在春天的泥濘裡。

對半截兒和蜘蛛來說，上街可是件大事。半截兒除了對自己釘鞋的那一片地方熟悉之外，對別的地方簡直是一無所知。街上到處是泥泥水水，人行道上泥泥水水更多。這樣的兩個人，在街上古古怪怪地出現了，引來多少吃驚的目光。蜘蛛無論怎麼說都太像是隻蜘蛛了。但兩個人的衣服還很乾淨。雖然走在人行道上已經在衣服上濺了許多泥水。半截兒還是終於找到了那家加州牛肉麵館，他釘鞋子的時候聽人們說到過這家牛肉麵館，就記住了。半截兒和蜘蛛上加州牛肉麵館的台階時費了好大的勁兒，終於還是進去了，但他們都無法坐到座位上去。他們的到來，讓麵館裡的年輕女服務員都吃了一驚並且也嚇了一跳，之後，那些年輕的女服務員嘻嘻嘻嘻地笑了起來。半截兒和蜘蛛也早已習慣了這些。他們就坐在那裡，服務員給他們找來兩張凳子，他們就在那兩張凳子上吃了麵，香噴噴的牛肉麵端上來，半截兒居然沒有胃口，蜘蛛就更沒有胃口。坐在其他座兒上的客人們簡直是豈有此理，怎麼說，也好像一時都沒了胃口！都停了筷子，朝他們看，都弄不清這個女的怎麼會是這麼個樣子？個子這麼矮，肚子呢，怎麼說，太讓他們害怕了，是不是得了什麼病？居然有那麼大。許多客人甚至都有了嘔吐的欲望，再也找不著他們如狼似虎的食欲。

半截兒和蜘蛛從來都沒到過這種在他們看來實在是漂亮的地方，也害怕了，他們的那種害怕有些像是小孩兒，是慌亂加害羞。半截兒忽然想到的是自己十六歲以前的生活，那種感覺一下子就回來了，這讓他忽然傷感得了不得。半截兒忽然覺得自己要是在澡盆裡出現就好了，半截子泡在水裡，半截兒的上半截兒身子可以說是很棒。讓半截兒奇怪的是，他要回想十六歲以前的情形不閉上眼睛簡直就辦不到，一閉上眼睛，十六歲以前的情景就都在眼跟前，他就又和別人一樣高，又能臉對臉說話，要是把眼睛睜開，半截兒就怎麼也想不起以前的事。半截兒和以前的同學們的關係已經都很遙遠了，怎麼能不遙遠呢？他這個樣子，做什麼都不方便。他也想給過去的熟人打個電話，告訴他們自己的女人要生孩子了，人和人可以在身體上不一樣，但在心裡肯定是一樣的。半截兒多希望有人關心一下自己和蜘蛛，多希望有人來看看自己和蜘蛛。但一想蜘蛛是那樣，自己又是這樣，這種念頭就會在他心底消失了，但實際也消失不掉，只是變成了一種痛苦和遙遙無期的期待，期待什麼呢？半截兒總是期待自己是在做夢，期待著夢醒。

半截兒閉著眼睛，眼淚一點一點流了下來。要在一般的人，坐在這樣的麵館裡，會有一點點激動嗎？那怎麼會！但半截兒就是半截兒，十六歲前還是好好一個人，十六歲後呢，好像一下子，就與這個世界分開了，他的生活在一點一點縮小，小到只能看到自己和周圍一點點的地方，小到只能與蜘蛛天天相對相守。忽然，為了生孩子的事，他和蜘蛛鼓起勇氣來到加州牛肉麵館這樣的大地方了。這種地方對他的刺激不能說小。更重要的問題是：蜘蛛就要生了，醫生說的話其實在半截兒和蜘蛛的心裡產生了一種不停回響的效果——絕對不能生、絕對不能生、絕對不能生、絕對不能生、

絕對不能生、絕對不能生——。半截兒現在是有些後悔了，後悔要孩子。沒人知道半截兒心裡的那種後悔，後悔一旦說不出去便會在一個人的心裡變成一種恐懼，有多恐懼？簡直是無法言說，恐懼成一片黑暗。但這種恐懼在半截兒來說始終是模糊的，讓這恐懼突然變得明朗起來是昨天夜裡蜘蛛對他的一番囑咐，蜘蛛告訴他家裡還有八百塊錢，放在廚房的一個廣口大瓶子裡，瓶子裡偽裝了一些豆子，那錢就藏在豆子裡，還有什麼？半截兒和蜘蛛還能有什麼？還有就是蜘蛛告訴半截兒她給他織了一件又長又厚的毛衣，壓在鋪下，還有呢，就是還有一雙可以讓十個指頭露在外邊的厚毛線手套，也在鋪下壓著。還有呢，讓半截兒心裡發酸，就是蜘蛛還給半截兒的母親打了一件毛線背心。好像是，這種囑咐是一種告別儀式。

半截兒昨天晚上沒有睡好，他覺得自己是那麼孤單，上不著天，下不著地的孤單，蜘蛛也是那麼孤單，當然也是上不著天下不著地。但自己的孤單加上蜘蛛的孤單還好一些，總算是有個伴兒，如果蜘蛛，他輕輕摸了一下蜘蛛，如果蜘蛛不在了呢？半截兒把手輕輕輕搭在蜘蛛高高隆起的肚子上，蜘蛛現在只能仰面朝天睡覺，再累也只能這樣。半截兒輕輕輕輕地把手放在蜘蛛的肚子上，他怕把她驚醒，卻想不到蜘蛛突然長長出了一口氣，「你還沒睡著？」蜘蛛說話了。半截兒卻沒答話，他讓自己裝出睡著的樣子，只不過是在睡夢中不經意把手搭了過去。蜘蛛呢，怎麼能不明白半截兒是失眠了，半截兒因為沒有下身，他每側一下身子都是困難的，從矮矮的床上下地，或從地下上矮矮的床，半截兒都是用雙手把全身撐起來行動。

半截兒愉快的時候可以給蜘蛛表演一下，那就是用有力的雙手把半個身子撐起來在床上一前一後，一前一後地晃蕩，越晃蕩越快，越晃蕩越快，快得讓蜘蛛眼花撩亂心花怒放，像是在看體育表演。半截兒也是用這種方法和蜘蛛做愛，那簡直是一種打擊，快樂的打擊。所以，半截兒的胳膊就特別的有力，特別的粗壯。

黑暗中，蜘蛛的手輕輕放在了半截兒的臉上，蜘蛛說：「我知道你還沒睡著，你睡不著就說說話，你說說話就會睡著了。」說什麼呢？半截兒想不出自己要說什麼，好像是，他什麼話都對蜘蛛說過了，但是呢？突然，半截兒想起來了，有一件事他還沒告訴過蜘蛛，怎麼說？他有那麼點害羞，不好意思把那話告訴蜘蛛，那是半截兒的祕密，半截兒的祕密就是他最愛聞各種各樣鞋子裡散發出來的味道。半截兒失去的最最重要的部位就是腿和腳，人的怪癖往往就是這麼產生的，那既是一種刻骨的痛楚，也是一種刻骨的羨慕。釘鞋的時候，要是在夏天，恰好呢，顧客又是光腳，半截兒就總是愛偷偷看人家的那雙腳，無論是男人還是女人，有時候，他會把送來修的鞋子放在鼻子下聞了又聞。那味道對半截兒而言是誘人的。半截兒把這話對蜘蛛說了。停了停，半截兒摸摸蜘蛛，再搖搖她：「我都說了，你會不會笑話我？」半截兒在暗裡說。

蜘蛛在暗中靜靜的，她的手，慢慢慢慢撫在了半截兒的臉上。

半截兒忽然不睡了，用雙手把自己撐起來，開了燈。

半截兒要給蜘蛛表演了，半截兒赤裸著，他睡覺從來都是這樣，他沒有辦法穿短褲，或者，他頂多穿一件長一點的襯衣遮遮下邊，半截兒沒地方可以讓自己穿短褲，他赤裸著。

半截兒在床上表演了起來，用雙手把自己撐了起來，開始一前一後，一前一後，一前一後地晃蕩，半截兒越晃蕩越快，越晃蕩越快，一邊晃一邊用手撐著在床上轉圈兒，一連轉了好幾圈兒，然後猛地停下來，這回更讓蜘蛛吃驚了，半截兒忽然用一隻手把自己的半截兒身體支撐起來，支撐了一會兒，又換了另一隻手，被支撐起來的半截兒身體朝一邊慢慢蹺起來。

啊呀，啊呀，啊呀。蜘蛛驚叫起來。

半截兒還能給蜘蛛表演什麼呢？

半截兒和蜘蛛終於出現在醫院裡了，是下午。吃過加州牛肉麵，半截兒又帶蜘蛛去買了一條紗巾。半截兒和蜘蛛出現在醫院裡的時候蜘蛛的脖子上就圍了一條鮮豔的紗巾，紗巾的顏色是紅色的，半截兒聽人們說過，紅色是能讓人逢凶化吉的，半截兒這麼一說，蜘蛛就同意了。他們是在地攤兒上買的紗巾。時間已經不早了，已經是下午了。醫院畢竟是人道的，婦產科在一樓，所以，從醫院大門那條斜面的道上半截兒和蜘蛛很容易就進了醫院。醫院的氣氛和特有的味道忽然讓半截兒又回到恐懼中去。恐懼從來都是與孤獨並行的，蜘蛛看到半截兒臉上的汗了，不是累出的汗，而是恐懼，把汗液從他的體內驅趕了出來。半截兒好像是累壞了，張開嘴大口大口地出氣，他覺得自己的胸口憋得厲害，像是馬上就要爆裂了。你沒事吧？蜘蛛問半截兒。蜘蛛也滿臉是汗，她走得更困難，一搖一搖，一搖一搖，遠遠看像是在走廊裡爬。因為是下午，醫院走廊裡人不是很多，但還是有人停了下來，吃驚地注視半截兒和蜘蛛，這一輩子，他們也許再也見不到這樣的一對兒。

是一個年輕的女護士，把半截兒和蜘蛛帶到了蜘蛛的病房。開門的一剎間，半截兒和蜘蛛都吃了一驚，把頭都往後猛地一背，像被棍子擊了一下。但他們還是爬一樣急匆匆地進去了，然後，雙雙立在病房的地上了。半截兒和蜘蛛都努力，再努力，把臉往後背，往後背，他們不但看清了站在病房裡那些人的鞋子和褲子，也馬上看到了那些人的下巴和臉。忽然呢，半截兒的喉嚨深處發出了啊、啊、啊、啊的聲音，好像有誰一下子扼住了他的喉嚨，但人們馬上明白過來這就是半截兒的哭聲。半截兒只有半截兒，他站不起來，他能做到的只是把頭努力往後背，再往後背，他看清了，哭聲也更加怕人了：啊啊啊啊，啊啊啊啊——。半截兒的哭聲簡直是怕人，壓抑而又無法壓抑得住。

半截兒和蜘蛛，怎麼說，幾乎是同時看到了站在那裡的鄰居和街道辦事處左主任，他們已經在病房裡等了很久了，他們都已經等急了，他們焦急得團團轉，他們以為半截兒和蜘蛛出了什麼事，這樣的兩個人，在這樣的季節裡，遍地都是泥濘，該有多麼的不易！他們都開始自己責備自己了，他們都準備出去找了。

外面又開始落雪了，是那種零零星星的雪，還沒落到地上就已經化成了雨。這時有個年輕大夫從外面急匆匆地進來，問：人呢，聽說來了？人在什麼地方？

# 五張犁

這種病，怎麼說呢？在民間一般都叫瘋子，神經病是文明一點的說法。民間還有文瘋子和武瘋子之說：文瘋子一般來講對人們沒有威脅，而武瘋子就不一樣了，動不動就要追上人打。這五張犁，剛剛出現的時候，人們都還以為他是園林處請來的老園工，可也太老了，園林處怎麼會用這麼老的老頭兒？人們都覺得怪，到後來，人們才越看越不像了。在張溝這地方，人們都認識他，知道他就是遠近出名的五張犁，但城裡人對他就不熟了。不但對五張犁不熟，恐怕說起張溝也會有許多人不知道，張溝現在早已經不存在了，和其他許多靠近城市的農村一樣現在只剩下了一個名字。土地呢，早已變成了城市的一部分，那些靠土地為生的農民呢？也都做小買賣的做小買賣，外出打工的打工。土地現在對他們來說是沒有一點點意義，他們也不再關心那些原來屬於他們的土地上現在都長了些什麼？那些園林工都在地裡種了些什麼？園林工們能在地裡種什麼呢？不過是些花花草草，草茉莉，大麗菊，還有波斯菊和雛菊，還種了一些樹，龍爪槐和洋槐，還有，就是楊樹，或者，還有柳樹。但靠近河邊的地方卻沒有樹，是一大片草場，那地方，原來是菜地。菜地最最難蒔弄也最累人，種菜是一茬趕著一茬，是不能間斷，最早下來的是菠菜，菠菜下來之後是水蘿蔔，水蘿蔔過後又要馬上種小蔥，小蔥起了，接下來就要種各種夏天上市的菜，比如，豆角，比如，茄子，比如，芹菜，比如，黃瓜。再下來是秋菜，是茴子白，是長白菜，是胡蘿蔔，是芥菜，是苤藍，菜農是最最辛苦的，從春天一直要忙到冬天來臨，是一刻不停，是接三趕四，到天冷了，不能再種了，還要最後再在地裡撒一些菠菜籽，讓它在地裡待一冬，把根扎下，明年春天一來，它會早早就綠了。

種菜不單單是力氣活兒，還得動腦子，那就是，要操心地裡下一茬該種什麼？這就要看別人在地裡都種了些什麼，是東張西望，這東張西望就是為了掌握行情，要是別人都在那裡種芹菜，你再種芹菜還能不能賣個好價？所以，最好要種稀罕一點兒的菜，所以，種菜的人都有些偷偷摸摸的意思，季節就是那麼個季節，該種的時候大家都在種，把種子要及時種到地裡，是一天都不能遲，種子總是一粒粒的很小，所以誰也無法準確知道別人種了什麼，到地裡漸漸綠起來的時候，人們還是不能馬上明白別人到底種了些什麼，到菜秧子長大了，人們才會慢慢看出地裡是什麼。種菜就是這樣，不能像種莊稼那樣，是要用心機。但現在人們是既不要那心機也不用再關心那地裡現在長了些什麼，人們是離土地越來越遠了，越來越陌生了，所以五張犁才引起人們的注意。

一開始，怎麼說，人們看到了五張犁這老頭兒，瘦乾瘦乾的，目光灼灼，兩眼有異光，在地裡焦灼地走來走去，人們一開始沒怎麼注意他，園林處的人還都以為是什麼人又雇了人，園林處那些拿工資的園工為了再做一份事，就從自已的工資裡拿出一小部分雇人替他們下地勞作，比如說一個園林處的工人一個月的工資是一千元，他就有可能拿出三百雇一個附近的農民，這樣一來十分合算，他可以再找一份事做，收入就更多一些，這樣一來呢，地裡就不斷有陌生的面孔出現。

園林處那邊，為了好管理，地是分了段的，每人一段各自承包。如果不是一段一段的承包，人們還不會發現問題，問題是，五張犁不是在一片地裡做他的事，五張犁經常出現的那片地橫跨了三段地，這就讓人們摸不清，到底怎麼回事。這個叫五張犁的老頭兒怎麼在地裡？是誰讓他來的？這年春天的時候，人們先是看到五張犁往地裡送了三次糞，是誰讓他往地裡送的糞，連承包那塊地的園林工也不知道。一開始，人們以為是園林處要在地裡施肥，但別的地裡又沒有，又過了幾天，就有人看見五張犁在地裡把那些土糞一鍬一鍬地往地裡撒，真是好把式，一鍬一鍬散得真勻，土糞是那種經過一冬天加工過的糞，也就是把糞池裡的稀大糞弄來，再合上一些土，在冬天裡封好了漚過，漚一冬天，在春天到來的時候再把這漚好的糞攤開，再往裡邊摻土，摻了土，再把這糞一次一次地倒幾回，倒的意思是要把漚過的糞和土倒勻了，然後才用小驢車運到地裡去，運到地裡後，這土糞還要堆成堆再封一些時候，讓它變得更加膨鬆，然後再一鍬一鍬散到地裡，這時的土糞是乾爽的，味道也特殊，好像是不那麼太臭，還好像是有點特殊的香，糞能香嗎？但莊稼人聞它就是香。

人們看見了，看見那名叫五張犁的老頭兒在地裡散糞，人們看見他彎了一下腰，又彎一下腰，把鍬一次次插進膨鬆的糞堆，然後再直起腰來，那土糞便一次次被揚了起來，說揚好像有點兒不太對，不是揚，是平平地貼地面順風一撒又一撒，這撒土糞也是個技術，要在地面上撒得勻勻的，地面上是薄薄的一層，糞撒完了，要是在這時候來場雨，那就再好不過，肥力便會被雨水直追到地裡去，要是這幾天一直在刮大風，那乾爽爽的土糞便會給吹走。

有人看見五張犁在那裡撒糞了，認識他的人都覺著奇怪。他怎麼會在這裡幹這種活兒？怎麼回事？撒完土糞，五張犁並不走開，而是坐在了那裡目光灼灼地看著遠處出神，五張犁那張臉很瘦，皮肉很緊，而且，黑，而且，是見稜見角，肩頭亦是尖尖的見稜見角，那雙手，也是，粗糙而見稜見角，五指總是微張著，有些攏不攏的意思，這就是幹粗活兒的手，五張犁就那麼坐著，目光灼灼，看著遠處。人們不知道他在想什麼。當然了，他也不知道別人在想什麼。這時候的地裡，還沒有多少綠意，有也是地埂和朝陽坡面上的事，是星星點點的綠，是小心翼翼的綠，這綠其實是實驗性質的，是先探出頭來看看天氣允許不允許它們綠。認識五張犁的人看到五張犁了，過來，問他在做什麼？五張犁沒說話，張張嘴，笑笑的，兩眼目光灼灼，還是看著遠處。問話的人連自行車都沒下，騎著車子喀啷、喀啷走遠了。

這是早春，暖和和的，無端端讓人有幾分慵懶，這慵懶裡又充滿了種種慾望和生機。接下來，是下了兩場雨，地裡就大張旗鼓地綠開了，而且是，一下子就綠得不可收拾，然後就是花開了，先是迎春，黃黃的，從金黃開到淡黃，然後是杏花，從粉紅一直開到淡白，然後又是桃花，是從紅開到粉。

只有在這時候，人們才知道這裡原來是既有杏樹又有桃樹，而且是，春天是真正的來了，不但是來了，而且馬上就要過去了。地裡呢，草也綠了，園林處種下的花卉呢，也抽了葉。這時候，人們又看到了五張犁，他來了，戴著爛草帽，穿著很舊的一件軍裝，袖子那裡有兩塊補釘，領子那裡又是一塊，下邊是條藍布褲子，屁股那裡是兩塊補釘。他扛著一張鋤，目光灼灼地進到地裡就鋤開了。他把身子朝前探過去，把鋤往出一放，再往回一拉，再往出一放，再往回一拉，還是那塊一下子跨過三段別人承包過的地。五張犁鋤地的姿勢，怎麼說，彎著腰，就像是一張曲尺，一旦鋤起來，腰就不再挺直，從地這頭，一下一下往地那頭鋤，並沒有鋤到地頭，五張犁就又折回來，這一回又是，又沒有鋤到地頭，他就又鋤了回來，這就是說，五張犁心裡有數兒，怎麼鋤，鋤什麼地方，他自己知道。早上五張犁來，到了中午，地裡就有了樣子了，鋤過的地方，土壤的顏色要深一些，潤潤的，在太陽下有好看的光澤，而別的地，沒有鋤過的地皮簡直就是白花花的，五張犁是在一大片地裡鋤出了長方形的一塊，這長方型的一塊地遠遠看過去就特別的好看，怎麼個好看？好看就好看在苗是苗，棵是棵，如果站在近處看，你也許會讚嘆起來，什麼是苗是苗、棵是棵？五張犁鋤過的地就是苗是苗，棵是棵，好像是用線比過，從南邊看苗，是個直線，從東邊再看苗，還是個直線，地這個東西，鋤過了，也就是梳理過了，被鋤倒的苗是趴下了，留下的苗就顯出了它們的好看，挺著，有精神。

有人路過了，遠遠看了一眼，那黑潤潤規規整整被鋤過的地真是受看，顯示出了把式的水平，這時候五張犁已經鋤完了，他坐在那裡，兩隻眼，目光灼灼，看著遠處，不知道他在想什麼。有人認出他是五張犁了，笑著問他：你怎麼在這裡鋤地？五張犁的臉上還是看不出有什麼表情，還是目光灼灼地看著遠處，好像是，沒聽到有人跟他說話，或者是，沒聽懂這個人的話。這人又問：地早就不是咱們張溝的了，你怎麼還鋤它？五張犁目光灼灼地看了那人一眼，張張嘴，笑笑的，還是不說話。那人也笑了，那人沒下車子，一隻腳支撐著車子，身子就朝一邊歪，這時身子卻又往另一邊猛一斜，車子被蹬開了。神經病！這人說了這麼一句，蹬著車子遠去了。五張犁像是沒聽到，依然目光灼灼的，但站在旁邊的人聽到了那三個字，掉過臉再看看五張犁，他還目光灼灼地看著遠處，放在膝蓋上的手微張著，是合不攏，是僵僵的，手上的繭自然是硬，這時又給鋤柄磨得很亮，僵亮僵亮的。

接下來，人們就發現五張犁的腦子多多少少是有些問題了，問題是，他又焦灼地走進了地裡，看看左右，往手心裡吐了口唾沫，又開始鋤，他彎著腰，是個曲尺的樣子，他把鋤往出一放，再往回一擼，再往出一放，再往回一擼，他從地這頭兒鋤到地那頭兒，再從地那頭兒鋤回到地這頭兒，地的這頭兒和那頭兒是五張犁定的，其實五張犁鋤的這片地無論從哪頭兒說都不挨地邊，這真是怪事，他怎麼只鋤這麼一片？好像是誰給他規定了只是這麼一片，春天撒糞也是這麼一片。是準確無誤，如果有地埂標著倒也罷了，也沒個地埂，也沒個雜樹什麼的做標記。五張犁這時是鋤第二遍了，而且，天快黑的時候，他又鋤完了這第二遍，鋤完了第二遍，他還不肯住手，又緊接著鋤第三遍，這第三遍是補鋤，是鋤兩下，把土用鋤往苗子下培一下，鋤兩下，再把土往苗子下培一下。是一二三，一二三，一二三，一二三這麼個節奏，是有著音樂性質在裡邊。手下的鋤是一點點都不亂。就這麼，五張犁在地裡來來回回，天便黑了。天黑了以後，人們還看到五張犁在地裡。

這個夏天，好像是不那麼漫長，下過幾場雨，大熱過幾天，發過一場洪水，好像是，就一下子這麼過去了。在這個夏天裡，人們看到五張犁在那片地裡又是鋤地，又是在抓蟲，人們總是不敢和五張犁那雙眼睛對視，五張犁那雙眼是目光灼灼，他在地裡焦灼地忙活這忙活那，好像是，還有什麼事等著他去做，好像是，他有許多事要做。那片地現在可以一下子就讓人遠遠認出來，雖然沒有地埂，但那片地的花草要比別的地長得格外好，花也開得格外好，那片地遠遠看去是既有地子，又有圖案，別的地呢，是混在一起，花和草雜亂在一起，顏色也就亂了。只有這片地，花是平在綠葉的地子上，而不是七高八低，是齊刷刷，是好看。但人們還是奇怪，這個五張犁，是誰請他來的？是怎麼回事？到底是怎麼回事？這誰也說不清。

有人走到五張犁跟前，去跟他說話，他也只是笑，目光灼灼不知看著什麼地方，再跟他重複一遍剛才的話，他還是不說話，只是笑，目光灼灼地讓人有些害怕。五張犁的笑容裡邊是茫然，是沒有底，五張犁那雙眼實際上很清亮，倒不像是老年人的眼睛，有幾分像孩子，是有所思，但人們不知道他心裡想什麼。便有從張溝過來的人，告訴那些不知五張犁底細的人五張犁是什麼樣的人，人們又都不信五張犁竟會是個瘋子。怎麼不是？便有人說五張犁最瘋的那一陣子晚上都要睡在地裡，人們就更不信。但有一點人們信了，那就是五張犁原是這一帶最出名的莊稼人，人們從那片地看出來了，五張犁是好把式。可無論怎麼說，五張犁不是個引人注目的人物，在這個世界上，天天都要發生的事情太多了，人們怎麼可能把目光和注意力放在五張犁這樣一個農村老頭兒的身上，再說，現在去地裡的人不是很多，星期六和星期天來這裡野餐的人也都在靠近橋的那一帶活動。

很快，夏天就要過去了，秋天是在一陣大熱後悄然來臨的，地裡的事，說冷就冷了下來。先是那天早上下了一層薄薄的霜，莊稼的葉子上是白白的，像鍍了一層銀，太陽一出那霜便變成了露水珠。然後是，這天早上地裡又下了霜，白白的，這回不像是銀，倒像是誰在地裡撒了薄薄一層細白麵，這一場霜一過，地裡的莊稼和蔬菜的葉子就要發生變化，是該紅的紅，該黃的黃，要完成它們又一個輪迴了。這就是說，地裡的莊稼要收了：先是黍子，人們把黍子先在地裡過一下，尋尋覓覓地掐黍子頭，這是為了明年留種子，人們在地裡走一個過兒，把個兒大的黍子頭一一掐下來，然後才開鐮。

黍子收過，接下來就是穀子，照樣是先留種，穀子收完是高粱，高粱是割頭，人們在高粱地裡走，把高粱頭一下一下割下來。然後是掰玉米。玉米收過，都給搭到院前屋後的樹上去，然後才開始收蓧麥，蓧麥白白的可真是好看，在太陽下白得都讓人覺著有些晃眼。也就是這個時候，人們又看到五張犁了。五張犁又出現了，他目光灼灼地站在地頭了，他焦灼地走進地裡了，他的手裡，亮閃閃的一牙兒，是鐮刀。他想做什麼？他是來收割了，這個季節，是收割的季節，但他怎麼可以，用鐮收割那些花草，花草是莊稼嗎？花草怎麼會是莊稼。他彎下了腰，把那花草一把一把地割下來，那些花還在開花，還可以再讓人們看一陣子，為了讓花開得長久一點，園林處專門種了一些花期長的花，可以一直開到十一月底，到了十二月，有些花還零零星星，怎麼說，在那裡紅紅紫紫地開著。五張犁在那裡收割著，他是，用他那僵僵的大手，在花上先擼一下，再一攥，另一隻手便揚起來，那小鐮刀一閃，一小捆花草便躺在那裡了，接著，五張犁又用他僵僵的大手擼一下，又一攥，另一隻手又一揚，小鐮刀又一閃，又一小捆花草躺在那裡了。

五張犁真是好莊稼人，他割得不緊不慢，割得乾淨好看，地裡留下的茬子像是用尺子量過一樣的高低，割下來的那些花是一順兒，都放在左手，放得也順順的。從早上開始，到下午天快黑，這片地就被五張犁基本割完了，遠遠看去，被五張犁割過的那片地好像忽然要從地面上跳出來，秋天的大地就好比是一種紡織品，針法原是一致的，而現在不一致了，有了新鮮的針法，那針法不再是一針一針一行一行地織下去，而是，到了五張犁割過的地裡就變了一種針法，是堆繡，那鮮豔的顏色，是一撮兒，又一撮兒，一撮兒，又一撮兒，好看不好看？好看，尤其是遠遠看了更好看。

有人終於在遠遠的地方看見了，看見五張犁在這裡做什麼了，這怎麼可以？那是園林處的管理人員，喊著，從橋那邊衝過來了。他過來了，站在地頭揚著手朝五張犁喊，其實也不必喊，那長方形的一塊兒地早已經給收拾得乾乾淨淨了。園林處的人是哭笑不得，無論他怎麼揚手和喊，五張犁也不答腔，兩隻眼睛，目光灼灼地不知看著什麼地方。園林處的人繞過去，繞到五張犁的正面去，但他走到離五張犁還有幾步的時候又停住了，他看到了五張犁手裡的那張鐮，亮亮的一牙兒，一閃一閃那麼鋒利。他現在相信了，相信別人說五張犁的話是真的了，這園林處的人沒再說什麼。看看地裡，卻不由得在心裡讚嘆起來，這地收割得真是漂亮。這片地從春天到現在給五張犁收拾得有模有樣，橫是橫，豎是豎，這會兒，那些還能再開些日子的花草都給收割下來了，但也是橫是橫，豎是豎的好看。

園林處的人，看著五張犁，忽然在心裡有些難過，他又揚揚手，對五張犁說：這又不是莊稼，這是花兒，是花兒你懂不懂？五張犁對著園林處的人，只是笑，目光灼灼的，不知看著什麼地方。園林處的人只好自己點了一根菸，他看了看手裡的菸，想了想，覺得應該給五張犁一根菸，他把菸從菸盒裡抽出來了，想了想，卻又把菸放了回去。五張犁手裡的那張鐮，有多亮，亮亮的一牙兒，在五張犁手裡像要放出光來。這是花兒，不是莊稼你懂不懂？這園林處的人又說了一句。五張犁還是笑著，兩眼不知道看著什麼地方，臉上的表情好像有一些羞澀，羞澀之中還有些緊張。你割吧，你割吧。園林處的人揚揚手，對五張犁說，身子已經慢慢退著走出了那片地。

他也是前不久才知道的，這片地早先就是五張犁家承包過的，許多人都已經忘記了這件事，因為許多土地都已經扎扎實實變成了城市的一部分，許多土地現在都已經變了形，比如說張家的地原先是方形的，現在也許已經被一條路分割開，比如說李家的地原先是狹長的，現在也許已經變成了一個五角形的大花壇。人們奇怪五張犁怎麼會記著自己那片地？而且會記得那麼準確？即使那片地已經被重新平整過，已經被重新分配過，但他還認得出，而且分毫不差。而且還能按著原來的地形去勞作它，去撫慰它，去親近它，春天按著春天的規矩來，夏天按著夏天的規矩來，秋天按著秋天的規矩來。園林處的人走到地頭就不再走，他轉回身來，看著地裡的五張犁，後來他蹲下來，覺著心裡有些說不出的難過。

秋天向冬天過渡的期間，是到了大地即將上凍的時候了，這一天，人們又看到了五張犁，他出現在那片曾經是他的地裡，他的前邊是一條驢，一條小黑驢，那條小黑驢拉著一張犁。五張犁在那裡犁地了，這是每一個農民都要在大地上凍之前對大地進行的最後一道程序。五張犁按著犁，從地這頭開始，一步一步往地那頭走，然後再回來，再一步一步朝這邊走，這真是一片好土地，一旦被犁鏵犁開，那黑潤潤的顏色是多麼好看，是多麼讓人動心。更讓人動心的是五張犁的莊戶手藝是那麼好，一道一道的犁溝像是用線拉過，齊齊的，齊齊的。他按著老規矩，是兩犁一壟，犁溝很深，犁壟很高，這樣一來，到了明年春天，土地就會變得要多膨鬆就有多膨鬆！

上邊

外邊來的人，怎麼說呢？都覺得上邊真是個好地方，都覺著上邊的人搬到下邊去住是不可思議。這麼一來呢，就顯出劉子瑞和他女人的與眾不同，別人都搬下去了，上邊，就只剩了劉家老倆口，好像是，他們是留下來專門看守上邊的空房的。人們都知道，房子這種東西就是要人住才行，一旦沒人住就會很快破敗下來。一開始，人們搬下去了，但還是捨不得上邊的房子，門啦窗子啦都用石頭堵了，那時候，搬下去的人們還經常回來看看，人和房子原是有感情的。後來，那房子便在人們的眼裡一點點破敗掉，先是房頂漏了，漏出了窟窿。但是呢，既然不再住人，漏就漏吧，結果那窟窿就越漏越大，到後來，那房頂就會慢慢塌掉。人們一開始還上來得勤一點，到了後來，下邊的活計也忙，人們就很少上來了。有些人家，雖然搬下去了，但上邊還有一些碎地，零零星星的碎地，一開始還上來種，到了後來，連那零零星星的碎地也不上來種了。這樣一來呢，上邊就更寂寞了，人們倒要奇怪老劉家怎麼不搬下去？外邊的人來了，就更是覺得奇怪。村子破敗了，味道卻出來了，好像是，上邊的村子要是不破敗倒沒了味道，破敗了才好看，而這好看的破敗和荒涼之中卻讓人意外地發現還有戶人家在這裡生活著，卻又是兩個老人。這就讓這上邊的村子有了一種神祕感，好像是，老劉家真是與眾不同了。這倒不單單因為老劉家的兒子在太原工作。

人們把這個村子叫「上邊」，因為它在山上，村子的後邊也就是西北邊還是山，山後邊呢，自然還是山。因為是在山裡，房子便都是石頭蓋的，石頭是那種白色的，給太陽曬得晃眼。村子裡的道路原是曲曲彎彎的，曲曲彎彎的道路也是石頭鋪的，是那種圓石頭，起起伏伏地鋪過來鋪過去，道路兩邊便是人家，人家的牆也是石頭砌的，高高低低的石頭牆裡或是一株樹，或是劉子瑞今年種的玉米，今年的雨水又勤，那玉米就長得比往年格外好，綠得發黑，年輕力壯的樣子。既然人們都不要那院子了，老劉便在那荒敗的院子裡都種上了莊稼，這樣可以少走一些路，村子外的地就可以少種一些。老劉的院子呢，在一進村不遠的地方，一進去，左手是三間矮房，窗台下就是雞窩。右手是一間牲口棚，那頭驢在裡邊站著，嘴卻在永遠不停地動。驢棚的頂子上曬滿了玉米，緊靠著牲口棚是一間放雜物的小房，房頂上堆滿了穀草，房子裡是那條狗，來了人會撲出來，卻給鐵鏈子拴著。因為給鐵鏈子拴著就更憤怒了，不停在叫，不停在叫，也不知是想咬人一口還是想讓人把牠給放開。而那些雞卻不怕牠，照樣在牠的身邊尋尋覓覓，有時候呢，還會感情曖昧地輕輕啄一下狗，親暱中有些巴結的意思，又好像還有些安慰的意思在裡邊。老劉家養了一院子的雞，那些雞便在院子裡到處刨食，這裡刨一個坑，那裡刨一個坑，坑裡有什麼呢？真是讓人莫名其妙。有兩隻雞不知是老了還是得了什麼病，最近毛都脫光了，露出紅紅的雞皮，好像是，雞也知道好看難看，別的雞也許是嫌這兩隻雞太難看，便不停地去啄牠，你啄一下，我啄一下，這兩隻雞身上的毛便更少。雞這種東西，原來都是勢利眼，劉子瑞的女人把玉米往院子裡一撒一撒，這就是在餵雞了，而那些雞卻偏偏不讓這兩隻脫了毛的雞吃食，只要這兩隻雞一表現出要吃食的欲望，別的雞就捨棄了吃食而對那兩隻雞群起而攻之。有時候，這兩隻雞簡直就給啄暈了，就縮在土坑裡，閉著眼，像是死了，卻是活著。等別的雞吃完了，這兩隻雞才敢慢慢慢慢站起來，脫了毛的雞真是難看，紅紅的，腿又是出奇的長，每邁一步都很誇張的樣子，啄食的時候，要比別的雞慢好幾拍，好像是，那只是一種試探，看看別的雞是不是同意自己這麼做。這也是一種日子。

日子呢，是什麼意思？仔細想想，倒要讓人不明白了。比如就這個劉子瑞，天亮了，出去了，去弄莊稼去了，他女人呢，顛著小腳去餵驢，然後是餵雞，然後呢餵那條狗。日光高起來的時候又該做飯了，劉子瑞女人便又顛著小腳去弄了柴火，把灶火點著了，然後呢，去洗山藥了，洗好了山藥，那鍋裡的水也開了，便下了米。鍋裡的水剛好把米埋住，這你就會明白劉子瑞女人是要做稠粥了。水開了後，那米便被煮脹了，水不見了，鍋裡只有咕咕嘟嘟的米，這時候劉子瑞的女人便把切好的山藥片子一片一片放在了米上，然後蓋了鍋蓋。然後呢，便又去撈來一塊老醃菜，在那裡嚓嚓嚓嚓，嚓嚓嚓嚓地切。然後是，再用水淘一淘，然後是，往老醃菜絲裡倒一點點麻油。這樣呢，飯就快要做好了。飯做好的時候，劉子瑞的女人便會出去一回回地看。看一回，再看一回，站在院子的門口朝東邊看，因為劉子瑞總是從那邊上來。她在這院門口簡直就是看了一輩子，從前呢，是看兒子回來，現在呢，只有看自己的男人。有時候，連她自己都覺著自己有些奇怪，為什麼不搬到下邊去住？好像是，她怕這個她住了一輩子的村子寂寞，她對村了裡的一草一木太熟悉了。要是自己走了呢，她常常問自己，那莊稼，那樹，那鴿子該怎麼辦？要是兒子一下子從太原回來呢？怎麼辦？她這麼一想的時候，就好像已經看到了院子裡長了草，房頂上長了草，好像是，都已經看到了兒子站在院門口失望的樣子。兒子已經有好長時間沒回來過了。好像是，她現在已經習慣了。

當時，下村的劉澤祖就是從東邊的那條路把兒子給她送來的。兒子當時才六歲，看上去呢，像是三四歲，太瘦太小。村裡的人都說怕這孩了不好活，說不要也罷。劉澤祖呢，說這孩子也不知是哪裡的，在麻鎮走來走去跟個狗似的已經有一個多月了，又不是麻鎮上的人。鎮上的人說天也要冷了別把這孩子凍死，誰家沒孩子就把他領走也算是做了件好事。劉澤祖當時正在鎮裡開村委會，就把這孩子給劉子瑞背了回來。這都是多會兒的事情了。人們都知道劉子瑞的女人不會生孩子，她是三十歲上抱的這孩子，這孩子來劉子瑞家的時候已經六歲，這孩子叫什麼？叫劉拴柱，意思全在名字裡了，是劉子瑞和他女人的意思。這孩子也真是爭氣，上學念書都好。在上邊村莊，要念書就要到下邊去，多少個日子，樹葉子一樣，原是算不清的，劉子瑞的女人總是背了這個拴柱往下邊村送，劉子瑞的女人偏又是小腳，背著孩子，那路怎麼好走？下坡，叉著腿，一步一步。一年級，二年級，三年級就是這樣過來的，天天都要送下去，放學的時候，還要再下去，再把拴柱背回來，一直到上四年級那年冬天，是劉子瑞女人大病了一場，山裡雪又大，劉子瑞又正在修乾渠，劉子瑞的女人才不再接送這個孩子。人們都說生的不如養的親，這話什麼意思呢？劉子瑞的女人再清楚不過，親就是牽腸掛肚。比如，一到拴柱下學的時候，劉子瑞的女人就坐不住了，要到院子外去等，等過了時候，她便會朝外走，走到村巷外邊去，再走，走到下邊的那棵大樹那邊。再走，就走到村外了。那小小的影子呢，便也在遠遠的地方出現了，一點一點大起來也就走近了。日子呢，也就這樣不知不覺地過去又過來。就是現在，天下雪了，劉子瑞女人就會想兒子那邊冷不冷？颳風呢，劉子瑞女人就又會想兒子那邊是不是也在颳風？兒子上中學時的筆記本子，現在還在櫃頂上放著。櫃頂上還有一個鐵殼子鬧鐘，現在已經不走了，鬧鐘是兒子上學時買的。鬧鐘上邊是兩個鏡框，裡邊是照片，兒子從小到大的笑都收在那裡邊。鏡框裡邊還有，兒子同學的照片。還有，兒子老師的照片。還有，兒子搞過的一個物件，後來吹了，那照片卻還在那裡。劉子瑞的女人有時候還會想：這姑娘現在結了婚沒？還有，一張請帖，紅紅的，什麼事？請誰呢？劉子瑞女人亦是不知道，總之是兒子拿回來的，現在，也在鏡框裡。

玉米是個好東西，玉米可以煮上吃的時候也就是說快到秋天了。今年上邊的玉米長得出奇的好。玉米棒子，怎麼說呢，用劉子瑞的話說「長得真像是驢球！」劉子瑞上縣城賣了一回驢球樣的玉米，他還想再去多賣幾回，他發愁地裡的玉米怎麼收？收回來怎麼放？房頂上都堆滿了，總不能讓玉米在地裡待著。偏巧呢，天又下開了雨，而且是下個不停。屋子又開始漏了。劉子瑞上了一回房，又上了一回，用塑膠布把房子苫了一回，但房子還是漏，劉子瑞女人把柴火抱到了東屋裡，東屋的炕上攤了些糧食，炕著。東屋也漏，炕上便也放幾個盆子。劉子瑞的女人時不時要去倒那盆裡的水，端著盆，叉著腿，一下，一下，慢慢出去，院子裡簡直就都是稀泥。那些雞算是倒了楣，在驢圈門口縮著發愁，半閉著眼，陰陽怪氣的樣子。那兩隻脫毛雞好像要把頭和翅子都重新縮回到肚子裡去，或者是，想再縮回到一個蛋殼裡去，只是，現在沒那麼大的蛋殼。劉子瑞的女人把盆子裡的水一盆一盆都倒在院子外邊去。院子外邊的村道是個斜坡，朝東邊下去，道上的石頭都給雨淋得亮光光的，再下去就是一個小場面（注：「小場面」為打糧食的場地的俗稱。），劉子瑞現在就在那小場面上收拾莊稼，場面上那個黑石頭小碌碡（注：「小碌碡」是打糧食的工具，石製品。）在雨裡黑得發亮。雨下了幾天呢？足足下了兩天，地裡的玉米長得實在是太高了，雨下得地裡的玉米東倒西歪，像是喝醉了。玉米棒子太大了，一個一個都驢球樣垂了下來。雨下了兩天，然後是暴太陽，這才叫熱，房頂，院子，地裡和遠遠近近的地方都冒著騰騰的蒸氣，像是蒸鍋，只不過人們都把這種氣叫做霧。太陽也許是太足了，又過了幾天，地就全乾了。上邊村的地是那種細泥土，那土簡直要比最細的籮篩出的麵粉還要細，光腳踩上去那才叫舒服。院子裡，雞又活了，又都東風壓倒西風地互相啄來啄去。雞的爪子，就像是一把把小耙子，不停地耙，不停地耙，把院子裡的土耙得不能再鬆，土耙鬆了，雞就要在土裡洗澡了：土是那麼的乾爽，那麼的細粉，熱呼呼的，雞們是高興的，爪子把土刨起多高，然後是翅子，把土揚起來，揚起來，身子一緊，接著是一抖，又一緊，又一抖。好像是，這樣還不夠，雞們有時候也是有創意的，有的雞就飛到房上去，要在房上耙。劉子瑞的女人就不依了，罵了。房頂上能讓雞耙嗎？劉子瑞的女人就一遍遍地把雞從房頂上罵下來，那雞竟也懂，她在那裡一罵，雞就飛到了牆頭上，好像是，懂得害羞了，小冠子那個紅，一抖一抖的。

但雞是沒有上過學的，不懂得什麼是紀律，過一會兒就又飛到了房頂上。劉子瑞的女人就又出去罵，忽然呢，她愣住了，或者，簡直是嚇了一跳。是誰上了房？從後邊，上去了，呼哧、呼哧地趕房上的雞，房上的雞這下子可給嚇壞了，叫著從天而降：咯咯，咯咯，咯咯咯咯。好像是在說「媽呀，媽呀，媽媽媽呀！」是誰？誰上了房，劉子瑞的女人不是用眼，是憑感覺，感覺到房上是誰了。是不是拴柱？劉子瑞的女人問了一聲，聲音不大，像是怕把誰嚇著。房頂上的塑膠布給從房後邊嘩啦嘩啦扯下去了，答應的聲音也跟著到了房後。是不是拴柱？劉子瑞的女人知道是誰了，但她還是又問了一句，聲音不大，緊張著，好像是，怕嚇著了誰。房上的塑膠布子，劉子瑞早就說要扯下去了，要曬曬房皮，但劉子瑞這幾天讓玉米累得不行，一回來就躺在那兒了。劉子瑞女人繞到房後邊去了，心是那樣的跳，劉子瑞女人繞到房後去了，好像是，這又是一個夢，房後邊怎麼會沒有人？人呢？她急了。

媽你站開。兒子卻又在房上說話了，他又上了房，去把壓塑膠布的一塊青磚拿開。媽你站開。兒子又在房上說，塑膠布子，從房上嘩啦一聲，落下來了。劉子瑞女人看到兒子了，叉著腿，笑著，在房上站著，穿著牛仔褲，紅圓領背心。房頂上有窟窿了。兒子在房上說，彎下了腰，把一隻手從那窟窿裡伸進去。然後呢，兒子又從房上下來，然後呢，又上去，然後呢，又下來。兒子把一塊木板補在了那窟窿上，然後又弄了些泥，把那窟窿抹平了。劉子瑞女人在下邊看著房上的兒子，兒子每直一下身，每彎一下身，劉子瑞女人的嘴都要隨著一張一合。兒子弄好了房上的窟窿，要從房上下來了，先探下一條腿，踩在了牆上，劉子瑞女人的嘴張開了，兒子站穩了，她的嘴就合上了。兒子又在牆上彎下身子，從牆上又探下一條腿，劉子瑞女人的嘴又張開了。

劉子瑞女人站在那裡給兒子使勁兒，嘴一張一合一張一合地給兒子使勁。忽然，她想起做飯了。她慌慌地去地裡掰了幾棒玉米，想了想，又慌慌地弄了一個倭瓜來。倭瓜硬得簡直就像是一塊石頭，這是多麼好的倭瓜，但還是給切開了，她一下一下把籽掏盡了，鍋裡的水也要開了。她把玉米，先放在鍋裡，倭瓜再放在玉米的上邊。鍋燒開後，她又去打了一碗雞蛋。她站在那裡想了想，想哪隻雞哪隻雞該殺？雞都在下蛋，哪隻都不該殺。公雞呢，更不該殺。劉子瑞的女人就出去了，先是去了小場面那邊，探探頭，那邊沒有劉子瑞的人影。她站在那裡喊了：嘿——她喊了一聲還不行，又喊了一聲：嘿——她這麼一喊呢，劉子瑞就從玉米地裡探出頭來了，他不知道自己女人喊自己做什麼。嘿——劉子瑞也嘿了一聲，對他女人說自己在這兒呢，是不是有什麼事？這下子，劉子瑞才知道兒子回來了，並且知道自己女人是要讓自己到下邊去買隻雞來，家裡的雞都下蛋呢。

劉子瑞便馬上下去了，去了下邊的村子，去買雞，下邊村子有不下蛋的雞，他走得很急，出汗了，臉簡直比下蛋雞的臉還紅，這是莊戶人的臉，很好看的臉，臉上還汪著汗，在額頭上的皺紋裡。酒呢，還有兩瓶，就不用買了。劉子瑞在心裡想，還是兒子上回回來時買的。菸呢？該買一盒兒好一點的，買什麼牌子的呢？劉子瑞在心裡想。劉子瑞忽然覺得腳下不對勁兒了，下去的路和地裡不一樣，都是石頭，不像地裡的細土是那麼讓人舒服。鞋還在玉米地裡呢。劉子瑞想想，還是沒回去，就那麼光腳去了下邊。路邊的玉米長得真壯，綠得發黑，一棵挨著一棵，每一棵上都吊著一兩穗大得讓人吃驚的棒子，真像是好後生，一夥一夥地站在那裡炫耀他們的大玉米棒子。過了玉米地，又是一片高粱地，高粱也長得好，穗子頭都紅了，紅撲撲的，好像是姑娘，擠在一起在那裡站著，好像是，因為她們看到了玉米地那邊的大棒子，害羞了，臉紅了。這他媽的真是一個好秋天。

雨水這東西是個怪東西，如果下足了，那簡直就是對地裡的莊稼的一種慫恿，長吧，長吧，使勁長吧。而且呢，雨水一足，季節也好像是給慫恿得放慢了腳步，沒有那麼足的雨水，地裡的莊稼就會早早地黃了，沒信心了，秋天也會跟上來了。

兒子回來了，先是在地裡忙了一天，把收下的玉米十字披開搭在樹上。然後去了一趟下邊，去看了看他的同學。隔一天，又把同學招了上來，來做什麼？來給房子上一層泥，這麼一來呢，劉子瑞這裡就一下子熱鬧了。和劉拴柱現在是個能幹的城裡人一樣，他的同學現在都是能幹的莊稼人。以前還看不出來，現在在一起一幹活就看出來了，劉子瑞的兒子幹活就有些吃力了。他先是去和泥，先和大蕖泥，也就是，把切成寸把長的蓧麥稭和到泥裡去，蓧麥稭先在頭天晚上用水泡軟了，土也拉回來了，都堆在院子外窄窄的村道上，反正現在也沒人在那村道上走來走去。劉子瑞的兒子把蓧麥稭先散在土堆上，然後用耙把蓧麥稭和土合起來，這是個力氣活兒，規矩的做法是用腳去踩，咕吱咕吱地把泥和草稭硬是踩在一起。

劉子瑞女人燒了水，出去看了一回兒子在那裡和泥，出去看了一回還不行，又出去看了一回，好像是不放心。兒子踩泥的時候，她站在那裡嘴一動一動地給兒子使勁。她看著兒子踩一回，又用耙子把泥再耙一回，把踩在下邊的草稭再耙上來，然後再踩。兒子用耙子耙泥的時候，先是把耙子往泥裡用力一抓，身子也就朝前彎過去，往起耙的時候，兒子肩上的肩胛骨就一下子上去，上去，那是在使力氣，肩胛骨快要並到一起的時候，耙子終於把一大團泥草耙了起來。兒子在那裡每耙一下，劉子瑞的女人的嘴就要張開一回，泥草耙好一堆，她的嘴也就合上一回。她在那裡看了一會兒子耙泥，然後又慌慌地回去，去端開水了。拴柱，喝口水。劉子瑞女人對兒子說。兒子呢，卻說不喝不喝，現在喝什麼水？我給你把水放這兒，你咋不喝點兒水？劉子瑞女人又對兒子說。不喝不喝。兒子又耙好了一堆，直了一下腰，接著又耙。你不喝一會兒又要上火了。劉子瑞女人對兒子說。不喝不喝。兒子還是說。劉子瑞的女人聞到兒子身上的汗味兒了，她對這種汗味兒是太熟悉了，這讓她覺得自己又像是回到了從前的日子，這讓她有些恍惚，又有些說不出的興奮。她站在那裡又看了一會兒兒子和泥。

這時候有人從院子裡出來了，說房上要泥呢，拴柱你和好了沒？行了行了，拴柱說，連說和好了和好了，我這就來。從院子裡出來的人又對劉子瑞女人說，嬸子您在這兒站著做什麼？待會兒小心弄您一身泥。劉子瑞女人便又慌慌地回到了院裡。劉子瑞的院子裡，好像是，忽然有了某種歡快的氣氛，這種歡快挺讓劉子瑞女人激動的。

那兩個人在房上，是劉子瑞兒子的同學，其中一個會吹笛子，叫劉心亮。小的時候就總是和劉子瑞的兒子一起吹笛子。另一個早早結了婚，叫黃泉瑞，人就好像一下子老了許多，現在呢，好像是因為和過去的同學一起勞動又歡快了起來。劉子瑞的兒子這時拖了泥斗子過來，要在下邊當小工，要一下一下把泥搭到房上去，這其實是最累的活兒。劉子瑞的女人站在那裡，心痛地看著兒子。她忽然衝進屋去，手和腳都是急慌慌的樣子，她去給兒子涮了一條毛巾，兒子卻說現在幹活兒呢，擦什麼擦？兒子把一勺泥，一下子，甩到房頂上去了。給，給，劉子瑞女人要把手巾遞給兒子。不擦不擦。兒子說，又把一勺泥，一下子，甩到房頂上去了。要不就喝口水？劉子瑞女人說。不喝不喝，兒子說。聲音好像有些不滿，又好像是不這樣說話就不像是她的兒子。仔細想想，當兒子的都是這種口氣，客氣是對外人的，客氣有時候便是一種距離。劉子瑞女人的心裡呢，是歡快的，人好像也一下子年輕了。她又站在那裡看了一會兒，然後，繞到後邊去，看了一回劉子瑞在後邊一點一點補牆洞。然後她合計她的飯去了。她合計好了，要炒一個雞蛋韭菜，韭菜就在地裡，還有一個拌豆腐，還有一樣就是燴寬粉。肉昨天已經下去割好了，晚上已經在鍋裡用八角和花椒燉好了。鄉下做菜總是簡單，一是沒那麼多菜，二是為了節省些柴火。總是先燉肉，肉燉好了，別的菜就好做了，和豆腐在一起再燉就是一個肉燉豆腐，和粉條一起做就又是一個肉燴粉條子，還要有一個山藥胡蘿蔔，也要和肉在一起燉。劉子瑞的女人在心裡合計好了，再弄一大鍋稀粥，等人們做完活兒就讓他們先喝兩盅，酒喝得差不多的時候就蒸糕。劉子瑞女人先用大鍋熬粥，兒子從小就喜歡喝豆粥，她在鍋裡下了兩種豆子：小紅豆和綠豆，想了想，好像覺得這還不夠，又加了一些羊眼豆，想了想，又加了些小扁豆。

給房子上泥的活不算是什麼大活兒，但吃飯卻晚了。好像是，這頓中午飯都快要和晚上飯挨上了。人們上完了第一層大藁泥，要等它乾乾，到了明天就再上一層小藁泥，等它再乾乾，然後還要上去再壓，把半乾的泥壓平實了。

人們現在都忙，第一天，劉子瑞兒子的那些同學幫著劉子瑞家幹了一天。第二天，又上來，又幫著幹了一天。晚上吃過飯，劉子瑞兒子的同學就都又下去了。第三天，是拴柱，一個人上了房，在上邊仔細地壓房皮，先從房頂後邊，一點點一點點往前擀。頭頂上的太陽真是毒，劉子瑞的女人不知什麼時候，又從後邊上了房，要給兒子身上披一件單布衫子。不要不要不要。兒子光著膀子說，好像有些怪她從下邊上來。我要我不會下去取？誰讓您爬梯子？兒子說。過不一會兒，劉子瑞女人又從後邊踩梯子上來了。給你水。她給兒子端上來一缸子水。不要不要，我不渴。兒子一下一下地壓著房皮。你不喝你小心上火。劉子瑞女人說。我渴我不會下去喝？誰讓您爬梯子？兒子說，好像是，不高興了。劉子瑞女人這邊呢，好像是在下邊怕看不清楚兒子，所以，她偏要爬那個梯子，下去了，但她馬上又扒在了梯子上。這會兒，她就站在梯子上看兒子在那裡壓房頂。兒子把泥鏟探出去，壓住，又慢慢使勁拉回來，再把泥鏟探出去，再慢慢慢慢使勁拉回來。兒子每一使勁兒，劉子瑞的女人便把嘴張開了，到兒子把泥鏟拉回來，鬆了勁，她也就鬆了勁，嘴又合上了。你喝點兒水，你不喝水上了火咋辦？劉子瑞的女人又對兒子說。您下去吧，下去吧。兒子說。你喝了水我就下。劉子瑞女人說。兒子只好喝了水，然後繼續壓他的房皮，壓過的地方簡直就像是上了一道油，亮光光的。劉子瑞的女人就那麼在梯子上站著，看兒子，怎麼就看不夠。

兒子壓完了房頂，又去把驢圈補了補。雞窩呢，也給加了一層泥。兒子說，做完了這些，再把廁所修修，下午就要往回趕了。他這麼一說，劉子瑞女人就又急了。急什麼？她自己也說不清，其實她昨天晚上就知道兒子今天下午就要回去了。她邁出院子去，跟著兒子，好像是，怕兒子現在就走。兒子呢，昨天和黃泉瑞說好了的，要去他那裡先弄一袋子水泥上來，要修修廁所了。家裡的廁所不修不行了。兒子說要在走之前把廁所給再修一修。這會兒，兒子下去取水泥了。劉子瑞女人已經把雞都圈了起來，怕牠們上房，怕牠們到處刨。兒子去了沒有多大工夫就把水泥從下邊扛了回來。沙子是早備下的，兒子現在做活兒就是麻利，很快，就把廁所給弄好了，弄了兩個台，還抹得光光的。正好可以蹲在上邊。兒子說可千萬等乾了再用，又囑咐他媽千萬要把雞和狗都拴好了，別把剛剛弄好的水泥弄糟了。兒子又看看天，說最好是別下雨。劉子瑞女人跟在兒子後邊就也看看天，也說是最好別下雨。兒子進屋去了，劉子瑞女人也忙跟著進屋。兒子說下午就要走了，再在炕上躺躺吧，城裡可沒有炕。兒子用手巾把臉擦了擦，又把腳擦了擦，就上了炕。劉子瑞女人知道兒子是累了，兒子上了炕，先是躺在炕頭那邊，躺了一會兒說是熱，又挪了挪，躺到了炕尾。不一會兒，兒子就睡著了，天也是太熱，和小時候一樣，兒子一睡著就出了一頭的汗，人呢，也就躺成個大字了。

劉子瑞女人想好了，中午就給兒子吃擀麵條，接風的餃子送風的麵。她一邊揉著麵，一邊看著兒子。劉子瑞這時候去了地裡，說是要讓兒子帶些玉米去給那些城裡人吃，他去掰玉米去了。屋裡院外這時又靜了下來，雞和狗都讓關在圈裡，牠們不知道這個世界上出了什麼事，怎麼會大白天把牠們關了起來？牠們的意見這會兒可大了，簡直是怨氣沖天，便在窩裡拚命地叫。咕咕咕咕，咕咕咕咕叫一氣，忽然又停了，好像要聽聽外邊的反應，然後再叫。

坐在那裡，慢慢慢慢揉著麵，劉子瑞女人忽然傷起心來。什麼是夢呢？人活著就像個夢。兒子現在躺在炕上，忽然呢，馬上就要走了，那麼點兒，那麼點兒，當時他是那麼點兒，在自己的背上，讓他下來多走半步他都不肯，有時候要背他他偏又不讓。兩個人都在地上走就都費鞋！媽背著你就省下一個人的鞋！劉子瑞女人還記得當年自己對兒子這麼說。劉子瑞女人也不知道自己給兒子做過多少雙鞋，總是一雙比一雙大。那個豬槽子呢，劉子瑞女人忽然想起了那個褪豬的大木槽（注：褪豬毛的專用工具。）。以前總是她，把兒子按在那個豬槽子裡洗澡，左手按著右手洗，右手按著左手洗，按住上邊洗下邊，按住下邊洗上邊。以前，她還把兒子摟在一起睡，冬天的晚上，睡著睡著，兒子就會拱到自己的被子裡來了。好像是，不知出了什麼怪事，兒子怎麼就一下子這麼大了。劉子瑞女人忽然抹起眼淚來。麵揉好了，她用一塊溼布子把麵糰蒙了，讓它慢慢餳。然後，她慌慌張張去了東屋，去了西屋，又忘了自己要做什麼，站了一下，又去了院子裡，兒子穿回來的衣服她都給洗了一過，都乾了。她把衣服取了下來，放在鼻子下聞聞，是兒子的味兒。兒子穿回來的那雙球鞋，她也已經給洗了一過，放在窗台上，也已經乾了。她把鞋放在鼻子下聞了聞，是兒子的味兒。還有那雙白襪子，她也洗過了，她把它從晾衣服繩上取了下來，也放在鼻子下，聞了聞，是兒子的味兒。兒子的味道讓她有說不出的難過。她把兒子的衣服和襪子聞了又聞。

劉子瑞的兒子是下午兩點多走的，吃過了他媽給他擀的麵，麵是用井水過了一下，這就讓人吃著舒服。吃過了飯，劉子瑞女人心裡就有點受不住了，她已經，把兒子要帶的東西都收拾好了。那麼大一個蛇皮袋子，裡邊幾乎全是玉米。劉子瑞要送一送兒子，好像是，習慣了，兒子每次回來他都要送一送，送到下邊的站上去。東西都收拾好了，劉子瑞也下了地。劉子瑞女人一下子就受不了啦，好像是，這父子兩個要扔下她不管了，每逢這種時候，她總是這種心情，想哭，又不敢哭泣。這時候，兒子出去了，她在屋裡看著兒子，她的眼睛現在像是中了魔道，只會跟著兒子轉來轉去，兒子去了院子西南角的廁所，但兒子馬上又出來了，然後，就像小時候那樣，叉腿站在院子裡，臉衝著廁所那邊，做什麼？在撒尿。原來廁所的水泥還沒乾呢。兒子像小時候一樣把尿撒在院子裡了。院子裡的地都讓雞給刨鬆了，又乾又鬆，腳踩上去真舒服。劉子瑞女人在屋裡看著兒子叉著腿在院裡撒尿。劉子瑞也朝外看著，他心裡也酸酸的。等乾了再用，現在一用就壞了。兒子撒完了尿，又從外邊進來了，說水泥還要乾半天，別讓雞刨了。是是是，放出來就刨了，我一輩子不放牠們。劉子瑞女人說。該走了該走了，再遲就趕不上車了。兒子又說，故意看著別處。劉子瑞女人心就怦怦跳開了。玉米也太多了吧？兒子說，拍拍那一大袋玉米。不多不多，要不，再掰些？劉子瑞說。兒子笑了，說又不是去賣玉米，這麼多。不重吧？劉子瑞女人對兒子說。不重不重。兒子說，把那一袋子玉米就勢放上了肩，這一上，就再不往下放了。那我就走了。兒子說，故意不看他媽，看別處。

劉子瑞女人跟在劉子瑞和兒子的後邊，顛著小腳，一直把兒子送到了村子邊，然後就站在那裡看兒子和自己男人往下走，人一點一點變小，天那麼熱，日頭把周圍的白石頭照得讓人睜不開眼。兒子和自己男人一點一點變小的時候，劉子瑞女人就開始哭，眼淚簡直是嘩嘩嘩嘩地流。她一直站著，直到兒子和自己男人的人影兒小到一下子不見了。她再看，就只能看到莊稼，遠遠近近的莊稼。石頭，遠遠近近的石頭。還有，再遠處藍汪汪的山。這一切，原本就是寂寞的，再加上那遠遠近近螞蚱的叫聲，牠們要是不叫還好，牠們一叫呢，就顯得天地都寂寞而曠遠了。

劉子瑞的女人回去了，慢慢慢慢回去了。一進院子，就好像，一個人忽然夢醒了，才明白過來房子是重新抹過一層泥了，那泥還沒怎麼乾，溼溼的好聞。驢圈也抹過了，也還沒乾，溼溼的好聞。雞都給關在圈裡，院子裡靜靜的，這就讓劉子瑞的女人有些不習慣。好像是，自己一下子和自己的家有些生分了。她進了屋，心裡好像一下子空落落的。兒子昨天還在炕上躺著，坐著，說著，笑著，還有兒子的同學，這個在這邊，那個在那邊，現在是什麼也沒有。兒子一回來，這個家就活了，其實呢，是她這個做媽的心活了。剛才還是，兒子的鞋在炕下，兒子的衣服在繩上搭著，兒子的氣味在屋裡彌漫著。現在，一下子，什麼也沒了。劉子瑞的女人又出了院子。好像是，屋子裡再也不能待了，不能待了！不能待了！劉子瑞的女人站在了院子裡，院子現在靜了。昨天，兒子就在房檐下給房上上泥，上累了，還蹲在那塊兒地方抽了一支菸。昨天，兒子的同學在這院裡走來走去。現在呢，院子裡靜得不能再靜。劉子瑞女人一下子看到了什麼，嘴角猛地抽了抽，像是要哭了，她慌慌張張地過去了，靠廁所那邊的地上，溼溼的，一小片，但已經翹翹的，是兒子臨走時撒的尿。劉子瑞女人在那溼溼翹翹的地方站定了，蹲下了，再後來呢，她把手邊的一個盆子拖過來，把那地方牢牢蓋住了，又哭起來了。

第二天呢，原來的生活又好像是一下子變回來了。劉子瑞早上起來又去了地裡，弄他的莊稼。劉子瑞女人，起來，先餵驢，然後餵那些雞。雞給關了整整一天，都好像瘋了，又是抖，又是跳，又是叫。那隻公雞，精力怎麼就會那麼旺？一個挨一個往母雞身上跳，那兩隻脫毛雞，受寵若驚了，半閉上眼睛，欲仙欲死的樣子，接受那公雞的降臨。又好像是給關了一天關好了，紅紅的雞皮上頂出了尖尖白白的毛根兒，但還是一樣的難看。劉子瑞的女人做完了這一切，便又在那倒扣的盆子邊站定了，她彎下身子去，把盆子，慢慢慢慢，掀開了，盆子下邊是一個乾乾的翹起來的泥碗樣的東西，是兒子給她留下的。這時候，沒有人能夠聽到劉子瑞女人的哭聲，因為上邊的村子裡再沒別人了。那些雞，牠們怎麼會懂得主人的心事？牠們吃驚地看著劉子瑞的女人，看著她蹲在那裡，用手掀著盆子，看著被盆子扣住的那塊地方，嗚嗚咽咽……

隔了半個多月，又下過幾場雨，劉子瑞兒子山下的同學黃泉瑞這天忽然上來了。來取泥罐子，說也要把家裡的房頂抹一抹，今年好像是到了秋後雨水要多一些。黃泉瑞坐了一會兒，抽了一支菸，然後下去了。走的時候，黃泉瑞站在院子裡看看，說這下子收拾得好多了，雞窩像個雞窩，驢圈像個驢圈。黃泉瑞還看到了院子裡地上扣的那個盆子，他不知道地上扣個盆子做什麼？他對劉子瑞女人說拴柱過年回來的時候他一定會再上來，來好好喝幾口。他還說：還是拴柱好，現在是城裡人了。他還說：城裡就是比鄉下好，過幾年拴柱會把孃子您接到城裡去住。他還說：回去吧，我一個晚輩還讓您送，您看看您都送到村口了，您不能再送了。他還說：過幾天，也許，拴柱就又要回來了……

山上是寂寞的，遠遠近近，螞蚱在叫著，牠們為什麼不停地在那裡叫？也許，牠們是嫌山裡太寂寞？但牠們知道不知道，牠們這麼一叫，人的心裡就更寂寞了。

# 懲罰

村子呢，就在城市的邊緣，因為在城市的邊緣，土地就一天比一天少，城市的胃口到底有多大？誰也不知道，總之是要把村子裡的土地一大塊一大塊都吞了去才算，吞去的土地都給蓋了房子，一棟一棟的樓房就蓋在過去的菜園子上和麥子地上。村子裡的人們事一天比一天少，不少人都背上行李捲外出打工去了，剩下的那點可憐地女人和老人都能對付得了。

村長劉齊現在的事就更少了，這幾天他總是在忙那個沙場，因為村子靠近那條河，河邊的沙層很好，開沙場是最掙錢的買賣，把地皮撥拉開就行了。村長劉齊是個本事人，很快就把手續給辦下來了，要在別人，一年半載也許都辦不下這個金貴的手續。手續一辦下來，村子裡的人們都高興，村委會開大會講過了，到時候每家每戶都可以給解決一個勞力指標，人多了也不怕，分三班幹他娘，黑夜白天輪著上，直到把河邊的沙子挖個一乾二淨再說。

劉齊還對人們說沙場雖說是村裡開的，但去沙場做工待遇和城裡工人一樣，每個月都會按時發工資，還有一個柳條帽子，還有一身勞動布衣服，中午還可以在沙場吃頓飯，星期天還可以歇一天班，是上班下班的意思。這就讓村裡的年輕人都興奮得了不得。

劉齊這幾天的表現不是興奮，而是神氣活現，是紅光滿面，每逢幹成一件事他都是這麼神氣活現，都要不停地請客，從鄉裡到區裡都要請到，不請客誰知道你在幹什麼。不請客誰又會知道你已經把事情辦成了。這一次，劉齊神氣活現的結果是他終於出了事。

說到出事，還要從牟小玉說起。牟小玉這個女人不是長得俊，長得也就那樣，但人乾淨，穿著也整齊，在村子裡，這麼一來就好像與別人不一樣了。其實她和村子裡別的女人一樣，也在心裡總惦著劉齊，既然幾乎村子裡的所有女人據說都和劉齊睡過，既然劉齊已經暗示過牟小玉許多次了，要在別人，劉齊才不會暗示，是說上就上了，村子裡，只要是劉齊看準的女人哪個又能跑得了？再說那些女人們也未必不願意，自從村子裡的土地一塊一塊被城裡徵用，村裡的男人們紛紛到外邊去打工，那些女人們的身子只好是關門閉戶，簡直是守了活寡，而劉齊呢，越發是老鼠掉進白米盆，快要把肚子給脹壞了。

村子裡的人們說這話還挺幽默，那種事是往出釋放，可以說是越釋放身子越空，可村子裡的人們偏偏要說是別吃撐著。這下好，劉齊吃出事來了，撐著了！牟小玉的男人可和別人不一樣，和紅子更不一樣，正因為牟小玉的男人，劉齊才遲遲不敢對牟小玉下手。時到如今，誰知一下手就出了事，劉齊讓牟小玉的男人給抓住了。

牟小玉的男人劉府不是那種五大三粗，是精細，是十分有心計，是嘴巴子太好，好得有點苛刻，沒事總愛刺人，所以人們都躲著他，連劉齊也有點兒怵他，怕他那張嘴，人們都知道，劉府的嘴只要是一張開就要傷人，這是劉府高興的時候，他要是不高興那情況就會更加的可怕。劉府教過兩年村小學，後來不教了，去城裡給一家小商店下夜，他對人們卻說是給那家商場當會計。既然村子就在城市的邊上，下完夜劉府就會騎著車子回來睡覺，其實他也不怎麼睡，商店到了黑夜也沒什麼事，下夜照樣可以躺在那裡睡一覺，只不過多留點兒心，聽著點兒外邊的風吹草動。

劉府差不多每天八點半就回了家，照他的話是要休息了，是大白天睡覺，這和村子裡任何人都不一樣。不一樣才好，才顯出他的與眾不同。他睡與不睡其實都不要緊，要緊的是只要一到那個時間隼小玉就會對在外邊大聲說話的人或者是在外邊玩的孩子們用更大的聲音說：

「小點聲說話，劉府剛下了班在家睡覺呢！」

「到一邊玩去好不好？劉府剛下了夜班！」

「你們不上班也不想想我們劉府還要上夜班呢！」

村子裡的人們請客大多都在晚上，中午請客的現象一般比較少，中午請客一是時間短，二是一頓飯吃到下午也太耽誤事，下午人們還有許多事要做，所以人們請客一般都在晚上，晚上一是可以喝到很晚，二是可以玩牌到天亮。

劉齊這天請的是區土地局的人，開沙場離不開土地局的審批手續，村子裡辦別的事也離不開土地局，想蓋間房了，想修條路了，想掘個井了什麼的都離不開土地局。土地局的季局長和劉齊的關係很好，很好的表現主要在於季局長經常來村子裡轉悠，東看看西看看，還經常張口要東西，要村子裡的土產，小米，花生，麻油，雞和整隻整隻的羊，半片半片的豬，甚至連豆腐都要從村子裡一桶一桶往家裡提。

劉齊請季局長吃飯，季局長的派頭就在於他無論到什麼地方，尤其是吃飯，總要帶一大幫人。這天晚上來的人就很多。季局長才三十多歲，現在又上了個黨校函授，這就說明他在仕途上大有希望，遲早會大展宏圖。快到考試的時候了，季局長便有意招呼了黨校的老師，招呼了整整一桌，上午十點多那些老師們就來了，先嘻嘻哈哈在村子裡轉了一下，算是參觀學習，然後就回到劉齊家吃了一陣西瓜和水果，西瓜是那種小黃瓤，每人手裡捧一個用小勺舀上吃。吃完了西瓜又吃草莓，然後開始玩撲克牌，然後開始一邊喝酒一邊講黃故事，也就是季局長的那個故事讓劉齊忽然來了情緒，忽然動了牟小玉的念頭。

季局長講的故事居然還有個題目，就叫「咱們村又來了新人」，說是一個老村長，和劉齊一樣特別好那一口，幾乎把村子裡所有的女人都從頭到尾梳理了一遍。老村長一下台，他兒子便當了村長，新村長和他老子一樣也好那麼一口。可村子裡的人都說在這方面他要比他老子差多了，問題是，老村長不用眼睛看，只要用鼻子聞一聞就知道是哪個女人。這話讓老村長的兒子記在了心裡，有一次新村長做完那事就在對方胯下摸了一把回去讓他老子聞，他老子一聞就把那女的名字說了出來。又過了些時日，新村長又做那事又摸，又回家讓他老子聞，他老子簡直是一點點差錯都沒有，事情發展到後來是新村長再也沒有新的女人氣味可供他老子參考，而那一天，新村長喝過酒，站在驢圈邊撒尿，那毛驢受了影響，忽然也叉開兩條後腿撒肚子裡的臊水，新村長靈機一動，笑嘻嘻在驢胯那裡摸了一把，回去再讓他爹聞。他爹正在那裡打瞌睡，一個冷子就坐了起來，興奮地問：「咋地！咱村又來新人啦？」季局長講完這個故事自己先前仰後合地笑了好一陣子，然後才咧著嘴對劉齊說，說你劉齊能比得上人家？人家是村裡的女人一個也不放過，像篦頭髮一樣，你呢？人家那才叫村長，一村之長，你呢？你說你搞過多少？夠不夠一半？這村裡你還剩多少庫存？劉齊的心就是這時候開始活動的，他一下子就想到了牟小玉。「好你個牟小玉！可不能讓你再庫存下去啦！」劉齊在心裡說。

吃完飯，季局長他們分了兩撥人在那裡打牌，氣氛是十分熱烈。劉齊就滿面紅光地去了牟小玉的家。牟小玉的家收拾得真是很乾淨，院子很像個院子，一進院左手是兩間房，是放柴炭的，緊挨這兩間房的西邊又是兩間房，是廚房，正房一共是三間，玻璃都擦得亮堂堂的，還貼著些小紅窗花兒。院子當中還有個花圃，種的是各種顏色的指甲花，碎粉粉的小花開得很是熱鬧。牟小玉的家裡也收拾得很乾淨，仰塵（注：「仰塵」為天花板上貼的一種紙，可以防止灰塵掉下來。）都用的是塑膠板子，又不容易掛塵土又好擦拭。

牟小玉和劉府兩口子住西房，西房很亮堂，四邊牆上都貼了白瓷磚，掛著大玻璃鏡子。牟小玉兩個孩子住東房，當炕放著張紅油漆小飯桌，孩子們就整天在那上邊趴著寫作業。劉齊來了，這可是很少有的事，劉齊坐在西房的炕上和牟小玉滿面紅光地說話，說什麼？先說每戶可以解決一個勞力指標的事，劉齊說你們家又沒有可以上陣的勞力，我想了，我當村長可不能虧了你，讓你弟弟來吧。

劉齊見過牟小玉的弟弟，二十大幾的人沒什麼事做，總是住到他姐家裡和人們推牌九。劉齊做女人的事從來都是爽利，他坐著說話，眼睛卻瞇瞇地看著牟小玉，牟小玉是站著聽，說了一會兒話，劉齊認為火候已經到了，就勢用手把牟小玉輕輕一拉，要她坐，說你站著幹什麼？咱們坐著說！劉齊把牟小玉拉著坐下來，手卻不再鬆開，也不再說話，只用眼睛瞇瞇地看牟小玉，這是他的戰術，不說話，光是瞇瞇地看，嘴也微微咧開一點，露出裡邊白白的前門牙。看了好一會兒，劉齊認為火候恰好了，可以開始了。

「怎麼樣？」劉齊笑著說。

「你說什麼怎麼樣？」其實牟小玉的心這會兒也活泛開了。

「怎麼樣？」劉齊又說了一句，還是笑瞇瞇地看著牟小玉。

「你是不是說我弟弟的事怎麼樣？」牟小玉是明知故問。

「對。就是說你的這個弟弟怎麼樣。」劉齊往自己下邊指了一指。

「你到底說的是哪個弟弟？」牟小玉說。

「我說的是你這個大號兒弟弟。」劉齊指著自己下邊。

「那是你弟弟又不是我弟弟。」牟小玉朝劉齊那地方瞧了一眼，那地方已經鼓楞楞的凸起老高。牟小玉小聲說。

「那我就讓它給你當一回弟弟！」劉齊一把就把牟小玉攬在懷裡了，要她輕輕坐在他那凸起的地方上，那個地方馬上由鼓楞楞變成是頂頂的了。

「小心人看見。」牟小玉忙跳開。

「在這村裡我就不怕任何人看見！」劉齊說。

「那你還不怕讓劉府撞見？」牟小玉說。

「我讓他招呼季局長搓麻呢，他好一陣子下不來，你就放心好好陪我玩兒吧。」劉齊說他都已經安排好了，給了劉府五百底錢，讓他也好好玩兒個夠。劉齊說著話已經把褲子褪了下去，他想想這有點不那麼太美，便索性把褲子一下子脫了。

「脫一半兒做做算了。大白天的你想吃多飽？」牟小玉說。

「那才死不舒服，我就喜歡脫光了大幹。」劉齊索性把上衣也脫了。身上是一絲不掛了。

「劉齊！」牟小玉急了，說劉齊你脫那麼光做什麼？小心有人撞見。

「快來，快來。」劉齊說就是被人撞見又怕什麼？被人撞見也是我的大下，在這村裡誰能管了我？劉齊說他就是在街上幹這種事也沒人敢說個什麼，只是他不想那麼做。

完了事，牟小玉把褲子提了起來。劉齊卻說要散散汗，先不急著穿，還要抽支菸，他就那麼光著身子躺在那裡抽菸。牟小玉攏好了頭髮，又挨過來，對劉齊說。

「你就這麼簡單？就這麼幹了我？」

「什麼叫這麼簡單？」劉齊說。

「說把我幹了就把我幹了？」牟小玉說。

「那你還要什麼？」劉齊笑了。覺得這個牟小玉真是和別人有那麼一點兒不一樣。

「不能這麼簡單吧？」牟小玉說。

「那我就再幹！」牟小玉這麼一說，劉齊倒又來了勁。

「不行不行，頭髮都梳過了，一會兒又要亂。」牟小玉把身子往後一躲，說莫非就只給她弟弟辦一下工作。話說回來那又不是什麼正經工作，只不過是到沙場挖挖沙子，跟在地裡挖土一樣。等沙子挖光了還不是再回村裡遊手好閒？

「那你說怎麼辦？讓我再重新把他生一回？」劉齊笑了。

「你都把我幹了，該怎麼辦你說。」牟小玉看著劉齊，說她從今往後明裡是劉府的人，暗裡就是村長的人啦。其實牟小玉這麼說的時候也不知道自己要說什麼，在想要什麼，或者是想做什麼。

劉府就是這時候從牆頭上臉色煞白地跳了進來。劉齊和牟小玉都聽見了那咚的一聲，劉齊躺在那裡動都沒動，牟小玉明白是有人從牆頭上跳進院了，她剛明白過來就看見了劉府，屋門沒插，劉府三步兩步闖進了屋裡，已經站在了床邊。

劉齊躺在那裡沒動，他倒是有點慌，但他看到劉府手裡沒有傢伙就不那麼慌了。

「咦？你怎麼不打牌了？」劉齊說。

「我當然不打了，打你媽個X！」劉府說。

「你都看見了。你說吧。」劉齊看著劉府，劉齊對這種事總是拿得很準，大不了就是多花幾個錢，村裡哪個人不把錢看成是親爹。

「你讓我說，我看還是你說吧，待會兒有你說的！」劉府說。

「劉府你既然都已經看到了。你說吧，你要多少錢？」劉齊又說。

「不光是錢的事。」劉府說。

「那還會有啥事？」劉齊說。

「我早就知道我女人逃不脫你這一下子，村裡女人都逃不脫你這一下子，我也知道你讓我打牌是什麼意思，我也知道我今天要做什麼，我也不能讓你逃脫了，我也要在今天把你打發了，給你來個懲罰！」劉府說。

「你想做什麼？」劉齊瞇起了眼。

「你說呢？」劉府已經把劉齊的褲子和衣服都一把擄了過去，把劉齊那條紅色內褲也一併擄了過去。劉府幹這種事的時候顯得很冷靜，冷靜之中還是激動。他把牟小玉的衣服和褲子也一把擄了過去，然後去了西房，劉齊不明白劉府去西房做什麼。牟小玉卻知道劉府是在做什麼，劉府把劉齊和牟小玉的衣服都扔到了西屋，然後把西屋門鎖了，才又過來。

「你說我要你的錢？告訴你我不要錢，這幾年我也不怎麼缺錢花。」劉府說。

劉府的手裡是一截繩子，綠色的尼龍繩。劉府已經跳到了床上，猛地朝劉齊腰那地方踹了一腳，這太讓劉齊想不到了。劉齊尖叫了一聲，身子就像是折了一樣，疼得他只有變成蝦米的份兒。在一邊發呆的是牟小玉，她想不到劉府會有這樣的好身手，能這麼麻利就把劉齊捆了。當然劉齊不讓劉府好好兒捆，劉府就又踹了劉齊一腳，這一腳踹在劉齊的肚臍眼子上。劉齊肚子一疼，人就變成了一個團兒。「唉。」劉齊又說話了，說劉府你這人怎麼這樣？這種事說出去對誰都不好，多給你兩個錢，無論是誰，到後來還不是為了多要兩個錢？還能做什麼？

劉府不說話，騎在劉齊身上把繩子唰唰唰唰抽死了。

劉齊臉上的汗沒了，這時候他才有點兒害怕，怕有人在院了裡出現。他看著劉府要牟小玉從這屋裡出去，然後就把門從外邊關上了，關上還不行，又嘩啦一聲上了鎖。現在人們防盜意識都加強了，窗上都安了鐵條，門從外邊一鎖劉齊就是長了翅膀也沒法了從屋裡飛出去。

劉府出去了，他沒動牟小玉一指頭，他只是改變了主意，對牟小玉說我早就知道要發生這種事了，我也早就想好怎麼懲罰狗日的劉齊，你可以把衣服穿起來，但你要是想放了劉齊我就給你好看！劉齊在屋裡聽見劉府還對他女人說鑰匙就在這裡！你看著辦！你要是敢給他把門開了你就自己拿主意！劉府還真厲害，嘩啦一聲，把鑰匙扔在外屋桌上了。

劉府出去了，劉齊從窗子裡看見劉府從院裡一晃一晃走了出去。劉齊忙對外面的牟小玉說：「快快快，快快快，快把門打開讓我出去，給我找件隨便什麼衣服。」劉齊連喊了好幾聲，牟小玉都沒搭腔。劉齊說牟小玉你聽見沒聽見，現在還有時間，你放我出去就什麼事也沒有了，他劉府就是長一百個嘴也說不清咱倆兒的事。牟小玉在外面說話了，說你就是娶了我媽我也不敢。劉齊忙在裡邊說那我就乾脆娶了你，你比我老婆年輕十多歲。牟小玉在外面又說了話，說她這回可完了，說她還不知道劉府待會兒會怎麼收拾她，說她也不知道劉府出去是幹什麼去了。

「也許是去借殺豬刀了？」牟小玉說。

「你知道鑰匙在就行了，你是不是傻了？」劉齊急了。

「他不讓我動我就不敢動。」牟小玉說。

「你放了我什麼事就都沒了，到時候我不在他能說什麼，抓姦拿雙你知道不知道？」

劉齊急出一頭汗，急得在裡邊亂敲門。這時候外面有了動靜，是一大片動靜，一大片動靜由遠而近，也就是說是有一大片人要從外邊進來了。劉齊瞪大了眼朝外看，他首先看到了紅子，頭很肉的紅子，一張臉紅彤彤的，像醬得很好的豬頭肉，並且還油光光的。

天已經黑了下來，一點點也不和劉齊商量就黑下來了。劉齊想知道季局長他們現在去了什麼地方，他們知道不知道自己出了這種事，當然季局長他們不知道最好，這事怎麼說都不是好事，不傳出去最好。劉齊又想自己的家人現在怎麼樣了？當然她們最好也不要知道。

劉齊光著身子，他當然不敢把西屋的燈開了，他想這會兒最好什麼人能夠出現。這個人最好是自己的好朋友，一是可以調動錢，二是可以給他找人，要是私了不了的話。但這種事最好還是不要經公，一經公自己的村長怕就保不住了。應該是誰出現呢？應該找誰呢？劉齊一直在西屋床上坐著想這件事。

外邊的人們好像倒不怎麼關心裡邊的劉齊，倒開始準備吃飯喝酒了。牟小玉呢？怎麼連她的聲音一點點都聽不到？但劉齊馬上看到了，看到牟小玉像什麼事情也沒有發生過，在院子裡的燈光下走來走去，也就是從院子裡的廚房出來，端了一盤綠油油的菜，然後進到屋裡，然後又去廚房，又端一盤紅光光發亮的菜出來，然後再進到廚房裡，再出來，再端一盤黑不溜秋的菜，牟小玉都弄了些什麼菜？劉齊才不關心這些！他想用胳膊肘子敲敲玻璃，小聲喊喊牟小玉，讓她快去叫個人來，但叫誰呢？這麼一想，劉齊就又打消了念頭。

好一陣子，牟小玉又不知去了什麼地方，這時候外面堂屋裡的人們開始喝酒了，聽聲音有十多個人，劉齊從聲音上漸漸能分辨出都是些什麼人在外邊。劉齊忽然有些發慌，外邊的這些人讓他想到了他們的女人。劉建國、黃金成、秋來、王老二、王老二弟弟、紅子、六火，還有馬達和馬守貴，算上劉府十個人，這些人的女人都和自己有過那麼一手。紅子的女人因為和自己有一手讓紅子打跑了到現在還沒有音訊。

劉齊真的慌了，出了一頭汗，他當然明白劉府叫這些人來是為了什麼。但劉齊就是弄不明白劉府會怎樣對付自己。這麼一想，他就更憋不住尿了，劉齊實在是沒辦法再憋了，他中午喝了太多的啤酒。劉齊忽然想對外面大喊一聲，說自己要憋不住了，但他忽然給自己的衝動嚇了一跳，要是劉府還沒把自己和牟小玉的事告訴外邊的那些人呢？自己這麼一喊豈不要壞事？劉府有可能不告訴他們嗎？這時候劉齊心裡早亂了套，他實在是憋不住了，他光著身子下了床，摸著黑想找個可以撒尿的東西，他這時候顧不得那麼多了，他光著身子在地上轉了一圈兒，沒找到什麼可以讓他往裡邊撒尿的東西，他就開始朝床下邊撒，一泡尿撒了好長時間，他終於看到地上亮亮的一道，從他肚子裡放出的尿又都從床下流了出來。「反正也豁出去了。」劉齊對自己說。

「媽的！我來！看我整不死他！」

劉齊忽然聽到外邊的人大聲說了這麼一句。是紅子的聲音。

「那麼臭。你能行？」是王老二嘻嘻哈哈的聲音。

「行！看我整不死他！」紅子又在外面說。

「好。喝好了咱們再做。」是劉府的聲音。

人們對劉府忽然要請他們到家裡喝酒都有點納悶，所以都拿不準究竟是出了什麼事。但還有沒有比別人要請自己喝酒好的事？所以那些人都來了。牟小玉已經給劉府訓練出來了，再加上剛剛出了她和劉齊的事，劉府說要她炒菜去，她就一頭扎進了廚房。牟小玉現在是心驚肉跳，她不明白劉府將會怎樣對付劉齊，兩個孩子分明已經給劉府安頓在了他奶奶那裡。劉府做事就是這樣，讓人摸不透，讓人害怕，東屋裡黑乎乎的，劉齊在裡邊一點點動靜都沒有，堂屋裡的人卻坐在那裡有聲有色地開始喝酒了。牟小玉只有從廚房往屋裡端菜的時候才露一下臉兒，其餘的時間她都待在廚房裡眨巴著眼想事，所以菜不是甜了就是鹹了。

劉府是個有心計的人，他一開始沒說，他只說是要請人們到他家喝頓酒，酒過三巡，劉府開口了，他把酒瓶拿在了手裡卻不再給人們倒，綠玻璃酒瓶舉在半空。劉府說要和大夥商量個事，商量什麼事呢？劉府把桌子上的人都一一看了一個過兒，然後才說事到如今我也不怕醜，也不怕丟人，那就是，自己女人牟小玉也讓劉齊給那個了。劉府這麼一說，桌上的人就立馬都僵在那裡不說話了。這些人都有一肚子心思，那一肚子心事無一例外都是從自己女人那裡來，說從自己女人那裡來還不完全，應該說是從自己女人和劉齊那裡來。這整整一桌子人，可以說是誰也別笑話誰，每個人的女人都讓劉齊給睡過，既然全桌人的女人都讓劉齊給睡了大夥兒還能說什麼？劉府把桌上的人都挨個兒看了一個遍，就把這話說了出來，說咱們現在的遭遇都一球樣了。誰還笑話誰？

「先說好了，咱們誰也別笑話誰。」劉府說。

「咱們的女人都讓狗日的劉齊給睡了，大家都一球樣了。」劉府又說，說把大夥兒招來的意思就是商量一下怎麼收拾劉齊這傢伙。他也太狂了，把全村的女人從東睡到西，從西睡到東。劉府說話的時候，王老二問了一句，聲音很小，但全桌的人都聽清了。

王老二問劉府是什麼時候的事？

「今天的事。」劉府說。

「那劉齊呢？」王老二又說。

「先別說他在什麼地方。」劉府說先說說咱們怎麼收拾他？

「總不會在地窯裡邊吧？」黃金成說。黃金成這麼一說桌上的人就都笑了，他們希望劉齊再次給塞到地窯裡去。那一次，劉齊在鄰村做事讓人給堵住了，被鄰村的人給塞到了地窯裡，要不是劉齊出了三千也許就會給塞在地窯裡待一輩子。那一次，劉齊是光溜溜地給塞在地窯裡，滿身的細白嫩肉給地窯裡的蟲子咬滿了花疙瘩。

「總不會又掉廁所裡了吧？」王老二的弟弟又說。

人們就又想起劉齊跳牆頭掉到廁所裡的事，在莊稼地裡給抓住的事，在廚房裡給抓住的事，總之這種事是太多了，更多的時候是劉齊什麼事都沒有，幹這種事他可以大搖大擺從人家的院裡進，大搖大擺再從人家的院裡出。劉齊現在的經驗可豐富了，睡女人這種事大不了就是多花幾個錢，一個不行倆兒，十個不行二十，三十不行四十。

活在這個世界上的人無論看上去多麼複雜，其實到了後來都會變得很簡單，那就是都為了錢！其實人們又能拿劉齊怎麼辦呢？自己女人讓劉齊給睡了，你能不能殺了他？殺了他還要償命。再說也不能把自己女人給殺了，殺了女人就會什麼都沒有了。再說，劉齊睡的又不光是誰誰一個人的女人，如果只睡一個人的女人，那問題就不一樣了，嚴重了，問題是劉齊幾乎把村子裡所有能睡的女人都睡了，所以，簡直是平均了，什麼事情一平均就好像不再那麼嚴重了。以致村裡那些還沒有給劉齊睡過的女人們的男人們在心裡都會感到惴惴不安，他們的不安源於不知道自己的女人到底出了什麼事。一：是不是自己女人太沒了女人的那個味兒？二：是不是自己女人已經讓劉齊睡了而自己還不知道？這一點其實最折磨人，村子裡已經有好幾家的男人因為這個問題和女人幹過仗了。那些清清白白的女人現在倒要比被劉齊睡過的女人還要痛苦，還要受罪。她們的現狀是說不清道不明，人也就跟上日漸消瘦，在心裡又對劉齊有些不明不白的埋怨，埋怨劉齊是怎麼回事？怎麼不來睡自己？這簡直是普遍存在的心理。

劉府看著桌上的人，要他們給自己拿個主意，這倒是新鮮事！劉府什麼時候讓別人給拿過主意？劉府最不缺的就是主意。劉府的肚子裡邊好主意壞主意實在是太多了，隨便拿幾個就夠別人使用好長時間。桌上的人都眼巴巴看著劉府，甚至於他們的胃口也受到了影響，都不想再動筷子了。他們在心裡又幾乎是幸災樂禍，一是對劉府，他們在心裡簡直是一陣歡呼：你劉府的女人也終於給劉齊睡了！這麼一來，大家都平等了！二是對劉齊，劉齊也活得太他媽有滋有味了，連劉府的女人牟小玉也敢睡，這一回肯定有好看，要是沒有好看也就不是劉府了。

被劉府請到家裡來的這些人終於明白劉府為什麼忽然要請他們來了，他們的心情怎麼說，簡直是愉快的，如果說他們以前不拿劉府當自己人看，有些人在心裡多多少少還認為劉府肯定是在暗裡嘲笑自己，因為他們的女人讓劉齊睡了而嘲笑自己，現在可好了，大家都平等了，都一樣了。劉府的女人，牟小玉也和自己的女人一樣了。這會兒，桌上的這些人感覺到和劉府有了親和力，好像是他們的一夥兒了。

「怎麼辦？」劉府又說了一句。他又給桌上的人倒一回酒。

桌上的人都不說話，誰都知道肯定有主意已裝在劉府肚子裡了，這時候誰要是再把自己的主意說出來還不讓劉府嘲笑？村子裡，誰不知道最有主意的就是劉府。但也有敢把自己的主意說出來的，這就是紅子。紅子是最沒主意的人，做什麼事都帶點愣，所以別人的女人雖然讓劉齊給睡了，但現在一到晚上還會好好兒地睡在屋裡，只有紅子的女人給劉齊睡跑了。紅子是往死了打自己女人，打一回，要她向劉齊去要一回錢。打一回，再要她向劉齊去要一回錢。

「跟他媽的劉齊去要錢。」紅子看著劉府，說話了。

劉府看定了紅子，說錢還有個數兒？要多少是個夠？

紅子張開嘴，說不出話來了，三千？四千？五千？這只能是傳說中的數位，現實中的數位是劉齊最多給過這村裡人五百塊錢，關於這種事，劉齊居然還有依據，那就是人們到城裡歌廳去睡女人，最多也就是148，再多還可以攀升到248，再也不可能多了。劉齊還對紅子親口說過，劉齊對紅子說什麼？說睡黃花姑娘最貴，因為人家下邊有那麼一層漂亮膜兒，所以一次可以給五千！可你紅子的女人是黃花姑娘嗎？要是，我就給五千！

「要錢還算個主意？」劉府說話了，一下子就把紅子的想法給槍斃了。劉府說靠女人被睡要錢最不是個事。在這村裡，最多劉齊也只給過五百，劉府說他根本就不想這麼做，劉府這麼說話的時候桌上的人就知道劉府肯定是有主意了，就都看著他，而偏偏紅子這時又多了一嘴，說要不就去鄉裡告了他，把他的村長給擼了。

「擼了他！」紅子說。

劉府的眼睛這一回不再看紅子了，劉府這一回是看全桌的人，眼光把全桌人都一下子罩了起來，其實就是誰也不看，誰也不看就是誰都看，而真正的情況是全桌的人都看著劉府，眼巴巴看著劉府用筷子挾了一大塊黃汪汪的炒雞蛋送到嘴裡了，一大塊炒雞蛋送到了劉府的嘴裡，劉府的那張嘴就開始嚼動，動了好一會兒，劉府的喉結突然努了一下，大大的喉結朝上去，朝上去，然後又降下來，降下來，最後又復了位，回到原來的地方，這說明劉府完成了把雞蛋吃到肚子裡的任務，然後，劉府又把一杯酒送到了嘴邊，一杯酒，平平地和嘴唇取了一個平，劉府的上嘴唇慢慢朝外拉長了，慢慢慢慢挨著酒杯裡的酒了，腮幫子，當然是人家劉府的腮幫子，又一下子往裡猛地收了回去，吱的一聲，一口酒就到了劉府的嘴裡，聲音真是銳利好聽，酒已經在劉府的嘴裡了，但劉府還不急著把它嚥了，那喉結又提上來，提上來，不見了，而忽然那喉結又一下子降下來，降下來，咕的一聲，這口酒就在劉府的肚子裡了。

喝過了這口酒，劉府才又開始說話。劉府說話的時候並不看紅子，劉府說什麼？說紅子你太沒腦筋，現在要是去告他，你就等於給自己做了一次廣告，讓全鄉的人都知道你頭上的綠帽子綠得像菠菜！而且，要是在這時候把劉齊給告了，沙場的事要是黃了怎麼辦？到時候誰都別想去沙場去掙錢。

「你說行不行？」劉府看定了紅子。

「不行，他媽的還真不行。」紅子說。

「你也一次次向劉齊要過錢。是五百對不對？」劉府又對紅子說。

「他媽的，也算是這村裡最多的啦。」紅子說。

「錢還在不在？」劉府對紅子說。

「早花了。」紅子說。

「不在了吧？」劉府說。

「哪還能在。」紅子說。

「女人呢？在不在？」劉府說。

紅子不說話了，這個問題最讓他傷心。

「劉齊還在不在？」劉府的問題在深入了。桌上的人們的精神給調動起來了，都嘴張張地看著劉府。

「在啊。這個王八蛋！」紅子說。

「這不對了，錢花了就不在了，可劉齊還好好兒地在那裡待著。」劉府說。

一桌的人都不知道劉府接下來要說什麼了，劉府卻又不說了，要大家都把酒倒上，要大家都再一塊兒乾一杯，要大家都喝好了，劉府這麼說話，卻指揮了紅子給大家倒酒，為什麼要紅子給大家倒酒呢？劉府笑了一下，說這一桌人都要比你紅子累！劉府這麼一說，桌上的人又都不解其意了，又都看定了劉府。

紅子很聽話，把桌上的空酒杯都一一倒滿。

「怎麼說我就不累？」紅子把酒瓶放下了。問劉府。

「你女人不在啊，所以到了晚上你比我們每個人都輕省。」劉府說。

劉府這麼一說全桌的人就都又笑了起來，笑得紅子心裡很憋氣。

「操他媽！」紅子說。

劉府認為時機已經到了，酒也已經喝好了，劉府簡直就是宣佈了一條驚人的消息，那就是劉齊現在就在東屋，只不過被他捆了，身上是一絲不掛。是時候了，是劉齊接受懲罰的時候了，既然大夥兒一不能告他，告了他他被擼了還不知道再上來一個村長是怎麼回事；二是開沙場還離不開他；三是劉府才不稀罕他那兩個錢，現在人們多多少少都有幾個錢。劉府又給自己倒了一杯酒，他要說自己的主意了，全桌人都又重新看定了他。

「我的主意是——」

劉府只說了一半兒，他又把一杯酒平到了嘴邊，穩穩地平到了嘴邊，酒杯的小沿兒挨住嘴唇了，但這回劉府的手有一點點顫，劉府的上嘴唇又慢慢慢伸長了，探到了酒杯的杯沿兒，劉府的腮幫子又一下子收了回去，吱的一聲，尖銳而好聽，一杯酒，這回是一杯酒，一下子給劉府狠狠吸到了嘴裡，劉府的喉結一下子努了上去，緊接著又一下子降了下來，這說明劉府這一口酒喝得很快，很猛，杯中的酒是一滴不剩，是喝得乾乾淨淨，這說明劉府的心氣是多麼狠。

喝光了這杯酒，劉府還不急著說他的主意，而是又用筷子夾了一口黃汪汪的炒雞蛋，筷子上的雞蛋和劉府的嘴唇又取平了，劉府張開了嘴，炒雞蛋被穩穩地送到了嘴裡，劉府的喉結又提了上去，提了上去，這一回，劉府的腮幫子不是收了回去，而是鼓了出來，鼓了出來後腮幫子猛地一陣子蠕動，是猛烈地蠕動，狠狠地蠕動，隨後劉府的喉結一下子又降了下來，這就是說，那口雞蛋已經飛快地落了劉府的肚，劉府吃過了雞蛋，可他還不說，他又抬起了右手，右手和嘴取平了，五個手指慢慢張開了，張開的手指從小手指那裡開始轉，先是小手指，後是無名指，再就是中指，然後是食指，最後是大拇指，五個手指把嘴給用力擦了一下，然後就攥成一個拳頭了，這個拳頭最後停在了劉府的下巴頦那裡，也只停了一下，然後這個拳頭就重重落在了桌子上。

「紅子，這一回全看你的了！」

劉府認為到時候了，他把自己的主意終於說了出來，說既然劉齊有的是錢，向他要兩個錢也瘦不了他，說既然咱們也不能告他，沙場還要靠他開，說村裡既然離不開他，村長還要他當，說既然他讓咱們都沒臉見人，說既然他操了咱們女人，所以，咱們也要讓他見不得人！讓他一輩子都見不得人！讓他一輩子再沒臉見人！劉府把話一說完，桌上的人先是猛地靜了一下，然後都忍不住笑了起來，笑過後又都看定了紅子。

「紅子你女人可是讓劉齊這傢伙給弄跑的！」劉府說。

「媽的，看我怎麼整他！」紅子說。

幾乎沒有幾個人，能在這天晚上聽到劉齊用了很大的勁才勉強忍住的一連串慘叫，這時已是夜裡十點多了，劉齊的叫聲因為用了很大勁才給壓低了而顯得格外可怕，劉齊像是給人捂著嘴捅了一刀又捅了一刀，捅了一刀又捅了一刀。坐在廚房裡的牟小玉可是給嚇壞了，她顧不得許多了，要是劉府真是把人找來把劉齊給一刀一刀做了那可就什麼都完了。在這個村子裡又不是自己一個人給劉齊睡過，既然大家都給劉齊睡過了，為什麼劉府偏要出這個頭。牟小玉是嚇壞了，她真怕劉齊給劉府帶一幫子人在自己家裡給殺了。

牟小玉也顧不了那麼許多了，她從廚房裡跑了出來，又踉踉蹌蹌跑進了西屋。西屋的門一推就開了，牟小玉看到了什麼？她看到紅子正在那裡呼哧呼哧繫他自己的褲子，看樣子紅子是剛剛把褲子才提好。劉齊還光著身子，渾身一絲不掛。他痛苦地彎著身子，好像永遠也直不起腰來了，他就那麼彎著腰在屋裡打轉，一隻手捂著自己的後面，一隻手死死捂著自己的嘴，看樣子劉齊真是疼壞了，疼得不得了，疼得都像是活不了啦，疼得只好在地上不停地打轉。劉齊彎著腰，一手捂著嘴，一手捂著後面，一張臉憋得彤紅。

牟小玉不知道發生了什麼事情，她拿眼直看自己的男人劉府。

「可惜你來晚了沒看到好戲！」劉府說話了，說劉齊這狗日的既然是從東睡到西從西睡到東把村子裡的女人差不多都睡了，這一回，是紅子，不！是我們大夥兒也讓他當了一回女人。

「操！讓他也當一回女人！」劉府說。

「操！讓他也當一回女人！」劉府又說。

屋子裡的人都看著劉齊，忽然都忍不住笑了起來，笑了起來，笑了起來。

# 花生地

這地方，就叫花生地，據說這裡原來種過花生，現在是，什麼都沒有了，只有一片灰色的水泥樓群。老趙就在這個小區裡看車棚。人們總是能看到老趙在小區裡走來走去，但人們就是很少能看到老趙那個個子細高細高的兒子在做什麼。只是，人們早上能看到老趙個子細高細高的兒子上學去了，騎著一輛舊車子，嘩啦嘩啦。晚上，人們又看到老趙個子細高細高的兒子放學回來了，還騎著那輛舊車子，嘩啦嘩啦。人們從來都沒見過老趙個子細高細高的兒子在院子裡玩兒過。星期天，人們有時候可以看到老趙個子細高細高的兒子站在那裡背英語單詞，就站在小區車棚前的花圃邊，旁若無人地背著，而且聲音很高。花圃裡的蜀葵開得正好，這種花實在是太能長，一長就長老高，一開就開出各種顏色的花來，但來一場大風，這花就會給吹得東倒西歪，但就是給風吹倒在地上，它還會照樣橫在那裡開花。

老趙這一家人是這小區裡最最特殊的一家，好像是，這家人是整個小區的僕人，人們有什麼事都會去找他們幫忙，搬個東西上樓，要拉點兒水泥沙子回來，注定都是老趙的事，無論誰一喊，老趙就去了，大高的個子拉個小車看上去有點滑稽。老趙住的車棚靠八樓最近，所以他和八樓的人就來往多一點。夏天的時候，人們在屋裡熱得待不住，就下到下邊來，站在車棚前邊說話，老趙也會加入進來。人們看到老趙種的花兒了，一盆一盆，碧綠碧綠，什麼花呢？走近看，才發現原來種的是芫荽，韭菜，還有芹菜，別人吃芹菜會把根子扔了，老趙女人卻把芹菜根子留下再種到盆子裡，那盆子是別人家丟棄不要的漏盆子，正好用來種這些東西。

人們在上邊陽台上看到下邊的老趙女人從屋裡出來了，彎腰在盆子裡摘了一把什麼，碧綠的在手裡，是香菜，又進屋裡去了，那香菜，給老趙女人洗洗切切就下鍋了，那是要多新鮮就有多新鮮的芫荽啊，看著讓人眼饞，樓上的人馬上就下去，去對老趙女人說，給我們摘幾根芫荽做湯好不好？好啊，好啊。老趙女人會馬上說。八樓的居民就是這樣與老趙一家親近起來的。有了什麼事，比如小孩過生日，老人做壽，都會來車棚這邊喊老趙女人，要她幫著做糕團或去漏綠豆粉條子。人們有了什麼，比如兩三個啤酒瓶子，或者是一個馬糞紙的包裝箱子，也不扔，也不值得去賣，也會在陽台上喊了老趙，讓他拿了去，有那麼一點施捨的味道，更有那麼一點意思是：讓人覺著人們在心裡還想著老趙。

人們在自己的屋子裡居高臨下望一望下邊的老趙，那棚子，那亂糟糟的各種破爛，讓人們無端端覺著老趙的生活是零零碎碎，那是零零碎碎拼湊起來的生活，這樣的生活會有前途嗎？或者是，會有明天嗎？這麼一想，老趙家的一切都彷彿在人們的眼裡暗淡了下來，像謝完了幕的舞台，燈光正在一盞跟著一盞熄掉，人已經走光了，只有模糊不清的人影還在台上晃，這模糊不清的人影必然是老趙兩口子還有他們那個子細高細高的兒子，這讓人們在心裡生出些無名的憐惜。人們是這樣看老趙家的，其實是，人們忽略了老趙，起碼是忽略了老趙那個個子細高細高的兒子的存在。老趙的個子細高細高的兒子像是深藏著，只有吃飯的時候，人們才偶爾會看到他端著個碗出出進進，或者是，人們還好像聽到他在屋裡背英語單詞，不見人影，也只有聲音的存在。在人們的印象中，老趙這一家人好像什麼都吃，白菜、白菜幫子，茄子，茄子柄，芹菜，芹菜根子，芥菜，芥菜葉子和根子，香菜，香菜根，處理的香菜（注：指用最便宜的價錢賣掉的香菜。是便宜貨。），大把大把地買回來，老趙的女人在那裡擇香菜了，兩隻手在一大堆碧綠裡刨來刨去，那一大堆爛糟糟的綠，慢慢慢慢就被順成了整整齊齊的一堆兒，香菜根子也不扔，洗了，切了，用醋和糖泡在一個罐頭瓶子裡，是一道菜了。蘿蔔也是買處理的，一大堆，一一擇好了，蘿蔔是蘿蔔，纓子是纓子，纓子也是用水洗過，切碎，也是放在一個又一個空罐頭瓶裡醃了起來，老趙的屋子窗台上，一溜兒，都是這種內容豐富的瓶子，車棚裡的窗台上，也是一溜兒，亦是這種內容豐富的瓶子。

老趙家好像是一年到頭難得吃幾次炒雞蛋，雞蛋的空殼就都一個一個扣在花盆子裡，讓人們無端端想起過去的日子。讓人們覺得老趙的日子過得雖然零零碎碎卻有一份兒悠久的細緻在那裡。真正的深秋還沒來的時候，老趙的女人又在那裡張羅著醃菜了，老趙彎著腰把缸和甕都搬到了院子裡，又不知從什麼地方接了根紅色的水管子，把那些缸都洗了又洗，很莊重，像是在做一件大事了，老趙兒子也參加了進來，細高細高的個子也彎著，幫著挪缸，這真是少見。那些洗過的缸和甕必要在院子裡倒扣一夜，第二天才可以開始醃。要醃的大白菜在入缸之前還要晾一晾，就一棵一棵地立在車棚外邊的牆根下。

人們在上邊，居高臨下地看著老趙的女人在那裡翻菜，彎著腰，把菜一棵一棵都翻到。老趙的女人總是穿著別人穿舊不再穿的衣服，在這個夏天，她穿著一件孔雀藍的半截袖，這件衣服前邊的兩個口袋是兩個鮮紅的草莓補花，這衣服有那麼一點點閨閣氣，但穿在她身上多多少少有那麼點不協調。老趙一家在那裡醃菜了，醃過了大白菜，怎麼說，居然還要醃韭菜，小區的人們還沒見過這麼醃韭菜，整醃，不切，用鹽又多，醃出來的韭菜黑綠老鹹！住在八樓的人們有時候在吃飯的時候朝下望望，老趙在棚子裡吃什麼？他在吃什麼？從盤子裡挑出來，長長的一根就送嘴裡了，原來就是這醃韭菜。老趙醃完了韭菜好像還不行，還要醃韭菜花，白白綠綠地把韭菜花兒買回來，洗了，放石臼裡搗，搗，搗，再搗，直搗得整個院子都能聞到那令人受刺激的味道！新醃醃菜剛剛醃好的時候，住在八樓的人們常常被老趙的女人喊住，老趙的女人會讓他們拿一些新醃的醃菜回去吃。

老趙的生活是零零碎碎，人們是遠遠地看著這一家人生活，從色彩看，從物件看，那各種各樣的破爛，怎麼能不是零零碎碎？不但零零碎碎，而且呢，還是暗淡的，但人們忽然發現，老趙家的生活在暗淡之中居然有一種生命力極強的勃勃生機。問題是：老趙這天忽然要請客了，請八樓的鄰居，要他們下來吃一頓便飯，這真是新鮮事，為什麼？出了什麼事？先是，人們於興奮之中說到了老趙可能請人們吃什麼，都說老趙家要請客就不必吃什麼大魚大肉，更不必吃什麼海參魷魚，就吃些老趙家平時吃的土飯就行了，蓧麵餃子了，蓧麵墩墩了，小米子稠粥了，二米子撈飯了什麼的，菜就吃火燒茄子了，火燒土豆了，苦菜團子了什麼的最最好。

天有多麼的熱，人們還說最好不要在屋子裡吃，乾脆，就在車棚外邊擺張桌子。還有就是，八樓的鄰居，下到下邊去問老趙女人要不要幫忙，因為老趙家從來都沒請過客，其實別的人家現在也很少在家裡請客，這就顯得很隆重。老趙女人笑笑，侉侉地說了句不用，我一個頂得住陣。

是晚上，被請到的人們都去了，人們好像是，怎麼說，沒看到老趙女人怎麼忙，菜卻都已經做好了，涼盤已經都放在了那裡，一張荸薺紫大圓桌面，下邊墊了一張小桌子就放在了炕上。人們都上炕，桌上的涼盤是一個牛肉，一個芹菜海米，一個涼皮子，涼皮子上邊是彤紅的紅油和切得極細碎的蔥花兒，兩個豬手，對切開，再對切一下，亦紅紅的要發出光來的樣子，還有一個火腿腸，還有一個小肚兒，這兩樣是從店裡買來的。還有一個大拼盤，裡邊是蔬菜，有黃瓜和水蘿蔔，還有豆腐乾，這說明老趙一家也與時俱進著，知道時下人們喜歡吃些什麼。

這是晚上，天已經黑了，有蟈蟈在外邊叫。老趙笑咪咪的，一張臉本是漆黑的，給日頭曬的，曬到的地方呢，是黑，沒曬到的摺皺裡呢，又是白，這樣的一張臉是花的，皮骨緊湊而花，這就讓老趙的臉很有看頭。他堅持坐在最邊上，圓桌還分什麼邊不邊，但他就是要分出個中間和邊，邊就是炕沿兒這邊。他讓老沈，過去當過林業局局長的，人們現在還叫他沈局長，老趙讓沈局長坐在了頂裡邊。

人們都坐好，老趙卻執意不坐，要彎著腰給人們的小碟兒裡畢恭畢敬地倒一回醋，不知怎麼，老趙的動作有些不自在，有些誇張，看他那樣子，倒醋的樣子倒像是在倒酒，這就讓客人們笑了起來。老趙臉紅了，黑臉一紅便像是紫，還有汗，額頭上和鼻子上還有下巴上，一路下來，亮晶晶的。老趙說：有了醋吃飯才香，沒醋還叫個宴席？人們就又笑。老趙的女人呢？在車棚的後邊，夏天熱，老趙就在後邊立了個泥爐子。老趙女人在後邊炒菜，人們用鼻子感覺到了，是在炒肉炒青椒，平平常常的肉炒青椒這時候忽然是那麼香，那麼家常而動人，那麼讓人們的食欲躍躍欲試。各種的菜餚裡，唯有肉炒青椒讓人想到夏天，那香不是香而是一種刺激，肉先在鍋裡爆炒，然後下青椒再炒，青椒的香氣不炒硬是不肯出來。香氣出來了，炒菜的人在那裡給嗆得直捂鼻子。這個菜，起鍋的時候才再倒醬油，這麼一來，肉片就更紅了，青椒呢，就更綠了。這個菜原是大紅大綠的意思，一個肉炒青椒，一碗白米飯，這頓飯會有多香！老趙女人在後邊把第一道菜炒青椒炒好了，菜也給端了上來，客人們都吃了一驚，是老趙的兒子，個子細高細高的小趙把菜端了上來，小趙怕羞，把菜往桌上一放就跑掉，雖然是慢慢進來再慢慢出去，卻是跑的意思，是怕人。

第二道菜，裡邊的客人又聞到了，是炒芹菜，當然是肉炒芹菜，這菜也是一道夏天的菜，香氣好像是清了一些，卻實際上是更濃。裡邊的人已經開始喝酒了，先乾三杯，是這裡的規矩。酒是倒在一個小小的白瓷壺裡，然後再從壺裡往每個客人的杯子裡倒，這樣就會滴酒不漏，是節省，好像又不是節省，是一滴都不肯浪費。三杯酒下來，其實老趙一直是站在那裡倒酒，還陪著一杯一杯地喝，他也會偶爾夾一筷子菜吃。老趙站在那裡，把筷子伸出去，夾準了，菜在筷子頭上了，他的另一隻手也跟著伸了出去，在筷子下邊接著，一直接著送到嘴裡，又一筷子，夾住，菜離了盤，另一隻手又伸了過去，伸在筷子頭下，也就是在菜的下面接著，穩穩地又把菜送到了嘴裡。有菜汁掉到他手上了，他會把手在嘴上一抹，連那菜汁也不浪費。

炒芹菜過後，人們的鼻子給劇烈地煽動了一下，是異香，這異香也只是茄子香，是燒茄子啊，燒茄子的味道傳了過來，在花生地這個小區，也只有在老趙這裡還能吃到燒茄子。

燒茄子是用一個大盤給老趙那個子細高細高的兒子端了上來，燒茄子顏色多好，是綠，綠之中有些微焦的意思在裡頭，上邊是大量的蒜泥，還有油，是三合油，亮亮的。這道菜一上來，人們便暫時停止了喝酒，筷子紛紛都伸向了燒茄子。這時候，老趙那個子細高細高的兒子還沒出去，不知誰說，小趙！也喝一口！老趙的個子細高細高的兒子忽然就慌了，臉紅了，擺著手忙說不會不會，一邊說著不會不會一邊朝屋外退著走，在門檻兒上不小心給絆了一下，年輕人真是機靈，人沒倒，卻跳了一下，跳出去了。

燒茄子過後，再沒動人的味道傳過來，但下一道菜卻更具煽動性，是火烤山藥，山藥還是去年窖裡窖的，大個兒的紫皮山藥，在灶下烤得沙酥酥的。一剝皮，裡邊的瓤兒便鬆鬆地散開在碗裡，這烤山藥是要調了剛剛醃好的芥菜來吃，芥菜，一盤，白白綠綠，是細絲，端了上來，這菜好不好？好！飯店裡吃不到。

這一頓飯吃得人們都很高興，酒也喝得差不多了，這時候，老趙又宣佈了一個好消息，上完最後一道菜就上主食，主食是酸撈飯，老趙說他女人昨天已經把玉米麵捂在那裡了，一大盆，捂了一夜，已經酸透了，這樣的酸飯，加上大量的紅紅的油潑辣子，再加上綠綠的芫荽該是多麼誘人。為了迎接這在別處再也吃不到的酸飯，大家又紛紛敬老趙一杯。

最後一道菜，還是老趙那個子細高細高的兒子給慢慢端了上來，這盤菜與別的菜不同，是用一只大盤子端上來，上邊還嚴嚴實實地扣著一只盤子，這就讓老趙的鄰居們不知道這最後一道菜是什麼菜。人們都能感覺到，老趙這時已經興奮了起來，老趙的兒子也興奮著，臉紅彤彤的。他把盤子端端正正放在桌子中間了，兩隻手卻好像是不知該放到什麼地方了，眼睛卻看著他的父親。老趙對他個子細高細高的兒子說：你把盤子給叔叔大爺們打開，讓叔叔大爺們看看你這道菜。老趙看著兒子，是，連說了幾句，是，滿臉的笑，是，只看著他個子細高細高的兒子，老趙的兒子呢，亦笑著，兩隻手好像是更不知道往什麼地方放。你把盤子給叔叔大爺們打開，讓叔叔大爺們看看你這道菜。老趙又對他的兒子說了。這時候，不但是老趙和他那個子細高細高的兒子興奮著，老趙的鄰居們也都跟著興奮了起來，他們不知道那盤子裡該是什麼菜，或者是，是老趙兒子的手藝？這時候，老趙的女人也出現了，站在門口，笑著，好像是，她累了，就靠在了門上，一直笑著，她在背後對她個子細高細高的兒子說：你就打開盤子讓叔叔大爺們看看你的菜。好像是，老趙的女人一出現，老趙那個子細高細高的兒子忽然有了勇氣，他已經，把手伸了過去，白晰的手指，把扣在菜盤上的盤子輕輕一掀，這中間他還猶豫了一下，但還是把盤子一下子掀了開來。

坐在桌子邊老趙的那些鄰居們看到了什麼？盤子裡居然沒有菜，紅紅的，盤裡放著一張對摺的紅紙，像是請帖，但會是請帖嗎？這是什麼？這最後一道菜是什麼，老趙的鄰居們都有些傻，都不知道這是怎麼回事，都抬起臉看定了老趙。老趙是抑制不住，他的手，怎麼說，居然在那裡抖，他抖抖地把盤裡那請帖樣的紅紙拿在手裡了，手抖動得就更厲害了，老趙把對摺的紅紙拿在眼前念了起來，聲音也在跟著抖，這回是，老趙的那些鄰居們也激動起來。他們都聽清了，這是入學通知書，老趙那個子細高細高的兒子的入學通知書，老趙的兒子，怎麼說，居然被錄取了，而且是，清華大學！再念一遍。不知誰興奮地說。老趙就又念了一遍，聲音抖得更厲害：清華大學。再念一遍。不知誰又大聲說。老趙就又抖抖地大聲念了一遍：清華大學。這真是最好的一道菜。是沈局長，在那裡說話了，聲音亦激動得有些不對頭，他說話的時候，老趙和老趙女人的臉上都一道一道亮亮的，但那不是汗。這真是最最好的一道菜了！沈局長又說，激動地大聲說，手也舉起來：世界上還有沒有比這道菜更好的菜？沈局長執意要敬老趙和老趙女人一杯，老趙的那些鄰居們也都紛紛舉起杯子來，老趙的手抖得更厲害了，接過酒杯，一杯酒倒有一半兒都灑在了地上，另一半喝到嘴裡馬上又給頂了出來，人們都聽到了老趙那尖銳的哭聲，從胸部一下子洶湧澎湃了出來。

花生地真是好地方啊！不知誰嘆息了一句，說。

# 堵車

車就這麼給堵住了。

車是給堵在高速公路上，高速公路有太大的自由，就是可以讓那些年輕司機放開了跑，跑得像是要飛起來。而高速公路也太不人道，一旦堵了，誰也沒有辦法。

路兩邊是鋼鐵的欄杆，人可以用雙手一扶躍過去，躍過去做什麼？去撒尿。車堵得那麼多，都有幾公里了，車一輛接著一輛，要撒尿就得躍過欄杆到道下邊去解決。道下邊是莊稼地，高粱、玉米，還有穀子和黍子。男人們就到地邊去，大大咧咧叉開腿，把肚子裡沒用的黃水遠遠放出去，人就舒服了。女人們呢，也要用雙手扶住欄杆往外邊跳，她們要走得更遠，到高粱地和玉米地裡去，在那裡蹲著，耳邊，留意著風吹草動，有那麼一點新奇，有那麼一點緊張，甚至還有那麼一點冒險的意味。女人們跳到道那邊去，大多要找個伴兒，也有被男朋友陪著的。

豪華旅遊車上就有那麼一對兒，二十多歲，是大學生吧。那男的，臉白白的，眉毛細細的。總是陪著那女的到地裡去。車上的人都看到了，還在心裡給他們計算著時間，如果是兩個人同時解決，也該完了，如果是女的解決完了，然後是男的解決，也應該完了，而他們卻還不出來，都半個小時了，都一個小時了，都一個小時多了，車上的人都有點兒急，這兩個人在做什麼呢？在密密的高粱地裡？

但他們想做什麼就做什麼吧，他媽的！誰讓車已經被堵了五天，五天不算短，而且又得不到疏散，高速公路就這一點最缺德，前不能前，後不能後。既然堵在高速公路上的車很多，注定便是各色各樣的車都有。有拉鋼材的大卡車，有拉旅客的豪華車，有拉蔬菜的車，還有拉牲口的。一車牛，滿滿一車牛，擠擠挨挨，還有一車豬，豬就沒有牛那麼從容，總是在那裡叫，像是在練聲，在準備一場演出。還有那討厭而好色的公豬，居然，還有使不完的精力，亂中取勝地躍上母豬的身子在那裡耍流氓。而這只是前幾天的事，這幾天，那些豬都蔫了，天是多麼的熱，連水都喝不到。

人們可以從車上下來到道邊去透透氣或者散散步，豬呢？牛呢？可遭了大罪了。沒吃沒喝，過得簡直就不是人的日子，豬是人嗎？不是，牛是人嗎？也不是。豬現在不怎麼叫了，牛卻叫開了，哞的一聲，又哞的一聲，悽楚悠長。牠們都是一些老牛，幹不動活兒了，如果是人，早已經在家裡看電視養老了。而牠們是牛，主人又終於下了決心，把牠們賣了，等著牠們的是鋒利的屠刀，而牠們卻渾然不知，牠們現在想家了。牠們原來也和人一樣，各有各的脾性，各有各的家，從小都在各自的村子裡生活著，從村子裡到地裡，再從地裡到村子裡，牠們也有青春年少，和別的牛幹過仗，或者也有過愛情，像那一對兒大學生一樣在野地裡野合過。牠們奇怪自己到了什麼地方，車是一輛接著一輛，天又是多麼的熱。是哪頭牛，又在叫了，哞的一聲，讓人聽了心裡是多麼的難過。

高速公路堵車了，這就夠熱鬧的。但好像是還嫌不夠熱鬧。附近村子裡的人們都出動了。一部分人是來賣各種吃食的，比如餅子，饅頭，還有綠豆稀飯和泡菜。泡菜是青椒和包頭菜再加上芹菜切成絲醃的那種，很能開人胃口。還有剛從樹上摘下的杏子和李子。更多的村裡人是到這邊來賣速食麵。甚至有在道邊生了火，搭了小棚。擺了小板凳和小桌子，他們的攤兒上有雞蛋和速食麵，煮一包速食麵打一個荷包蛋就是一頓飯。漫長的堵車給了他們掙錢的好機會。這種攤兒一個接一個，女人們在這裡招呼客人，男人們騎著車子給她們運貨，紅著臉兒，滿頭的汗，把一箱子一箱子的速食麵和雞蛋送來。

堵在公路上的人們再焦躁也要吃飯，人這種動物火氣最大，火氣一大飯量也會隨之變大而且挑剔，一開始那幾天，一頓早餐一包速食麵加一個雞蛋還可以，到了後來，人們要求番茄，要求黃瓜，要求茄子和青椒，要求更多的花樣，甚至居然還會要求火腿腸和午餐肉。好像是：人們都要在這裡安家落戶了。無論人們有多麼大的火氣，公路還是死死地堵著。那場面簡直就像是發生了戰事。亂得不能再亂，高速公路道邊的莊稼算是倒了大楣。所以呢，另一部分人從村子裡急急趕來是為了看護他們的莊稼，是看護嗎？不，是保衛！因為他們發現，好好兒長在地裡的莊稼已經有一部分變成了飼料，變成了被困在車上的那些豬和牛的飼料。

天氣是太熱了，人可以找找陰涼。而那被困在車上的豬和牛呢？吃吃不上，喝喝不上，吱吱吱吱，哞哞哞哞地叫著。車主和貨主簡直是急瘋了，滿滿一車豬，又不能把牠們放下來讓牠們去散步，讓牠們到樹下睡一覺。豬也是要一日三餐的，即使沒那麼高的規格，一天也要吃一頓吧，但到什麼地方去找飼料？又不能讓牠們死，最最讓貨主和車主發愁的是萬萬不能讓牠們減肥，牠們又不是時下的小姐，個個都花枝招展想著減肥。牠們一但減了肥，少了分量，就意味著貨主口袋裡的鈔票被人偷了或被人搶了。這就又給附近村子裡的人們開了一條生財之道。他們不能把豬食一鍋一鍋地端來，他們只能賣些豬草。甚至，還賣水。貨主心疼也沒辦法，給豬餵水，怎麼餵？豬這些傢伙們，一是沒有紀律，二是沒有修養，一桶水放在那裡，牠們又不懂得排隊，一個挨著一個地喝，牠們會一下子就把水桶弄翻了。貨主只好把水一桶一桶往車上潑，讓那些豬在車上能舔多少是多少，豬草也是，一把一把揚到車上去，讓那些豬能吃幾口算幾口。

一切都亂了一切都亂了。貨主已經在附近找屠戶了，他們的想法是：能賣掉幾頭是幾頭，總比餓成個豬骨架好。那牛呢？牛和豬不一樣，尊貴多了，做什麼都從容不迫。牠們餓了，渴了，但牠們更是下不了車，車欄被加高了，牠們只好用頭撞那些車欄，匡匡匡匡地撞，哞哞哞哞地叫。貨主也從附近買了草餵牠們。但牠們的胃口真是大。貨主們也動了腦筋，想找屠戶，能殺幾頭是幾頭，能賣多少是多少。說到殺豬，好像是在各個村子裡都能找到幾個會這門手藝的人。但宰牛可沒那麼簡單，不是任何人都敢宰牛的。

高速公路堵了，而且一堵就是五天，六天，七天，看樣子還要再堵下去。不但被堵在高速公路上的人們的生活亂了套，附近村子裡人們的生活也亂了套。

一個老頭兒，滿頭的汗，終於在人群裡出現了。他背著一小捆稗子草，從莊稼地裡鑽了出來，他是附近村子的。這老頭兒上身穿一件顏色複雜的白背心，領口已經破了。下邊是一條舊軍褲，是他兒子穿剩下的？還是別人穿剩下的？人們會想。老頭兒的臉給太陽曬得有多麼黑，好像是，眼睛也給曬成了一條縫兒，嘴唇乾裂著。人們都看出來了，這老頭為了什麼事焦急著，走路有些踉踉蹌蹌，因為是上高速公路那個斜坡。人們又覺得這老頭兒有些好笑，既然是來賣草的，怎麼背那麼一小捆，就不會多背一些來？人們又有些可憐他，也許是他太老了。這幾天，被堵在高速公路上的人又是氣，又是焦急，但生氣與焦急也沒有辦法，無聊卻慢慢慢慢被產生了出來：打哈欠，睡覺，發呆，漠然地看車下的事。有人注意到這個老頭兒了。老頭急慌慌走到了那輛牛車旁邊，牛車的車欄被加高了。老頭兒在車下看車上的牛，從這邊看到那邊，從那邊看到這邊，看了幾個過兒，喊了一聲，他喊什麼？

黑妞——

老頭喊了一聲。

車上的牛是一頭擠著一頭，老頭只能看見這邊車幫子的和那邊車幫子的，被擠到裡邊的他就看不到了。這幾天，貨主弄來草就在車幫子邊上餵，能擠到車幫子邊的都是些還算年輕的牛，起碼是比較壯實的，那些老弱的，都被擠到了中間，牠們很少能吃到喝到。

黑妞——老頭又喊了。

車上的牛就起了一陣騷動，像是一池子水，被攪了一下，有個棍子在裡邊攪了一下。但那些車上的牛都給餓壞了，誰也不讓誰，一頭一頭在車幫子邊固守著，準備著吃那一口草，牠們以為有人要給牠們開飯了。

老頭兒失望了，他已經從長長的車隊伍的這頭走到了那頭，從那頭又走到了這頭，但高速公路上只有這一輛牛車。老頭有些奇怪，看了看車上的牛，又喊了一聲，又喊了一聲，因為失望，他要離開了。但就在這時，車上有牛叫了。

哞——

老頭聽到了，一怔，眼睛一亮，他又喊了：黑妞、黑妞、黑妞、黑妞……

車上的牛都動了，一頭老弱的牛終於踉踉蹌蹌從牛的縫隙裡擠了出來。這是一頭黑花牛，頭上的角很短，粗短粗短的，像是兩只胡蘿蔔。有一隻角甚至像是短了一截兒。這頭牛是太老了，一連幾天都被擠在裡邊，但牠用了大力，牠聽到了主人的聲音，那聲音只有牠能聽懂，那聲音一下子就給了牠力量，牠擠過來了，牠原來是站在靠車尾那塊地方，牠從車尾的木欄裡伸出了頭：「哞——」的一聲。聲音先是低，又低又細，然後就變得渾厚了，嘹亮了，但有幾分沙啞，聲音裡有埋怨又有喜悅。「哞——」

老頭兒看到這頭牛了，像給什麼打了一下。他動作緩慢地趴上了車欄，他想伸手拍拍這頭叫黑妞的牛的頭，他拍到了：「黑妞——」

黑妞又哞地叫了一聲。這頭牛是太老了，但是再老，眼睛裡也還是會有眼淚的。

老頭兒的動作已經相當緩慢了，而且顯得笨拙，他開始慌慌張張餵這頭黑妞了。這時，在道邊樹下乘涼的貨主過來了，他認出了這個老頭兒。牛是他沿著村子收來的，他認識這個老頭兒，家在離高速公路不遠的村子裡。

老頭兒把草扯了一把探給車上的黑妞，卻一下子被旁邊的牛一口叼了去。

老頭把一條腿跨進了車幫子，把手裡的草探給黑妞，黑妞這下子吃到了，但牠是老了，叼在嘴裡的草又給旁邊的牛搶了去。老頭一下一下用手打著別的牛，一下一下地餵著他的黑妞，眼淚從他的眼裡掉了出來，但沒人能夠看到老頭的眼淚，只有那頭黑妞能看到。牠伸出了結滿厚厚舌苔的舌頭舔了一下老頭的手，就像是砂紙，在老頭手背上掃了一下，又掃了一下。

有人看見了這個老頭兒給車上的一頭牛餵草，但這又有什麼吸引人的地方？那個貨主，又回到樹蔭下和人打撲克了。他對旁邊的人說，那老傢伙餵他自己的牛呢。

那牛他沒賣？旁邊的人問。

賣了，他想餵讓他餵。貨主說。

沒人在意這個鄉下的老頭兒，人們的心都亂亂的，都想著車什麼時候能開。那一對大學生樣子的男女，又到莊稼地裡去了，甚至還帶了一件雨衣，他們去做什麼，人們都好像知道，又好像永遠不會知道。但人們也不那麼興奮了，不大注意他們了。

而那個鄉下老頭，卻興奮得厲害，他餵完了他的黑妞，他要走了。他走了不算太近的路，他聽到了高速公路被堵的消息，也聽到了這邊被堵的車上的豬給曬死的消息，還聽到了這邊可以低價買到生豬的消息，而且，他還聽到有一車老牛被堵在了高速公路上，貨主到處在找屠戶要把牛殺了賣。前幾天，老頭兒剛剛把家裡的老牛黑妞賣了，他心裡難受極了，從沒這麼難受過。天這麼熱，一車牛，你擠著我，我擠著你，頭上是大太陽。他心裡不忍了。黑妞，從小，兩個月，被他從鄰村買了來，在他們家待了有多少年，說出來許多人都不會相信，整整二十五年。簡直就是他們家的一口人，黑妞犁地的樣子多俊，一步一步，後蹄子總是一邁就搭到了前蹄子。這個黑妞，你只要和牠開個玩笑，比如在牠的角上掛一小塊豆餅，牠就會原地轉圈兒，牠吃不著那塊豆餅，而牠認了死理非要吃，便轉了一個圈兒又一個圈兒。二十五年，整整二十五年，這黑妞現在的樣子真是不能和當年相比，毛色早已經不像是閃光的緞子了，甚至走路都不行了。牛販子來的時候，老頭打了多少個主意，終於把牠賣了。老頭兒想不到黑妞會給困在路上，困在車裡，擠在那麼多的牛裡邊，受那麼大的罪。

老頭要走了，流著淚。他怕人們看到他流淚，就裝著擦了幾把汗。他想再看看黑妞，黑妞卻正在車上盯著他看，身子在動，想從車上掙下來，哞了一聲，又哞了一聲。

「哞——」黑妞急了。

老頭兒又站住了。回頭看他的牛。

黑妞在車上掙了一下又一下，但牛擠牛，牠能從車上跳下來嗎？要是人，牠就會輕輕跳下來追過來。可牠是牛，牠是黑妞。

「哞——」黑妞又叫了一聲。

老頭又站住了，真正的十步五回頭。他聽懂了。

黑妞又叫了一聲，是在問，問什麼呢？老頭知道。

老頭兒還是走了，失魂落魄的。雙手扶住高速公路邊上的鋼鐵欄杆，把一條腿上去，身子伏在了欄杆上，又抬起另一條腿，人才翻到了欄杆的另一邊。人翻到了另一邊，他卻又不走了，看著車那邊，看著車上的黑妞。

黑妞又「哞——」的叫了一聲。

老頭兒這回下了決心，掉轉身，走進了道邊的玉米地，他要抄近路回去。

這時的天色開始慢慢慢慢黑了，既然沒有通車的希望，人們又準備要吃飯了，道邊的小攤兒上又生了火，這也是炊煙，裊裊地升起來，嫋嫋地升起來。車上的人，罵著，罵公路，無奈著，去吃，去喝，去撒尿，去拉屎，但他們又都不敢走遠，如果走遠了，車一下子動起來怎麼辦？操他媽！操他媽！操他媽！一個年輕司機，脫光了膀子，站在道邊喊。

天又亮了，而且還起了一點點的霧，好像是要下雨了，但這霧也只是一會兒工夫的事，很快就散去了。這樣的天氣，會更熱。早上天還沒亮的時候，人們聽到了一陣豬叫，人們不用睜眼就知道又是豬販子來了，來買豬，打著手電，在車上看來看去，用手揣揣這頭，再揣揣那頭。選中了，也不用費多麼大的勁，那些豬，歷盡了磨難，好像是也想早早離了這車，被選中的豬叫開了，也只是叫那麼幾聲，好像是對車上的兄弟姐妹說再見。好像是對所有被堵在高速公路上的人說再見。那些人，怎麼睡？有睡在車上的，自然是坐著睡，有睡在公路上的，在身下鋪一塊塑膠布。豪華客車上的旅客都煩死了，都商量著準備回去起訴，但起訴誰呢？他們又不得而知。那一對兒大學生模樣的戀人，那男的臉白白的，眉毛細細的，和他的女朋友隨遇而安，卿卿我我，那女的睏了就趴在男的腿上睡一會兒。

天又亮了，還是沒有車能開通的消息傳來。

那個鄉下老頭兒卻又出現了，因為是早上，他的身上多了　件很舊的軍上衣，腳上的鞋子已經給露水打溼了。老頭兒背著一捆鮮嫩的稗子草，又出現在那輛運牛的車邊了。

黑妞，黑妞，老頭兒站在車下喊：黑妞，黑妞。

一車的牛都動了。

黑妞，黑妞。老頭兒又喊了。

車上的牛，經過了一晚上的饑餓煎熬，誰也不讓誰了，都往車幫子邊上擠。黑妞是老了，牠沒有那麼大的力氣，牠只能在牛群裡「哞——」地叫了一聲，又「哞——」地叫了一聲。老頭兒又趴上車欄上了，他看到了自己的黑妞，被擠在後邊，黑妞使了勁，卻怎麼也擠不過來。老頭把一把草抽出來，朝黑妞揚著。但老頭手裡的草很快被車幫子邊上的牛一揚頭叼走了。老頭兒用手把離自己最近的牛推開，往後推，往後推，一邊召喚著黑妞。那黑妞在老頭的召喚下好像又有了力量，終於擠過來了。老頭兒發現黑妞的頭部靠眼睛的地方在流血，黑妞受了傷，不知被哪頭牛的角弄傷了。黑妞努力擠了過來，把頭靠近老頭兒了。一下子把頭放在了老頭兒的胳膊上。老頭兒這才發現黑妞的鼻子上也有傷了。老頭心上難過極了，也明白該怎麼餵黑妞草了，他把草，團成一小把一小把，攥在手裡送給黑妞。

他昨天晚上已經想好了，今天不再來了，但早上一起來心裡就慌慌的，像出了什麼事，兩隻腳就朝這邊來了，離老遠就看見高速公路上的車還黑壓壓地堵著。高速公路上車那麼多，人那麼多，豬那麼多，還有那一車牛。但老頭兒心裡就只有黑妞。他的心裡難過極了，賣黑妞的時候，他難過得在院子裡走來走去，在牛欄裡進來出去。他覺著自己幹了一件最最沒良心的事。讓他想不到的是，那麼多的車居然在高速公路上被堵了，他的黑妞居然還在車上。老頭簡直像是在贖罪，再餵一次吧，總不能讓牠餓著，他在心裡對自己這麼說。

這天早上，老頭兒不但背了草來，而且還拿了黑妞最愛吃的豆餅，一大塊兒，在車上被掰成一小塊一小塊，一小塊一小塊的豆餅被老頭塞給黑妞。豆餅的氣息讓車上的牛都激動起來，都使了蠻勁擠過來，黑妞很快就給擠到後邊了。黑妞是急壞了也氣壞了。哞的一聲，又哞的一聲，又哞的一聲。

黑妞。老頭喊一聲。

「哞——」黑妞是通人性的，在那裡答應一聲。

黑妞。老頭兒又喊一聲。

「哞——」黑妞又答應了一聲。

但黑妞畢竟是老了，牠擠不過來。

老頭兒的眼裡有淚了，是一把一把的老淚。他把拱到自己身邊的牛頭推開，推開，再推開。他看見黑妞了，在別的牛的後邊可憐地揚著頭，不是揚著頭，而是被別的牛架了起來。老頭兒的身上，還帶著一個綠色的啤酒瓶子，裡邊是水，還加了一點點鹽，他想給黑妞餵些水，但那些饑餓的牛都被豆餅的香氣煽動了。黑妞是老了，二十五年了，二十五年有多少日子？在那麼多的日子裡，黑妞天天跟著自己，現在，怎麼會這樣？老頭兒從車上下來了，哭了，他不怕別人看見，眼淚流了滿臉。他又繞到了車的另一邊，從另一邊趴上了車欄。他喊他的黑妞：「黑妞，黑妞。」

車上的牛又是一陣湧動，黑妞轉不過身子來，卻揚起頭，叫了哞的一聲，又哞的一聲，聲音是那樣的蒼老和無奈。

高速公路兩邊的生活垃圾已經堆得很高了，大多是速食麵盒子和塑膠袋子，太陽照樣地熾熱，車照樣還沒有通。有一輛拉蔬菜的車，已經用小車把菜一車一車地讓本地人買走，但菜還是爛了一大半兒。爛了的菜只好扔到高速公路的道兩邊，所以遠遠近近都能聞到腐爛了的蔬菜的味道。天又黑了下來，在人們憤怒的罵聲中黑了下來。時間是最無情的，而又最有規律，黑過之後，又慢慢慢慢亮了，也就是說，新的一天又來了。新的一天到來的時候，高速公路上的人們被一件事情吸引了，那就是那個老頭兒又出現在那輛牛車邊。他像是有點兒害羞，但他執拗地對那個牛販子說，他一定要把他的黑妞贖回去。

贖牛？牛販子說，好像有些不相信。

不賣了。老頭兒說他不想賣了，賣牛的錢已經帶來了。

老頭兒一頭的汗，雖然是早上。他把賣牛的錢掏了出來，一共四百，一個沒動。老頭兒要把錢交給牛販子。牛販子當然願意，他不願意看到車上的牛死，更不願在這裡耗著讓牠們掉分量。但這是在高速公路上，他還是有些猶豫，一是擔心車要是動起來怎麼辦？二是他不知道怎麼把老頭兒的牛從車上弄下來，一車的牛，一頭擠著一頭。怎麼把牛從車上弄下來？車已經被加高了車欄，要是想把那頭牛弄下車就得把加高的牛欄拆了，這有多麼的麻煩，多麼的費事。牛販子同意了，車主卻不願意，坐在那裡不動，看著前方，像是沒聽見。前方呢？一點點動靜都沒有，車還堵著。

我不賣了，我要把我的牛贖回去。老頭就是這麼一句話，還有一頭的汗，不知是急得還是熱得。老頭跟在牛販子的後邊。周圍的人有熱鬧看了，他們實在是心煩而無聊，一點點事都能激起他們的興奮。他們很快都站到了老頭兒的一邊，他們認為老頭兒簡直是一種悔改的舉動，因為老頭兒在那裡說了，說黑妞，在他們家都二十五年了，做了二十五年的活兒，下地，打場，拉糞什麼都幹，老頭一邊說一邊急著掉淚。

這時旁邊有人說話了，說看不出你這個老頭兒心就這麼黑，牠給你幹了二十五年的活兒你一下子就把牠賣了？你們這些農村人還有一點點人性沒有？二十五年的長工都得給養老金！這個人這麼一說，許多人就都憤怒了，都說這個老頭兒真是不對。而很快，這種情緒又產生了變化，因為那老頭兒，忽然調過頭去喊他的牛，聲音顫抖著：「黑妞——黑妞——」

黑妞知道牠的主人來了。在車上，蒼涼無力地回應了：「哞」的一聲。

圍在牛車邊上的人們都忽然不說話了，有一種令人感動的情緒像是傳染病一樣，馬上傳染了他們。那個老頭兒的聲音和牛的聲音讓他們很難過又很激動。

老頭兒的眼裡已經滿是淚水。

黑妞——老頭兒又喊叫了一聲。

黑妞又在車上「哞」地又回應了一聲。

圍在車周圍的人很快就都成了老頭兒的支持者，都認為應該讓老頭兒把他的牛贖回去，要不贖回去，那牛不是在這裡熱死就是要給屠殺掉。

那個車主卻走到了一邊去，他不願做這種事，那加高的牛欄都是用八號鐵絲擰緊的，要想把加高的部分拆開還不那麼容易。再說，要想把牛從車上弄下來，還得要搭板子，牛又不是什麼東西，可以從車上一下子扔下來，或者是用繩子吊著送下來。

車主到一邊去了，去了玉米地。圍在車邊的人們就都沒了主意。這樣一來呢，那老頭兒就更著急了，團團轉。牛也是一條命。這時不知誰在說，說牛這種動物其實最應該得到尊重，幹一輩子活兒到老在這裡受罪真是不人道。二十五歲的牛如果是人可能就是九十多歲了，九十多歲還讓牠受這種罪？說這話的就是那個臉白白眉毛細細的年輕人，他的女朋友就站在他的身旁，挽著他的胳膊。二十多歲的年齡正是容易衝動的歲數，這臉白白眉毛細細的年輕人說：「拆一下後馬槽上的欄杆，又不費多少事，無論是什麼動物的生命，都是最最珍貴的。」這臉白白眉毛細細的年輕人，自告奮勇了。工具很容易就從別處找了來。這個年輕人就上去，一條腿跨在車欄上，一隻腳蹬在後馬槽上，開始往開弄車欄上加高的木欄。下邊的人接應著，這年輕人，身上有俠客的氣質，一想到要解救出一頭老牛來，先就激動了，所以他幹得很起勁。他把八號鐵絲弄開了。弄開了這頭，又去弄另一頭。一根杆子就給從上邊遞了下來，下邊有幾個人接著。

「幹什麼？幹什麼？」這時候那個車主出現了，他很不滿意，車上的一切都是他的特權。

「你下來！」車主對正在車上幹得歡的年輕人喊。

年輕人就停了下來，但人還在上邊站著，看著這個不知從什麼地方鑽出來的車主。

你幹什麼？車主對那個年輕人說。

年輕人倒不知道說什麼好了。

「下來。」

車主說。口氣是不好的，挑釁的。

黑妞的主人，那個老頭就急了，他急了有什麼辦法，他只好去對那個牛販子說好話，說牛不賣了不賣了，錢一個不少都在這裡了，他不願看他的牛在這裡受罪。圍在車周圍的人們都好像突然怒了，都朝著牛販子，都說人家不賣了你就得把牛還給人家，牛命也是命！趕快把牛還給人家老頭兒！這些人們這樣一說，那牛販子就回了頭看車主，車主原是他的朋友。他用眼睛詢問車主是什麼意思。

「下來下來！」車主的口氣還是狠的，他要那年輕人馬上從車上下來。

那臉白白眉毛細細的年輕人從車上下來了，但是，讓所有的人都吃了一驚的是：那車主，從年輕人的手裡一把奪過了工具，車主也是年輕人，身手更矯健，一下子就蹬著馬槽上了車，他自己幹了起來。這真是讓人想不到。這就更能顯出一個人的性格。下邊的人幾乎要喝出采來。車後邊被加高的欄杆很快就被拆了下來，拆下加高的部分，後邊的馬槽就可以放下來了。後馬槽一放下來，問題也就來了，那頭叫黑妞的牛怎麼下來？又不是條小牛，可以被人們抱著，就像牠小的時候被那老頭兒抱著走來走去。這時就有人又出了主意，既然找不到搭板，不可以從別的車上下一塊側馬槽嗎？這意見很快就被人接受了。而且後邊那輛車的司機就願意幫一下這個忙，而且很快就下了一塊過來，斜斜地架在那裡了。車的牛，一頭擠著一頭，在車上湧動著，那牛販子馬上上了車，他生怕那些牛從車上掉下來一頭，他把那些牛往後邊趕。

那老頭兒也上了車，他要把他的黑妞從車上引下來。

黑妞。老頭喊了一聲，揚揚手。

哞的一聲。黑妞在裡邊叫了一聲，算是答應。

黑妞，老頭又叫了一聲，推開別的牛往裡邊去，那頭黑妞，畢竟是老了，已經給擠到了最裡邊。老頭從這頭牛和那頭牛的縫隙間擠進去，看到他的黑妞了，摸到他的黑妞了，手已經像往常一樣一把抓住了那粗粗短短的牛角。老頭兒的感覺是，一下子像是中了電，甚至，激動的打了個顫抖。但他有什麼辦法？他怎麼才能把他的黑妞從一頭擠著一頭的牛裡弄出來。

車上，都是牛屎，黏滑的，簡直是下不了腳，牛們都知道發生了事，都緊張了起來，個個都不肯讓了。還是那個臉白白眉毛細細的年輕人，一躍，上了車，讓他激動的是，現在他們要解救一頭老牛，他沒想到車上會這樣髒，腳下會這樣滑，每一頭牛的身上幾乎都是屎，一上車，他就給蹭了一身髒。他好不容易擠到老頭兒的身邊了，他把擠在老頭身邊的牛往一邊推，他要幫著老頭推出一條路來。這時車下又上來一個人，也來幫忙了。那黑妞，卻害了怕，這幾天的經歷讓牠心驚膽跳，牠倒不敢到車邊去了。那老頭兒，和幫他忙的人好容易把黑妞推到了車的後馬槽那裡，黑妞卻說什麼也不下車了。任你怎麼推，任你怎麼拉，牠都倔著不下，在那裡抖著，可憐地倔著，就是不下車。

老頭兒生氣了。好像是自己的孩子在眾人的面前不肯聽話，又好像是，為了牠，老頭兒已經欠下了這麼多人情，這麼多的人都在幫忙，而黑妞還是不肯下，這怎麼像話？老頭兒在黑牛身上捶了一下，黑妞還是不肯動，老頭兒又在黑妞身上捶了一下，生氣了，這簡直是丟自己的臉，下邊有那麼多的人都看著。

下下下下！老頭兒說，使了勁，捶牠的屁股。黑妞的屁股硌疼了老頭兒的拳頭。

「你別打牠，你打牠做什麼？」車下邊的人說話了，說牛又不是人，可以坐飛機，可以從車上往下跳，牠是牛，你打牠做什麼？「牠都多大了，幹了一輩子了，你就這樣對待牠？」下邊的人一這麼說，老頭兒好像害羞了，臉紅紅的，看看這邊，看看那邊，沒了辦法。黑妞不下車他又有什麼辦法？牛一旦犯了倔，幾個人都弄不動牠，別看牠老了，又受了這麼多天的罪，但牠還是有力氣的，牛就是牛，到什麼時候都是牛。

那個牛販子又跳上了車，說話了。他有太多的對付牛的辦法，他說，找塊布，遮住牠的眼，還怕牠不下。牛這種東西最好哄了：「媽的，找塊布子。」

布子找來了，黑妞的兩眼被蒙住了，這樣一來，牠果真變得聽話了，一點一點，一點一點，小心翼翼，小心翼翼，甚至都顯得有點嬌氣了，被老頭兒從車上慢慢領了下來，黑妞是老了，經過了這麼幾天的折磨，牠就顯得更老了，甚至走路都有點一瘸一瘸了，四條腿都在抖。老頭兒看到了黑妞身上的傷，屁股上的傷。臨賣牠那天，老頭兒還給黑妞在院子裡細細洗過，說乾乾淨淨的去吧，別讓人討厭。

老頭兒小心翼翼把黑妞從車上領了下來，終於站在車下了。下邊的人都舒了一口氣。車主和牛販子也舒了一口氣。他們又去弄他們的車欄去了。

車下邊，人們忽然都愣住了。

那個老頭兒，忽然，摟住了黑妞的脖子，嗚嗚嗚嗚，嗚嗚嗚嗚地哭了起來。

既然是在高速公路上，老頭兒和黑妞就沒辦法跳過欄杆，他們只有順著堵了車的高速公路走，要一直走到下一個出口，然後才能腳踏實地的站在土地上。青草永遠只能生長在土地上，還有那溫暖的亮亮的河流，也只能在土地上流淌。

人們看著那老頭兒，摟著那條叫黑妞的牛的脖子，傷心而激動地哭著。他們都老了，他們——人和牛，都曾經年輕過，現在都老了。站在旁邊的那些人，都不說話，心裡也都酸酸的。他們現在都已經知道了，這頭牛都二十五歲了。好傢伙，要是人，歲數起碼在九十歲上下。好傢伙！

那條牛，黑妞，沒哭。牛會哭嗎？可能不會。牠站著，兩條前腿稍稍分開著，卻一直在那裡發抖。牠忽然掉過頭去，用舌頭舔老頭兒的手和臉，很粗糙的，像砂紙，在老頭兒的手和臉上一掃一掃。

高速公路還堵著，天更熱了，什麼時候才能通？沒人知道。

老頭兒和那頭叫黑妞的牛走遠了。老頭兒背抄著手，牛跟在他的後邊，在高速公路上，一點一點小了。

# 菜地

一

怎麼說呢？村長米菜籽背抄著手站在棉花地地坎兒上，笑咪咪對米仙紅說這下子可他媽的好了，終於選中了你家的地，那你就來給那狗日的種這個菜吧，不過話說好了，你他媽的今天可要請客，因為什麼要你請客？因為你這回可要肥瘋了。村長米菜籽說話的時候，米仙紅就站在地坎兒下邊，臉紅紅的，仰著個下頦兒持久地笑著，他想不到自己的地會給那狗日的看上，忙說那當然，這麼好的事輪到我頭上我怎麼會不請客。村長米菜籽說我也不跟你多說了，我還有許多的事要做，照老規矩，你把村裡該請的人都請到，敬神要敬到，請人要請到，別中午請，晚上請，讓人們多在你那裡坐坐，你把人們的嘴都給油那麼一油菜地就好種了。米仙紅覺著自己的嘴唇還是很乾燥，忙伸出舌頭把上下兩片嘴唇又重新舔了舔，然後連說是是是，是是是，這我懂。

村長米菜籽背抄手下了地坎兒，要走了，卻又一下子站住，又不走了，又重新一邁腿，身子搖了搖，站在了地坎兒上，他想再說一回關於地的事，便又從頭開始對米仙紅說選菜地的事，說為了給那狗日的選這塊地從春天到現在可把他累得不輕，他對米仙紅說選地的事你也知道，是我帶人一共大看過兩回，第一回離那條河近一些，為的是澆水方便，怎麼說呢，結果讓那狗日的給訓了一頓，說鄉下人就是沒頭腦，說那條河早就給上游的金礦污染了，能選那裡嗎？種出的菜還不把人給活活吃死，後來再選，又選在了去區裡的那條路邊，在路邊幹什麼都方便，上邊的人來拉菜，或者是種菜的往地裡拉大糞，幹什麼都方便，但又讓那狗日的給訓了一遍，說大路上什麼車不走，什麼人不過，你知道會把什麼病毒或髒東西給菜地招惹上？菜地要是招惹上什麼病毒，或者是有什麼人在菜葉子上做了手腳，誰敢承擔？

這菜地呢，那狗日的特別對村長說要選在離河和大路遠的地方，地也不多要，只要一畝，種什麼菜由上邊定，這上邊是誰呢？當然就是那狗日的，知道了吧，這畝地是專門給那狗日的種菜吃的，那狗日的說他吃的菜既不要種在塑膠大棚裡的那種，也不要種在地裡上化肥的那種，他要吃的菜是一不上化肥二不打農藥的菜，是要陽光雨露下茁壯成長出的菜。那狗日的真是狗日的，和一般人就是不能一樣，但關於那狗日選菜地的消息也需要保密，不能到處說，種地的錢是那狗日的出，而且是出三五倍，如果別人吃菜是一斤給三毛，他吃菜一斤最少也要給九毛，這是那狗日的私人的事，所以不要跟公家的事往一起摻合。因為是給那狗日的種菜，所以這塊地絕對不許用化肥，只許用大糞，還不許用農藥，要是真長了蟲子就用手一個一個捉，這一畝地的菜不問產量只問質量，只要菜好就行。

那狗日的還對村長米菜籽這麼說，說他有的是錢，最不稀罕的就是錢！只要把菜給種好了，什麼雞巴錢不錢！村長米菜籽一聽這話就來氣，狗日的他怎麼就那麼有錢？人都是人，他怎麼就那麼有錢？這會兒村長米菜籽拍拍米仙紅的肩頭把那狗日的話又重複了一遍，說完這些話，村長米菜籽又說，種菜我看是小事，跟那個狗日的掛上關係你曉得是怎麼回事，你這是給財神種菜，你多會兒聽說過一個種菜的還要檢查身體，種菜跟身體有雞巴關係，這不，你連身體都跟上檢查了，你他媽什麼時候去醫院檢查過身體？你知道不知道檢查一遍身體要花多少錢？那狗日的錢真是太多了，你是不是不知道給他種菜意味著什麼？米仙紅笑著說知道哇，村長我早就知道了，所以連我老婆都高興得了不得，恨不得把兩顆眼珠子給種地裡，孩子也高興，恨不得把小雞巴也給種地裡。村長米菜籽忽然咧開嘴大笑了，說你兒子要是有本事就把雞巴種在那狗日老婆的X裡好了，不過這事你知道就行，就是不能對別人亂說，要是知道的人多了，有人在菜地裡下了毒，你說說看該是誰倒楣？米仙紅給村長這話嚇了一跳，兩隻眼就有些發愣。不說了不說了，村長又笑了笑，拍拍米仙紅，說看把老米嚇得，我還有許多的事要忙，你明天就起馬鈴薯吧，都起就都起，其餘的地方種草就種草，反正那狗日的出錢，他肯出大錢你在炕頭上給他種菜都行是不是？晚上，也許，我會過來好好喝幾盅。

村長對米仙紅說你這就快去張羅吧，晚上兩三桌就夠，最好買些鼓樓的熟肉，那邊的熟肉好吃，再炒二三十個雞蛋，再買兩三隻歡樂街那邊的燒雞，還有豬蹄子，白酒啤酒都上，就擺在院子裡。天好像不會再下雨吧？村長米菜籽仰起臉朝天上看看，天上果然就有幾朵雲，灰不灰黑不黑的，不是個正氣顏色，不像是有雨的樣子，村長米菜籽給太陽晃得打了個噴嚏，打噴嚏是個舒服事，僅次於搞女人，所以他還想打，但打不出了。村長張張嘴，抽抽臉皮，無奈地對米仙紅說就這麼辦吧，你去張羅吧。

米仙紅呢，沒有馬上回家，他離開棉花地去了自己地裡，他想好好兒看看自己的地，他覺得自己這一回得感謝自己的這片地，怎麼就給那狗日的人看準了呢，那狗日的是個什麼樣的人物？簡直就是要多少錢就有多少錢的財神！現在真是好時候，世界上怎麼就一下出了這麼多財神，錢不當個錢花，錢多的可以包一片地專門給自己種菜吃，而且說好不要產量，只要不上化肥不打農藥，用可以比別處多五六倍的錢弄這口菜吃，所以這麼一來呢，選菜地便是村子裡的一件大事了，而且是件長臉的事，是件讓人長身分的事，米仙紅現在已經覺得自己的身分和以前不一樣了，消息剛剛一傳出，村子裡人們看他的眼神已經不一樣了。但怎麼就不把地都要過去種了菜呢？怎麼就只要一畝。米仙紅蹲在地頭問自己，頭皮給太陽曬得癢癢的，他摸摸腦門兒又摸摸地裡的植物葉子，葉子這東西也怕人動，一動就會放出味道來，味道是怪怪的，這就是馬鈴薯，這地裡種著是米仙紅喜歡的馬鈴薯，正開著花，是紫花黃心，從花就可以看出下邊結的是那種紫皮馬鈴薯，這種馬鈴薯吃起來最沙。可是他馬上就得把這些馬鈴薯毫不客氣地從地裡起出來，不讓它們繼續長，其實它們還能再長，但米仙紅說什麼也不能讓它們再長了，因為那狗日的馬上就要讓米仙紅種秋菜了。種什麼秋菜呢？村長米菜籽說那狗日的自有安排，而且種子也不用米仙紅這邊準備，再說米仙紅也無法準備，他也找不到那些洋種子。村長米菜籽說要種的菜名兒那狗日的已經寫好在一張紙上交給他了，可能一下子就要種好幾種秋菜，因為無論是什麼人，再錢多也不可能直接張嘴吃錢票子，到了秋天也總是要吃菜的，村長米菜籽說他晚上就會把那張紙拿過來，到時候大夥兒就都知道那狗日的秋天喜歡吃什麼菜了。

那狗日的既然秋天還要吃菜，那這地裡的馬鈴薯就要提前起出來，馬鈴薯長得正好，已經能上市賣了，但如果再長一長，那些小不丁兒的也都能再長成大不丁兒。米仙紅立起了身，身子側了一下，把腿朝前邁，再朝前邁，每邁一步都先要把地裡的馬鈴薯葉子用腳撥一撥，這就是愛護，莊戶人的眼裡，什麼都比不上他們種在地裡的東西。他從馬鈴薯地的這頭往那頭兒走，他一步一步地量，又量出一畝大小的地，回頭看看，這一畝大小的地正好是馬鈴薯地的三分之二，也就是說起三分之二就可以了，留下那三分之一的地還可以讓那些餘下的馬鈴薯再長長。

米仙紅已經這麼量了好幾次了，每量一次都覺得心疼，是心疼地裡那些還沒有完全長好的馬鈴薯，是心疼他必須都得把這些馬鈴薯給起了，那狗日的說不能是種一畝地的菜就只起一畝地的馬鈴薯，這一片馬鈴薯都得起，除了種一畝大的菜這片地別的什麼都不能種，要種也只能在菜周圍種一種類似於足球場上的那種草，那種草要把一畝大的菜地都包圍了，據說那種草有殺蟲的作用。

那狗日的說就讓那種草圍著那一畝菜地，這樣一來就好了，什麼病毒和蟲害都休想傳到那一畝菜地上去。那狗日的真是有錢，說雖然是種一畝的菜，但這一片地他都出錢，他只想吃一口世界上最最乾淨的菜，能吃這種菜的人都是有身分的人，他就是這個世界上最最有身分的人，什麼錢不錢！錢算個什麼？那狗日的說。米仙紅又在地頭蹲下了，摸摸馬鈴薯葉子，又摸摸馬鈴薯的葉子，罵了一句：狗日的！請客就請吧，起馬鈴薯就起吧，誰讓那狗日的看準了，種馬鈴薯種莊稼種玉米都還不是為了掙錢。

二

中午的時候，米仙紅滿臉是汗，把晚上請人要用的東西都騎著車子買了回來，車把上，一包，又一包，還有一包，三個大黑色塑膠包，都油乎乎的放射出無法阻攔的香氣，這香氣忽然讓等在門口的米仙紅的女人很生氣，她就咕嘟了嘴，但她生氣也確實沒個方向。人這種東西，一旦沒了方向便會發愣，米仙紅的女人愣了愣，側過了臉兒，問米仙紅：「你不會，等地裡的菜，有了情況再請人？這麼早，你請個什麼球勁道（注：「球勁道」為屌勁道之意，意思是菜地的事，等有了情況再請人。）？你說有什麼球勁道？你還真要把咱們那一片馬鈴薯都給起了？還真要給那狗日的種草？」

米仙紅已經把三個包拎進了蒼蠅飛舞的小廚房，並且已經擦了臉，米仙紅擦臉是在臉上擦一個圈兒，然後再在後脖子上擦一個圈兒，就擦完了，他把手巾一拋，拋到了從這頭牆拉到那頭牆的鐵絲上。

米仙紅的女人跟在米仙紅的後邊，又咕嘟著嘴說：「你真要好酒好肉地請他們？你不會等地裡有了情況再請？」米仙紅把鼻子湊近了塑膠袋，吸了口長氣聞了聞，然後才對自己女人說你當這是好肉好酒？這是他媽的眼藥。眼藥？米仙紅女人馬上就不懂了，疑惑地看著米仙紅，看著米仙紅把那幾個塑膠袋子一一打開，米仙紅先取出鼓樓的那兩片豬頭肉，油光光的，米仙紅說：「這是豬頭牌兒眼藥。」接著，又取出那歡樂街的燒雞，亦是紅光光的，雞的爪子和頭都害羞似地窩在自己肚子裡。米仙紅又說：「這是雞牌兒眼藥。」打開另一個袋子，米仙紅又從裡邊取出紅紅的四個豬蹄，說：「這是他媽的豬蹄牌眼藥。」

米仙紅把要請客的東西簡直是擺滿了一炕，米仙紅家的小廚房裡也有條小炕，小炕上，除了豬頭豬蹄和燒雞，還有豆腐乾花生米什麼的，香氣便在屋子裡愈加洶湧澎湃，一直洶湧澎湃到院子裡去。米仙紅坐下了，看著那些東西直嚥口水，米仙紅說自己實在是太累了，所以呢，他要把那兩個豬眼睛先切了解解饞，米仙紅看著自己女人，對自己女人說豬眼睛其實是豬身上最好的部位，所以要切成薄薄的一片一片來吃才能吃出滋味，並且說自己還要先喝二兩，別等別人來慶祝，自己先慶祝慶祝自己才是個理。

容易嗎？不容易，那麼多地就看準了你家的地，是該你發財的時候了，太他媽不容易！他這麼說的時候，他女人還沒轉過神來，直盯著他，氣呼呼地說這都明明是些吃的東西，怎麼說是眼藥，你是什麼意思？米仙紅就笑了，說你給那狗日的種菜地，一收就是三五倍的錢，村子裡別人能不眼紅？要想讓人們不眼紅你不得先給人們點些眼藥？你說這不是眼藥又是什麼？米仙紅對自己女人說你怎麼這麼笨，剛結婚那幾年你看上去還可以，怎麼這幾年倒不會幽默了？米仙紅說自己實在是太累了，是一定要把雞腿弄下一條先慰勞慰勞自己了，還有，豬蹄兒也要劈下半個來，人這種東西，最要緊的就是要懂得先慰勞慰勞自己。說著，米仙紅從炕沿兒上跳了下來，他開始動手，取了案板放在炕上，一隻手按住那兩片豬頭肉，兩個指頭已經把兩隻豬眼黑黑白白地摳了出來，又一下子，一隻手按住燒雞，另一隻手把燒雞腿給摘下一條來，然後是取過了菜刀，把煮得就要四分五裂的豬蹄子，在案板上，一下，一下，又一下，終於劈下半個來。

米仙紅的女人就有些急了，她用一隻手指著米仙紅，說你媽不是說來著，說外人吃了是傳名，自己吃了是填坑，你還真要填你那個坑？米仙紅不理自己女人，只顧做他的事，案板上的兩隻手油光光的像要放出光來：「狗日的，我把你個狗日的狗日的！」米仙紅不理自己女人，卻對豬眼睛和雞腿豬蹄說話：「你們聽著，你們這種香東西，別看你們這麼香，無論吃到誰嘴裡到最後還都要姓他媽的米！」米仙紅已經把豬眼睛和雞腿豬蹄放進了一個塑膠袋子。米仙紅的女人愣了愣，這才明白米仙紅的意思了，也知道他要把豬眼睛和雞腿豬蹄拿去送誰了，米仙紅女人在炕沿兒上坐下來，說：「仙紅，你，你看你，他晚上要來吃你還再送他？」米仙紅看看自己女人，說你明白了，但你就是不明白誰讓他是村長，你爹是村長我照樣送你爹。

米仙紅的女人噙著口水，那口水已經是在米仙紅女人嘴裡決了堤，香氣是個看不到的東西，但有時候卻要比钁頭還要厲害，米仙紅的女人用一個指頭，按按案子上的豬頭肉，又按按案子上的燒雞，再放在自己鼻子上聞聞，聞過還不行，又把那手指放在自己的舌頭上舔了一下，說這麼好的東西要真是吃到你嘴裡也算？要不，你就請他來，你和他一起吃？米仙紅一隻腳已經邁了出去，這會兒又收回來，回轉身對自己女人小聲說：你想想，那還不要再陪上一瓶酒，也許一瓶也不夠。米仙紅女人就張張嘴，她不再咕嘟著嘴了。

米仙紅出去了，把個塑膠袋子放在屁股後邊遮著去了村長家。村長家就在米仙紅家的前邊，出了院子往南走，那邊正在蓋房子，一堆沙子，一堆水泥，一堆紅磚。米仙紅繞過那堆紅磚進了村長家，村長正在炕上坐著，村長米菜籽的女人正率領著孩子們呼嚕呼嚕吃炸醬過水麵，就著那一盆子黃瓜絲。唯獨村長米菜籽坐在那裡不動碗和筷子，看見米仙紅從外邊進來，村長米菜籽一下子笑了，拍拍手，說我算計好你米仙紅要來，你說這說明了什麼？米仙紅臉有些紅，想想，說：「還不是村長算得準。」米仙紅這麼一說，村長米菜籽笑得更厲害，又拍拍手，說：「不是我算得準，是我看人看得準。」米仙紅的臉就更紅了。

村長米菜籽看著米仙紅，笑著說你怎麼不請我去你家一起吃？米仙紅看看村長米菜籽的女人，她手裡是一個大碗，碗裡紅光光的，不用說是炸醬裡的油很多。米仙紅嚥了口口水，說：「還有嫂子呢。」村長米菜籽這時已經從身後摸出一瓶白酒來，說：「我還不知道你是怕再貼上一瓶酒！」米仙紅的臉一下子就紫了。村長米菜籽把酒瓶放桌上，這才把米仙紅送來的塑膠袋子打開看了看，說：「咦！仙紅你怎麼不買盤豬大腸，豬大腸下酒才香，臭香臭香，不臭不香，不香不臭，世上的事就是這個理。」村長米菜籽這麼一說，米仙紅就不知道村長是什麼意思了，不知道村長是什麼意思就不知道該說什麼了，就站在那裡笨笑，笨笑都是個木頭樣，再木下去就不好了，米仙紅覺得自己的嘴唇很乾，他伸出舌頭把自己的嘴唇舔了一圈兒，又舔了一圈兒。

村長米菜籽決定不再和米仙紅開玩笑了，他掉過臉吩咐自己女人馬上再去炒個雞蛋，說自己要和米仙紅喝幾盅，還吩咐自己女人把豬眼睛切得薄薄的再澆些蒜泥醬油。說完這些，村長米菜籽才掉過臉來對米仙紅說我家酒多得很！你也別那麼小氣！上來上來，上吧，你看你，你還想讓我把你抱上炕？米仙紅只好上炕，先把屁股挨了漆了紅漆的炕沿兒，然後才脫鞋，脫了鞋，再看看村長米菜籽，然後再把兩隻腳輕輕提上炕，再看看村長米菜籽，然後再把兩條腿拳起來。這麼一來呢，自己的兩隻腳就給壓在自己的大腿下了，這才叫上炕坐了。

村長米菜籽這時便把那張紙從衣服口袋裡摸給米仙紅看，說這就是那狗日寫在紙上要種的菜，這種事，雖然是小事，但也要保密，有錢人什麼都要保密。米仙紅把那紙接過來，紙上寫著：歐芹、蘆筍、空心菜、香蔥，花柏、木高高、花舌果、西巴菜、秋毛菜、岳井紅果。米仙紅把紙看了好一會兒，眼睛就忽然飄了起來，眼睛飄飄的，就飄到了村長米菜籽的臉上。

米仙紅看定了村長米菜籽，說：「村長你說水呢，別人種菜都在河邊，為的是那股子水，菜這東西，狗娘養的，就是離不開水，村長你說這水呢？」村長米菜籽笑笑的，兩隻眼，像是看著米仙紅，而實際上卻是看著自己手裡的酒瓶和玻璃杯，不知什麼時候，村長已經倒了滿滿一玻璃茶杯酒。村長米菜籽說：「你米仙紅是怕別人喝你的酒，才不請我去你家和你一起吃這一雙豬眼睛和這一條雞腿，還有這半拉豬蹄，可我呢？我就是想讓人幫著我喝我的酒。」村長米菜籽把杯子放在了桌上，指指，對米仙紅說：「你喝了，我就告訴你怎麼用水。」米仙紅看著杯，一雙眼並不抬，說：「一下？」村長米菜籽看著米仙紅的臉，說：「當然一下。」米仙紅這才抬起眼看著村長米菜籽：「真一下？」村長米菜籽嘴一下子咧開成一條縫隙，說：「仙紅你一下子乾了，我就告訴你水在哪裡。」米仙紅伸出手，用食指，摸摸杯子，又用中指，摸摸杯子，又用拇指和食指，然後又對村長米菜籽說：「真的？」村長米菜籽把臉一下子側了，放在了自己的肩頭上，他就這麼看著米仙紅，說：「咦，你是不是說我經常胡說八道？」米仙紅便慌了，又伸出了另一隻手，用手摸摸杯子，用一個手指，又用一個手指，這才下定了決心，把杯子端了起來，屋裡一時忽然沒有了呼嚕吃麵的聲音。

村長米菜籽女人這時出現了，手裡揮著炒菜的小銅鏟子，說壞菜籽你要是把仙紅喝壞了看看晚上你怎麼辦？村長米菜籽只看著米仙紅，不理他女人，他把臉又朝另一邊側，又把臉放在了自己的另一個肩頭，就那麼看著仙紅，嘴裡卻對自己女人說：「你個婦聯家的還愁仙紅那些酒肉沒個去處？小心你那婦聯家的雞蛋別炒球糊了！」「你說呢？」村長米菜籽又對米仙紅說。米仙紅看看手裡的酒，再看看村長米菜籽，杯子是一下子送到了嘴邊，杯子送到嘴邊又停住，米仙紅再看看村長米菜籽，村長米菜籽只是一臉的笑，只是把臉一側一側，一側一側，一會兒把臉擱自己這邊肩頭，一會兒把臉擱自己另一邊肩頭，像個孩子。

「你喝了這一杯我就告訴你。」村長米菜籽說。米仙紅就把身子挺了一下，玻璃杯一下子就合到了嘴上，一下，兩下，三下，米仙紅眼淚出來了，四下，五下、六下，米仙紅把酒一鼓氣喝了下去。喝了酒，米仙紅便憋不住，忙跳下炕，忙往外跑，跑到院門口，外邊有人圍了一圈兒在那裡頂著荷葉兒打撲克，他便又跑回來，把一肚子酒都吐到了花池子裡，花池子這邊的大麗菊開得正好，紅的一種，粉的一種，紅粉的一種，花池子那邊的大麗菊也開得很好，也是紅的一種，粉的一種，粉紅的一種。

村長米菜籽也跟著捂著肚子跑了出來，一邊跑一邊哈哈笑著說：「老米，老米，你說我為啥讓你喝整整一玻璃茶杯？我就是要你吐，你吐了晚上才好招呼大夥兒，喝半杯你就不會吐了。」村長米菜籽在花池邊站定了，兩隻手在褲子上活動，邊活動邊說，仙紅你還愁什麼水，那狗日的早就說好了，要派人過來給你打口井，就在你那一畝地上打一口井，人家打口井算啥？就像你日一下你女人那個洞，那狗日的太有錢了！你就等著養老吧，他現在肯花錢給你到醫院檢查身體，你還怕他不給你花錢養老，我看你只要把菜地給那狗日的種好就行。村長米菜籽在花池邊撒了尿，提好褲子，對屋裡笑嘻嘻說。

「我說婦聯的夥計，你那糊雞蛋炒好了沒有？」

三

米仙紅晚上在自家房頂上擺了兩桌，夏天的晚上只有房頂上才最涼快，所以酒桌就擺在房上，該請的人都請到了，人們一個個從房子東邊的台階上來。米仙紅家的地被那狗日的一選中，怎麼說呢，米仙紅就好像在村裡立刻變了一個人，人們都覺得他不再那麼簡單了，起碼是跟別人不那麼太一樣了。人們都還有一個想法，那就是要和米仙紅好好保持一種關係了，不但保持，而且要發展，把關係發展得好好的。村子裡有句話是，挨上金是黃的，挨上玉是涼的，也許馬上還會有人來村裡包地種菜，也許那狗日的有許多闊朋友都會懷有這個想法，都想在村子裡包塊地專門給自己種菜吃，這就注定離不開米仙紅了，人們都忽然想跟米仙紅挨近一些，如果能再近一些就更好。

人們都上到米仙紅家的房頂了，房頂上一共擺了兩張桌，平時人們絕對沒有機會上到米仙紅家的房頂，再說人們也沒那種傻X想法，沒事上人家房頂做什麼？米仙紅家的房頂一般來說也沒什麼特殊的用場，也只不過是曬曬莊稼什麼的，或者就是養雞，那也只是雞小的時候才能在上邊養一養，一大了，雞就不那麼聽話了，會給公雞攪得到處飛翔。

人們這時候都來齊了，有人還讓自己女人也來了，讓自己女人在下邊幫米仙紅女人的忙，比如遞個什麼，比如上來下去地端個菜。人們都在米仙紅的房頂上坐定了，燙好的酒也給端了上來，就有人說可了不得，一下子上二十多個人，可別把仙紅的房頂給踩壞了。村長米菜籽早就坐在了正中的座頭上，這時就咧開嘴笑了，說看你們一個一個的雞巴樣，仙紅還怕你們踩，仙紅馬上就要住樓房了，那狗日的有的是錢，還怕不給仙紅出錢蓋樓房？所以你們使勁兒踩，舊的不去新的不來，人家還在房頂上跳集體舞呢。村長米菜籽這麼一說，還真有人附和著把房頂試著踩了踩，你也踩，我也踩，很快就踩出一片響聲。就有人又說了，說話的是劉青水，劉青水說仙紅這回要發了，房子踩壞了可以蓋座大樓住住，但可別把房子踩壞把咱們摔下去，一下子摔到老米女人的炕上出了事可怎麼辦。村長米菜籽拍了一下桌子，說青水你怎麼這話越說越色了，你要摔到老米女人什麼地方？摔到老米的青紗帳根據地裡去？你還想扛著你的槍在裡邊打游擊呢！懲酒懲酒！米菜籽這麼一說，人們就都拍手高興起來，都在夜色裡看著村長米菜籽，這時的天光還亮亮的，雖然村子裡整個都黑了下來，說村子裡黑也不對，村子裡現在是燈光閃閃。村長米菜籽說那就先懲青水一大杯，要是他灑一滴就再接著懲。村長米菜籽這麼一說就馬上有人把酒給倒好了，倒了整整一大玻璃茶杯。

米仙紅是東家，自然要靠著村長米菜籽坐，旁邊的人便說咱們做什麼也別走樣，村長懲酒，東家就該監懲，讓仙紅監懲。仙紅側過臉看看村長米菜籽，村長米菜籽鼻子那裡是一個亮點，十分亮，怎麼就會這麼亮？米仙紅在心裡說，嘴上卻說：「村長，要不，就，別懲了？」村長米菜籽把臉掉過來對著仙紅，鼻子上的亮點一滑就消失了。村長米菜籽對米仙紅說，這是在你老米家吧？米仙紅便忙說：「我家還不是村長的家？瞎說！你是不是昏了頭？」村長米菜籽馬上表示反對：你家怎麼能是我家？村長米菜籽說仙紅你怎麼胡說，你家就是你家，你家怎麼也不能成為我家，但你家雖然不是我家，但我還是能管了你家你說是不是？米仙紅馬上說是是是。是就好。村長米菜籽說既然是那我就提議咱們大夥兒都面朝一個方向坐。村長米菜籽這麼一說人們就都笑了起來，兩桌人都朝一個方向坐還怎麼喝酒？村長米菜籽說大家是不是都得聽我的，都得聽我的就都先面朝西，面朝西，都面朝西！人們不知道村長米菜籽是什麼意思，就都把身子掉了方向，都面朝西坐了，西邊的天上有一顆星星出奇的大，亮閃閃的有些怕人。這時候人們聽到村長米菜籽忽然喊了一聲起立，人們就都站了起來。大夥兒都站好了？村長米菜籽又說，要是都站好了就聽我的口令。村長米菜籽說我的意思呢，咱們現在是站得高看得遠，所以，聽我的口令，咱們都朝著西邊行三個禮。人們不知道村長米菜籽是什麼意思，都嘻嘻哈哈笑，村長米菜籽說你們笑什麼，是不是笑我不夠格兒做你們的村長？人們便都一下子停了笑。你們不笑啦？村長米菜籽說你們不笑了我就喊口令了，村長米菜籽喊了一二三，人們就七七八八地朝西邊鞠了三下。

在這村子裡，人們都很服氣村長米菜籽，米菜籽總是讓人們捉摸不透。人們這時候就想村長是不是要做什麼了，是不是有什麼話要說了。米仙紅的心裡就更慌，重新又坐下來後，米仙紅兩眼就直看著村長米菜籽。米菜籽果然就笑了，對著米仙紅，把一隻手舉起來，然後再慢慢慢慢放下去，把另一隻手舉起來，再慢慢慢慢放下去，然後忍不住笑了起來，又把手拍拍，說：「仙紅你說我為什麼要人們朝西面鞠躬，你要是說對了，青水這杯酒就不懲了，你要是說不上來你就陪懲半杯。」

村長米菜籽這麼一說，米仙紅就站起身，站起身也只是為了朝西看看，西邊的天上還亮亮的，米仙紅朝著那邊張張嘴，又坐下，他確實不知道村長米菜籽的意思，西邊是個無限遠的地方，再往西就進城了，進了城再往西就又出城了，出城再往西就到礦山了。

米仙紅的腦子還真是個腦子，他一下子就想到了那狗日的。既然是西邊，是不是向那狗日的鞠躬？米仙紅說。米仙紅這麼一說，村長米菜籽馬上大聲說了一句那狗日的算什麼？不過是用公家的煤換了錢裝自己的腰包！村長米菜籽不想說了，或者是覺得自己一激動說話說走了嘴，也是該喝酒的時候了，村長米菜籽也不想讓人們猜了，他就是這麼個性格，一陣一陣的：「喝酒，喝酒，你們也不用猜了，西邊是什麼？西邊就是仙紅家的那片地，我是讓你們朝那片地鞠躬呢，你們今天能喝酒還不得謝謝老米西邊的那片地？」村長米菜籽這麼一說，人們才都明白過來，都啊了一聲，都忙舉了杯子往起站，便都說咱們原來是給咱們的地鞠躬是給老米家的地鞠躬呢。等人們把酒杯端到了嘴邊要喝的時候，村長米菜籽又讓人們停下別喝。停下，停下。村長米菜籽伸出一隻手，手心朝下，在空中擺了擺，然後對身邊的米仙紅說：「你下去，下去。」米仙紅不知道村長讓自己下去做什麼。村長米菜籽說你下去讓你那婦聯代表也上來。米仙紅卻並不下去，他明白村長米菜籽是要自己女人也上來，便只站在房頂上朝下喊，一喊兩喊米仙紅的女人就從下邊上來了，手裡拿著一個盤，盤裡是黃汪汪的炒雞蛋，雞蛋上邊是一些香菜葉子。

村長米菜籽要米仙紅的女人把盤子放好，要米仙紅和米仙紅的女人並排站好了。米仙紅已經讓村長搞昏了頭，他拉著自己女人面朝著村長米菜籽站好。朝著我幹什麼？我又不是你們的爹！村長說你們兩口子都面朝西才對，都面朝西，都給我面朝西！這一回，米仙紅明白是什麼意思了，又拉了一下自己女人也讓她面朝了西，村長米菜籽要米仙紅兩口子面朝西鞠三個躬。人們便都笑起來，覺得這太像是結婚場面了，這時便有人從下邊上來看熱鬧，卻給村長米菜籽趕雞樣趕下去，說你們還真想讓老米家的房頂塌了？村長說仙紅你和你女人是給你們那塊地行禮呢，要行得整齊些才是，要聽我的口令才是，好了，你們開始吧，一二三，不行，一二三，還不行，一二三，不行，一二三，他媽的你倆兒再行一次好不好？

村長米菜籽已經真正的興奮了起來，揮舞著雙臂把米仙紅和米仙紅女人又攏到了一起，村長米菜籽一興奮別人就更加興奮，這就讓米仙紅家的房頂上突然有了某種節日的氣氛。米仙紅的女人突然害羞得了不得，不停地笑，彎著腰，靠著米仙紅，她怎麼也行不好那個禮，所以就行了又行，行了又行。狗日的，我把你個狗日的呀！米仙紅在心裡歡快地叫著，他想起了自己結婚時的情景，即使是結婚，當時也沒有這麼熱鬧過。米仙紅行完禮，又在村長米菜籽旁邊坐下，村長米菜籽對米仙紅說剛才劉青水那杯酒你還懲不懲？米仙紅說快別懲了，別懲了。村長米菜籽說我就知道你不想懲了，你是捨不得你的酒，酒算個啥球東西！我家有的是酒，要不要讓人去取！足夠，足夠，米仙紅忙說。咦！村長嘴裡說了一聲咦，兩眼看定了米仙紅：「不過那狗日的家裡可能酒更多，你以後跟那狗日的喝酒的時候是不是更多，老米你說呢？」村長米菜籽把臉一側，把臉擱在自己的肩頭上，看著米仙紅。村長米菜籽這麼一說，米仙紅就知道村長的意思了，忙把自己的酒杯端起來，米仙紅說那狗日的酒再好也比不過村長你的酒，再說沒有村長也不會有這杯酒。米仙紅一仰臉，一口氣把自己杯裡的酒乾了。他媽的，你這樣子不像是喝自己的酒啊。村長米菜籽笑著對米仙紅說，這才轉身對另外那些人說：「好啊，大夥兒喝吧，這可是喝的人家仙紅的酒，仙紅的事，大家誰都不能耍弄。」村長米菜籽坐正了，這就示意大家真的可以開喝了，酒桌上的人們這才開始紛紛喝酒。

那狗日的到底是個誰？亂紛紛的，喝過許多酒，人們都已經興奮起來。劉青水從另一桌摸過來敬村長米菜籽，敬完了酒不肯走，坐在那裡問村長米菜籽。米菜籽只把臉一側，把笑平在臉上，看著劉青水，把手裡的杯慢慢放下，又把手慢慢抬起，把手伸到自己的衣服口袋裡，手進去，那個小手機便給從口袋裡取了出來。村長米菜籽把手機遞給劉青水，拿著，你給我打。村長米菜籽對劉青水說。劉青水酒量不大，且又多喝了，接了手機，笨笨地看著村長米菜籽，說：「給誰打？給誰？」村長米菜籽看著劉青水，說：「你不知道給誰？你不是想問問那狗日的是誰？」村長米菜籽這麼一說，人們就都笑了起來。再說，你也問錯了人，以後要問，你就直接問老米。村長米菜籽看看米仙紅，又說。米仙紅又吃了一驚，忙又罰自己一杯。我問你，明天起馬鈴薯，用不用我幫忙？米仙紅喝完這酒，村長米菜籽又笑笑的問米仙紅。結果是，米仙紅又喝了一杯，只說這杯酒是謝村長的。那畝半馬鈴薯，我和我女人夾泡尿也收了。米仙紅說。

四

米仙紅和自己女人下了地，米仙紅穿了那雙軍用膠鞋，米仙紅的女人也穿了一雙軍用膠鞋，天不下雨，兩個人都還穿了雨披，天捂熱捂熱的，兩個人去起地裡的馬鈴薯。

米仙紅的女人一直咕嘟著嘴，從早上起一直咕嘟到這天下午，從馬鈴薯地這頭兒一直咕嘟到地那頭兒。一畝半多的地，米仙紅和他女人多半天就起完了。前幾天剛剛下過雨，地裡是潮潤潮潤的，所以這馬鈴薯就極好起，剛剛從地裡起出來的馬鈴薯甭提有多好看，那紫紫的顏色是鮮亮，但也只是馬鈴薯剛剛被從地裡起出來的時候；給太陽一曬，鮮亮的馬鈴薯馬上都變得灰不溜秋。

米仙紅和他女人起馬鈴薯的章程是先一個勁地拉馬鈴薯蔓子，一個勁兒地把馬鈴薯用耙子從地裡耙出來，然後再慢慢慢慢把地裡的馬鈴薯往袋子裡裝，收到下午，地裡便完全是另一種樣子了，這片馬鈴薯地好像是兵敗如山倒的戰場，昨天的鮮靈和好看一下子都不見了，放眼望去是遍地的馬鈴薯蔓子，是遍地的還沒完全長足的馬鈴薯。

一隻花冠子戴勝可高興壞了，在馬鈴薯地裡飛來飛去啄食隨馬鈴薯給起出來的那種肥白的蟲子。到了下午，米仙紅和他女人快收完馬鈴薯的時候，村長米菜籽在地頭出現了。村長米菜籽先是在米仙紅的地周圍轉了幾個圈兒，然後就直接穿過地走過來了。村長米菜籽畢竟是村長，他辦事向來利索，他站穩了，叉著腿，用手摸了一下腦門兒，放下，又抬起來摸了一下腦門兒，又放下，然後才對米仙紅說：「仙紅仙紅你先停停手，我跟你說句話。」村長米菜籽也不顧米仙紅的女人在不在跟前，也不顧她咕嘟不咕嘟嘴，村長米菜籽對米仙紅說你前幾天不是去醫院檢查身體，醫院的結果出來了，你肝上有毛病，所以種地的事就沒你的分兒了，那狗日的說你既然有病，病菌弄到蔬菜上怎麼辦。問題是那狗日的身體比誰的身體都重要，所以只好再找地讓別人種。村長對米仙紅這麼說著，手裡已經把一個醫院的條子給了米仙紅，另一隻手呢？怎麼說，也已經從衣服口袋裡掏出了一遝票子，村長米菜籽把那遝票子在手裡拍拍，然後也給了米仙紅，說這錢也夠你這一片馬鈴薯的收入了，你這一片地打死了也賣不了一千。村長米菜籽說這可是一千，那狗日的有的是錢，馬鈴薯起了就起了吧，你他媽還可以給自己種些秋菜。村長米菜籽一下子轉過了身子，對米仙紅女人說：「你個婦聯家的，你咕嘟個嘴做什麼？一千塊錢，這一片馬鈴薯你能收入一千？秋菜收了也還不是個錢？加起來，是多少？新馬鈴薯也下來了，晚上，我可要到你們家喝新馬鈴薯粥。」村長米菜籽又轉過身子，對著米仙紅說他還有事，當村長就有辦不完的事，村長米菜籽說他馬上就要去辦事，說那狗日包菜地的事你們倆兒可誰也不能跟別人說，那狗日的可不是個一般人，那狗日的，是太有錢，太有錢的人就是誰也不敢惹的人，但那狗日的也仁義，你看看，人家不要你給人家種菜了，人家還不是照樣給你一千，不但給，還多給，就是，不知道，人家還會不會再看上咱們村的地？會不會再在咱們村包塊菜地專門給他種菜吃？

村長米菜籽看看米仙紅，說：「媽的，你怎麼就不遲不早有了病，媽的，那狗日的也是，那狗日的是吃菜呀還是吃人肝兒呀，既然是吃菜，肝兒有病還能把病傳給菜？」村長米菜籽忽然大聲笑了起來，也不知道想起了什麼。米仙紅的女人這會兒不咕嘟嘴了，她把那一千塊錢已經數了不知有多少遍了。米仙紅看著村長米菜籽往地頭那邊走，他忽然很想追上去問一句，要是自己看好了病，還能不能給那狗日的種菜地？自己的這片地可是片好地。

米仙紅站在那裡有些發愣，這時候忽然就聽到了自己女人的哭聲。米仙紅的女人又把錢數了數，張了張嘴，又張了張嘴，終於激動得忍不住哭泣了起來。管他呢，願讓咱種不讓咱種，怎麼說咱這馬鈴薯地也要種菜了。米仙紅看著自己女人，覺著自己的嘴唇很乾燥，但他沒有伸出舌頭去舔自己的嘴唇，乾燥就讓它乾燥吧。管他呢，管他什麼種菜不種菜。米仙紅又說，這話是什麼意思呢？什麼意思也沒有，一點點意思也沒有，有一點點意思也不是米仙紅的意思，那也只能是地的意思，地裡的馬鈴薯既然已經起了，就只好種些秋菜了，到明年，地裡種什麼再說，今年秋天，這片地注定只能是菜地了，什麼是菜地，菜地就是他媽種菜的地。

走到地頭的村長米菜籽這時候忽然又走了回來，他回來也沒別的事，他只想對米仙紅再重複一遍自己剛才說過的話：「記住，那狗日包菜地專門給自己種菜吃的事你可別對任何人說，這是那狗日安頓的，人家不想讓人們知道這事。記住，別說，有人問你也別說。」村長米菜籽想了想，又看了看西邊，又說：誰讓人家是那邊的礦長，你知道不知道，是礦長，比鄉長，區長，怎麼說，都他媽有錢！要不，人家怎麼能在村裡包片地專門給自己種菜吃。

浜下

怎麼說呢？婆婆過了年就八十三了，但身體還很好，還能自己給自己做飯吃，合子粥和米飯，她總是吃這兩樣。婆婆還能自己給自己洗衣裳，還養著十幾隻雞，早上起來，婆婆會把窩裡的雞一隻一隻地摸一摸，看看哪隻雞的肚子裡有蛋。婆婆做什麼都一五一十，清清楚楚。春天暖和起來的時候，婆婆可以坐到外邊去，在院門口的樹下和村子裡的老婆婆們坐在一起說說話，一邊做做針線活兒。按照浜下這邊的規矩，婆婆現在是要給自己做壽衣了。婆婆的兒女都和婆婆一個村子裡住，平時也不多過來，大家都很忙，從春天開始一直要忙到遍地金黃的秋天，冬天裡會閒上幾天，男人們會去打牌喝酒划拳，女人們就去太陽地裡搓草繩或編草袋子，或者是守著那幾口大缸澄山芋粉子。還有人會去撿糞，出去撿糞的都是些老漢，現在只有老漢們才肯做這些事。

婆婆的兩個女兒和兩個兒子都和婆婆住在浜下，既然已經都成了家，他們就各忙各的，他們要是不忙就壞事了，要想把日子過好就得忙。他們在坡地裡勞作，比如蒔紅薯或起山芋，或是在村子裡過來過去，好像是：只要能遠遠看到自己的母親坐在門口他們就放心了，一個人只有得了病才會讓人不放心，婆婆身體很好，所以他們就放心。放心的結果就是他們只顧各忙各的，忙得簡直好像是疏忽了婆婆的存在。反正婆婆身體是那麼好，還能和村子裡別的婆婆在一起有說有笑做活計。

婆婆八十三了，眼睛卻還很好，居然還能繡花，婆婆要給自己最後穿的鞋子上繡兩朵牡丹花，這是老規矩，青色的鞋面上繡兩朵好看的牡丹花。牡丹花是紅的，大紅，配著兩片碧綠的葉子，大紅大綠，真是鮮亮。這鞋子呢，是九層底，五層面，穿著才結實，才能一路走到另一個世界裡去。但婆婆畢竟是老了，五層布的鞋面上繡花原是很吃力的，一針下去，要把針從另一邊抽出來就很吃力，婆婆就用牙咬住針把針一下一下抽出來。這樣一來呢，就出事了。出什麼事？是婆婆把那繡花針一下子咬斷了，一半兒斷在手裡，是有針鼻兒的那一半兒，另一半還在鞋面上。婆婆就用牙去把鞋面上的那半根針一點一點抽出來，那半截針是抽出來了，旁邊的老婆婆們卻都大吃了一驚，她們都看見婆婆還沒來得及把那半截針從嘴裡吐出來就咳嗽了一下，這時候能咳嗽嗎？好傢伙！但婆婆忍不住，咳嗽是能忍得住的嗎？連婆婆都明白，那半根針給自己一下子就咳嗽到肚子裡去了，周圍的人都嚇慌了。

婆婆的大閨女很快就跌跌撞撞地趕來了，已經有人把婆婆吃了針的事跑去告訴了她。婆婆的大閨女正在家裡莳弄春菜秧，把菜秧一塊一塊分開，每一根菜秧下邊都要帶著一塊泥，菜秧是碧綠碧綠的，泥塊兒是油黑油黑的，這是一個多麼好的春天，她下午就要種菜了。有人跑來給她報了信，她當下就慌了手腳，顧不上那些菜秧了，一路跑著到了母親家，胸脯起伏著，起伏著，眼裡早已蓄滿了淚水，她忽然覺著：是自己的不對，怎麼能讓母親自己做鞋？婆婆的大閨女一路跑一路後悔，自己在心裡算一算，從過年到現在，她都有三四個月沒好好兒去母親家坐坐了，只是，做了什麼好吃的，或者就是兩個油煎蛋，她都是讓自己的閨女給母親送去。她覺著這就是孝心。但現在她覺得這不是孝心了，是不孝！都四個月了，她都沒好好到母親那裡坐一坐，她總是忙，她的兒子要結婚，她天天總是想著怎麼才能多給兒子掙點錢。她讓這個念頭給關了禁閉，禁閉得都沒有一點點時間去看自己的母親。

她也是太累了，時間都一分一秒緊挨著，每一分鐘都有每一分鐘的事。餵雞，餵鴨，餵豬，種菜，做豆豉，做醬，做梅乾菜，做皮蛋，做了還要賣。早上六點多就要起來，先是把雞圈打開，像她母親一樣把一隻一隻母雞都捉住檢查一下，也就是，把兩個手指塞到溫暖的雞屁股裡，看看裡邊有沒有蛋，再看看那年輕的小母雞的屁股門兒開了沒，要是兩個手指能鬆鬆快快地伸進去就說明這年輕的小母雞也要下蛋做母親了。她養的雞比婆婆多，但她心裡都記著，這天一共會有多少蛋，她都要一個不少地收回來。然後是餵鴨，然後是餵豬，餵豬餵鴨用的都是豬食。鴨子這東西很討厭，吃完了還要喝點兒水，又不老老實實地喝，其實牠們不是喝水，是在那裡涮嘴，把個扁嘴放在水盆裡涮來涮去，好像牠們都愛乾淨愛得不得了，或者就乾脆跳進盆去洗澡。婆婆的大閨女很討厭這些鴨子，就用一大塊鐵板把那個給鴨子餵水的大木盆子蓋住，只剩下兩邊窄窄的縫隙，那些鴨子就只能把頭探進去喝點水，想涮嘴就不得要領。鴨子下蛋一點點規矩都沒有，到處亂下，簡直是四海為家，沒心沒肺！婆婆的大閨女也要把那些母鴨子一個一個檢查過來，鴨子真是髒，要不渾身的毛溼漉漉的，要不就是渾身的毛都一撮一撮黏到一起。檢查完，婆婆的大閨女就會把要下蛋的鴨子都圈起來，這樣一來牠們就有意見了，不停地叫，不停地叫，團結在一起，把肥屁股搖過來搖過去地叫。「叫就叫吧。」婆婆的大閨女對牠們說，「我反正沒時間跟著你們的肥屁股到處撿你們的蛋。」

婆婆的大閨女趕到了母親家了，滿眼的淚。她看見母親了，身子不由得一軟，就靠在門口的樹上。婆婆呢，沒事一樣，坐在門口的竹凳上，瞇著眼，彎著腰，正在那裡揀米，看樣子要做中午飯了。米是盛在一個竹篾小笸籮裡，給太陽照得白花花的。婆婆總是一做就是一大鍋飯，她這樣做慣了，這樣一來呢，婆婆就總是吃剩飯，婆婆的大閨女對婆婆說過不知有多少次了，要她每次少做一些，頓頓就可以吃新鮮飯了。「要是有客人來呢？到時候都給客人都端不上來一碗飯。」婆婆總是這樣說，還總是把鍋底的焦鍋粑存在那個磁罈子裡，到了年裡還總是把鍋粑炒炒給孩子們用紅糖水沖沖吃。

婆婆的大閨女，氣喘吁吁的，搶幾步，一下子衝到婆婆的身邊，卻不知道說什麼了，卻馬上又知道自己要說什麼了。說什麼呢？說那半根針？「是不是？真嗎到肚子裡了？怎麼就嗎到肚子裡了？」婆婆大閨女的手在母親身上這裡摸摸，那裡摸摸，其實就是亂摸，沒一點點道理，沒一點點主張，沒一點點方向感。這裡，那裡，疼不疼？婆婆的大閨女又讓母親把嘴張得老大，她要看看母親的嘴，是不是，那半根針就卡在牙齒上？或在什麼地方扎著，也許在胃裡，也許在腸子裡，也許已經都跑到了腦子裡了。就這樣摸來摸去，婆婆的大閨女倒把自己摸出了一身汗，汗能摸出來嗎？是急出的汗。婆婆的大閨女急也沒有法子，她沒主意，她沒主意就只會把母親的米笸籮接過來挑米，卻左挑右挑挑不在心上。抬頭朝屋裡看看，屋裡是暗黑的，外邊的太陽白花花的，太陽從屋頂上的煙窗照下來，白白的一塊，在地上，因為這白白的一塊，屋子裡就起了反光，漸漸讓人能看清了，屋子裡真是亂。這又讓婆婆的大閨女心裡難過，從過年起她就沒再給母親把家收拾一下。她想真是應該給母親收拾收拾家了，但就是不知道還會不會有這個機會。她不挑米了，把米笸籮放在了一邊，兩眼看她母親，好像能在母親的臉上看出個答案。這時候，婆婆另外的兩個兒子和二閨女也都急急地趕來了，他們也都得知了消息，也都嚇壞了，扔了手裡的活就跑來了。針可不是別的什麼東西，怎麼會把針吃到肚子裡？婆婆的四個兒女是不約而同，是又急又怕。

婆婆呢，也有點兒著慌，四個兒女同時出現在婆婆的面前，對婆婆而言簡直是少有的事情，除了過年才會這樣，這是過年嗎？這又不是過年。這就讓婆婆有些慌，說是慌不如說是激動，說是激動又不如說是高興。她是老了，好像根本就不知道把半根針吃到肚子裡會有多麼危險，倒要張羅著多加些米做飯了，又興沖沖去屋後的地裡多摘了些春菜。屋裡煙窗上還吊著臘肉和臘雞。在她，像是要過節了，這時候，倒是婆婆的兩個兒子和兩個閨女都待在了一邊。婆婆的二閨女和婆婆的兩個兒子都已經去問了一下，問誰？問那些和婆婆一道說話做活計的婆婆，婆婆的兒子和閨女得到的回答是肯定的，母親肯定是把那半根針吞到肚子裡了。而且呢，他們看到了那另半根針，在母親的針線笸蘿裡，針鼻上還拖著條綠線。

婆婆的兒子和閨女一時都沒了主意，你看看我，我看看你，最後又都把目光停留在他們的母親身上。多少個日子？日子簡直就像樹上的樹葉一樣數不清，在這些數也數不清的日子裡，因為忙，他們都忽略了母親。這時候，他們是清清楚楚明白母親的存在了，而且是老了，走路和以前不一樣了，他們的母親，從屋裡出來，再進去，把臘肉從天窗口上用繩子放下來，再把籃子吊上去，動作都遲慢了。由於兩兒兩女都突然來了，婆婆是激動，她的激動就是要做飯給孩子吃，臘肉已經放在盆裡泡著，還有臘雞，是半隻，已經不是雞的模樣，什麼模樣呢？誰也說不出來，也泡著。婆婆的兒女都看著母親在那裡忙，好像都有些不認識自己的母親了，是這樣，怎麼會是這樣？腰彎得這樣厲害？那半根針，在母親肚子裡的什麼地方？婆婆的兩個兒子和兩個閨女都盯著自己的母親。而忽然，沒有交談，沒有說話，他們忽然都跳起來攔住母親不要母親做這餐飯了。婆婆的大閨女說趕緊去醫院吧：「還吃什麼飯，讓醫院照照透視，先看看針在什麼地方。」

婆婆忽然生氣了，拍拍手，大聲說：「米在鍋裡，怎麼就能去醫院？」婆婆的興奮和激動突然遭到了阻擊，生氣了，嚓啦，嚓啦去灶頭炒菜了，碧綠的青菜和臘肉在鍋裡的熱油裡油汪汪的忽然有了節日的氣氛。婆婆來了拗脾氣，偏不讓兩個閨女幫她，好像是，她還不老，她還是當年，她要給她的兒子和閨女吃一頓好飯。她這樣做，只能讓她的兒子和閨女更傷心，他們坐在那裡面面相覷，他們一點點辦法都沒有，他們只知道那半根針隨時隨地會把他們的母親帶到另一個世界裡去。也許是明天，也許是後天，也許是馬上。

婆婆在四個兒女的攙扶下，從縣醫院出來的時候天落雨了。

婆婆的四個兒女都已經明白了，那半根針就在母親的胃裡邊，先是，透了一下視，後來，又拍了一個片子，婆婆的四個兒女都把那片子看了又看，都明白片子上那一小截兒東西就是針。婆婆的大閨女在家裡是老大，她去問大夫：「那針會怎樣？到底會怎樣？」大夫說：「會怎樣？哪個知道會怎樣？針是會行走的，誰也不知道它會行走到哪裡，因為胃是活的，會一刻不停地動，它要動，誰也不能不讓它動，它一動針就會跟上到處走。」婆婆的大閨女嚇壞了：「那腸子呢？腸子是不是也會動？」「當然會動了，要是不會動吃下去的東西就像是進了倉庫，會堆積起來，會把腸子堵起來。」大夫說唯一的辦法就是把它開刀取出來，但婆婆這樣大的歲數能動手術嗎？大夫看著婆婆的大閨女。婆婆的大閨女在那一刻已經想好了，把家裡的豬和雞鴨都賣了！給婆婆動手術。「能不能動？」婆婆的大閨女又問大夫。「這樣大歲數？你說呢？」大夫倒像是在考婆婆的大閨女，「你說呢？」大夫又說。婆婆的大閨女當然答不上來，看著大夫，那個大夫，表情頓時十分嚴厲了，問：「怎麼會讓婆婆把針搞到肚子裡了？怎麼回事？這樣大年紀，又不是兩三歲小孩兒。」

婆婆的大閨女簡直是，昏了頭，怎麼說，是踉踉蹌蹌跟在母親和弟弟妹妹的後邊，最後一個從醫院裡出來。她好像是一下子沒了方向感，不知去什麼地方了。在雨裡，有一頭沒一頭地領著母親和弟弟妹妹亂走，她現在是在心裡責備自己，責備自己的結果是想給母親馬上做些什麼，做什麼呢？這念頭毫無目標。雨細細地下著，她忽然就領著自己母親進了離縣醫院不遠處的商店。

她的兩個弟弟和一個妹妹都在她後邊跟著，心裡也都慌慌的，也都已經沒了主意。小商店裡的地上都是泥巴，紅色的泥巴，因為下雨，地裡無法做活，農民們就趕到商店裡來買東西，把商店裡踩得到處是泥巴。小商店不大，是狹長的，左邊的櫃台呢，是百貨，暖水瓶、飯盒、奶瓶什麼的都擺在貨架上；右邊是布匹，一板一板花花綠綠地立著，又一捲一捲奢華地在櫃台上鋪陳著，花色一律都鮮鮮亮亮。

婆婆的大閨女是昏了頭，沒頭沒腦地領著自己母親先到小百貨那邊看了一下，其實她的心不在這上邊，一直走到賣農具的那邊了，看到塗了黑色防鏽漆的犁鏵時才停了腳，愣了愣，才明白這是農具，看農具做什麼？自己家裡又不準備買這些。就又領了母親往回走，她帶著母親站到賣布匹的櫃台前了，念頭是突然產生的，她忽然就想起要給母親買塊做被面的花布了，她要母親看，哪塊花布好？一連看了幾塊，是那塊大紅大綠的花布，上邊滿是牡丹花和孔雀的真是好看，婆婆用手摸了又摸，還揣了揣厚薄，說是好布。婆婆的大閨女便讓服務員打開米尺在那裡量了，一共四米，從中裁開兩幅便是六尺長四尺頭的一個被面了。婆婆問：「是給伢子結婚用？」等聽到是給自己扯來做被面時便一下子激動起來，婆婆的激動是不要，說：「我能蓋幾年？這是浪費錢！」婆婆這樣一說，婆婆的大閨女就更傷心了，更覺得對不住自己的母親，她背過臉，怕自己的眼淚掉出來。婆婆的那床被面早該換了，早洗糟了，還用兩塊舊毛巾補了被頭。花被面已經給服務員捲了起來，婆婆的大閨女又扯了被裡，要最軟的那種，服務員在那裡哧啦一聲把被裡扯開的時候，婆婆的大閨女就更傷心了。好像是，她從來都沒有好好想過母親的事，這回要想了，卻也許是最後一回，最後一回。

外邊的雨還下著，婆婆在四個兒女的簇擁下從商店裡出來時，小街上雨濛濛的，石板路亮亮的，像在上邊抹了清油。道邊的玉蘭要開了，毛毛的花骨朵已經裂開了，露出裡邊嫩白的花瓣，桃花也要開了，枝頭上星星點點地紅著，這就是春天的好，下著雨，花還要開。因為下著雨，婆婆的二閨女把自己的繡花圍兜解下來給婆婆輕輕罩在頭上。就這樣，兩個兒子，兩個閨女都走在婆婆兩邊，石板路上到處是泥，紅泥巴，又給雨水稀釋著，倒有一種喜慶的意味。就這小街，婆婆年輕時也不知帶著她的孩子們走了有多少次，但這次卻好像格外的新鮮，這樣的日子倒好像要從無數過去的日子裡一下子跳了出來，有格外不同的意義，格外的讓人擔心，格外的讓人不安，格外的讓人難過。

婆婆的小兒子忽然站住了，看看道邊的抄手小店，對他的大姐說：「咱們去飯店陪媽吃吃抄手好不好？」口氣雖是商量的，卻是決定了的，不容任何人反對。「咱們陪媽吃一回吧。」婆婆的小兒子又說，眼睛紅紅的。婆婆的四個兒女裡數這個小兒子慣得嬌縱。他當過四年兵，在北京還參加過國慶閱兵式，人長得精精神神，黑黑瘦瘦的那種精精神神，他在村子裡的小煉鐵廠裡上班，工作很苦，每天要出大量的汗，熱得很。因為是給私人做活，所以總是沒有休息的時間，總是累得要命。總是沒有時間去看一看母親，所以他更內疚。

婆婆是第一次在飯店裡吃東西，進去，坐下來，在那裡倒有些不自在起來，彷彿是，有些害羞。婆婆用手輕輕攏攏筷子，再摸摸醬油壺，百般的不自在，看看這邊，看看那邊。抄手這時給服務員用一個盤子端上來了，一共是四碗，婆婆的小兒子覺得這還不夠，看看那邊，又要了小籠包子，一共是五屜，每一屜裡是五個荸薺大小的包子。紅油抄手紅汪汪的，無端端讓人覺著富足和喜慶，但婆婆的四個兒女都不說話，肚子裡滿滿的都是心事，都眼巴巴要看著他們的母親吃。婆婆的飯量一向好，這時偏又變得不好了，偏要把自己碗裡的抄手一個，一個，一個，一個地給四個兒女的碗裡分了一回，這是老習慣，婆婆總是這樣，從孩子們小的時候就是這樣子，總是怕孩子們吃不飽，自己總說自己吃不了這許多。一碗抄手，夾來夾去，她自己的碗裡，倒只剩下清湯了。四個兒女面面相覷，猛然回過神來，又爭著你一個我一個給母親往碗裡夾了一回，婆婆那邊便是滿滿的一大碗了，都冒了尖兒了。

外邊的雨下著，只是不大，好像是有，又好像是沒有。飯店門口的那株玉蘭樹上，有一朵玉蘭，開了，白白的像是要放出光來，又一朵也跟著開了，好像還發出了輕微的響聲啪的一聲。

很快就到了晚上，村子裡的赤腳頭頂著一塊紅塑膠布趕來了，赤腳現在河頭的紙廠做工，人辛苦得一天比一天瘦。就這個赤腳，早年做過赤腳醫生，認識不少坡地上的藥材。他知道了婆婆的事，趕過來是要告訴婆婆一個偏方。他想不到婆婆的兒女都在，說你們在就好了，你們幾個馬上都去找韭菜。赤腳說針這種東西就怕掛在腸子上，韭菜吃到肚子裡就會把針給帶下來。比如釘子，鐵絲，只要是吃到肚子裡，就都會給韭菜帶下來。那一年，村子裡的那頭獨角花牯牛，吃了這樣大，不，這樣大一枚釘子，還不是給韭菜帶了下來？

婆婆的兩個兒子陪赤腳坐在堂屋裡說話，抽菸和喝茶，堂屋裡的燈黃黃的有點暗，暗就暗吧，暗又不妨礙說話。婆婆的大閨女在另一間屋裡，卻已經開始給母親做新棉被了，她說什麼也要讓母親蓋一回新棉被。婆婆的大閨女在心裡這樣想，兩眼便紅紅的，好像是，婆婆馬上就要離他們去了。婆婆的二閨女也沒有回去，她的眼睛也紅紅的，兩隻眼簡直是一刻不離地隨著母親轉，好像是要把那半根針從母親的身上盯出來。婆婆呢，好像不知道針吃到肚子裡會有什麼後果，會有多麼危險，她只是興奮，不停地出來進去出來進去，不停地讓茶倒水。兩兒兩女，多少年了，一下子都回到這間老屋裡來，這真是少有的事，婆婆的興奮是一浪一浪的，又把過年時放起來的核桃和桂圓從老櫃裡取了出來，嘩啦啦撒在桌子上，要兒女們吃，要赤腳吃。做完這些，婆婆又坐到那裡去收拾那半隻風雞，一點點地撥毛，一點點地清洗，這風雞，切了丁，放了辣子和豆豉一起炒最最下飯。

婆婆又忽然想起了什麼，對兩個兒子說：「好不好，明天要媳婦她們和孩子們一起都來？」

「您真以為是過節啦！」婆婆的小兒子原是嬌縱大的，忍不住大聲說了一句，他是心裡急。說完這話，他馬上就後悔了，便搶過母親手裡的風雞收拾起來，他什麼時候做過這種活計？

為了做那新棉被，另一間屋裡已經換了大燈泡，這樣一來呢，就更像是過節了，節日呢，也就是這種氣氛。要是沒有事，誰家會點這樣大的燈泡？和婆婆相鄰的人家來人了，他們關心婆婆是不是出了事。那半根針，說不定什麼時候就會把婆婆給帶走了，也許一下子就會扎在心上，也許，那針已經走到了腦子裡。人們看著婆婆，眼睛裡，怎麼說，都有些惜別的神色。來看婆婆的那些女人們，甚至眼睛都溼溼的。再加上，婆婆的兩個兒子，都坐在堂屋裡，聲音都放低了，有些神祕，有些要出事的那種氣氛。婆婆的兩個兒子和赤腳在那裡說話，在別人看來好像是在商量事，商量什麼事？能商量什麼事？這真是讓人擔心。鄰居畢五家的，吃過晚飯已經多時了，卻又專門做了一碗熱騰騰的黃酒鴨肉和豆腐來，下著雨，她頂著雨，把那碗鴨肉和豆腐端來要婆婆吃。

婆婆的兩個兒子很快都冒著雨打著赤腳出去了，他們聽了赤腳的話去找韭菜，在他們的村子裡，沒有種韭菜的習慣，因為地氣太溼。婆婆的村子在浜下，所以這村子就叫浜下。婆婆的兩個兒子去了浜上，浜上的地氣乾一些。到半夜的時候，婆婆的兩個兒子都渾身溼漉漉地回來了。韭菜呢，足足弄回了兩大捆，是去地裡現割的。

赤腳已經吩咐過了，韭菜一拿回來就要讓婆婆生著吃一些下去。婆婆便坐在那裡，神色有幾分莊重，開始吃韭菜，一根一根吃，婆婆的四個兒女都看著母親吃。婆婆能吃多少韭菜呢？婆婆的四個兒女又都怕母親吃壞，畢竟是生韭菜。看著母親吃過韭菜，婆婆的大閨女要自己的兩個弟弟趕快回家去休息，她讓自己的妹子也回去，但婆婆的二閨女說什麼也不回，要和她姐一起給母親做那床新棉被。「那也好，你們回，有什麼事就去喊你們。」婆婆的大閨女對自己的兩個弟弟說。這時候已經夜深了，外邊呢，卻忽然又響起了撲通撲通的腳步聲，是赤腳。赤腳忘了一件要緊事，睡下了，又穿了衣服頂了那塊紅塑膠布忙忙地趕了來。他告訴婆婆的四個兒女，要仔細觀察一下婆婆的大便：「人老了，腸子滑，有什麼馬上就會拉下來，如果順利的話，如果沒有扎在肚子裡的話，最好拉一次看一次，也許會拉下來。」赤腳趕過來就為了吩咐這句話，吩咐完又匆匆回去了，雨打在他頭上的那片紅塑膠布上沙沙沙沙響。

婆婆的兩個兒子，也索性不回了，從小睡慣的老棕床還在，兄弟倆雙雙洗了腳，就睡在那裡了。婆婆呢，剛剛才平息下來的興奮又一浪一浪地重新興奮起來，又去老櫃裡取了被褥要給兒子蓋，被褥放在老櫃裡都發了霉，或者那就是老櫃子的味道，就是這味道，讓婆婆的兒子覺著親切，這親切卻又是傷感的，多少關於過去時日的回憶都一下子隨著這味道來了。「你先睡，我聽著。」婆婆的大兒子要弟弟先睡，母親那邊的動靜由他來聽：「人上了年紀，說不定什麼時候就要解手。」但他不睡的原因還在於，他怕母親說不定什麼時候就給那半根針帶走了，那半根針現在在母親身上的什麼地方？在腸子裡？還是在胃裡，也許都快走到心裡了。這樣的擔心，讓誰能睡得著？婆婆的二兒子呢，卻非要讓他哥先睡，說母親那邊的動靜由他來聽，他還年輕。結果呢，是兩兄弟都不睡了，都趴在枕頭上說話抽菸，耳朵呢，聽著母親那邊。婆婆在那邊屋子裡咳嗽了一聲，又咳嗽了一聲，她一咳嗽，這邊的兩兄弟就靜下來，聽著，兩個菸頭在暗處紅紅的一閃一閃。

婆婆的兩個閨女呢，現在也是給自己的行為激動著，她們什麼時候這樣連夜趕著做過被子？兩個人，一個在這頭，一個在那頭，把被裡被面和棉花套子一針一針先用紅線引了，再用藍線攔腰縫一遍，紅線是避邪，藍線呢，是攔住的意思，是要把母親的性命攔住，不要她走。棉花套子是從婆婆大閨女家裡取的，是婆婆的大閨女準備給兒子結婚用的，這時卻先給婆婆用了，婆婆的大閨女是不由分說，非要把兒子準備結婚的棉絮給母親拿來用，其實她的兒子和丈夫沒有一點點反對的意思，她的眼裡卻有眼淚了，好像是，他們已經在那裡反對了，好像是，他們已經惹了她了，好像是，他們已經對不起她了。

婆婆的兩個閨女，這時頭對頭縫著被子，卻都不敢說母親肚子裡那半根針的事，她倆都說了些什麼。是有一搭沒一搭，是雞短鴨長，耳朵呢，卻聽著母親那邊。婆婆咳嗽了一聲，又咳嗽了一聲。她倆就不說話了，屏住氣聽著，婆婆那邊沒動靜了，她倆就又有一搭沒一搭雞短鴨長地說起來。婆婆那邊忽然又有動靜了，窸窸窣窣，窸窸窣窣，這一回，好像是下地了。婆婆的兩個閨女就急忙停了手裡的活兒，下床去了母親那邊，婆婆的兩個兒子呢，也急忙下了地。婆婆那邊，果真是摸摸索索下了地。

「是不是要解大手？」婆婆的四個兒女都忙忙地問。

婆婆卻笑了，她起來做什麼？真是讓人想笑，都什麼時候了，婆婆忽然想起了那幾個桔子，想起桔子是什麼意思呢？是要拿給兒子和閨女吃，那幾個桔子都已經放乾了。這都是什麼時候了？是後半夜，婆婆的興奮真是一浪一浪的。

早晨終於又來了，這是一個多麼好的早晨啊，村子裡一晚上綻開了那麼多玉蘭，玉蘭花讓整個村子像是一下子變得明亮起來，好像是，分外多了一些陽光。鄉村裡的人都起得早，人們又看到婆婆了，又在那裡把她養的雞鴨放了出來。她好像什麼事都沒有，像往日一樣，該做什麼還做什麼，這就更讓人擔心。接著呢，人們看到婆婆坐在那裡擇韭菜，好像真是節日降臨了。婆婆的兩個閨女這時已經睡下了，她們已經把被子做好了，被子做好的時候天都快亮了，這大紅大綠的被子現在就蓋在婆婆的兩個兒子身上。

早晨終於又來了，婆婆托托托托、托托托托在那裡剁臘肉了，聲音木鈍鈍的，但傳得很遠。也許是這木鈍鈍的剁臘肉聲又驚醒了婆婆的小兒子，他忽然又醒來了，一下子坐起來，問他母親：解了大手沒？問完這話，婆婆的小兒子自己先就笑了起來，笑過又躺了下來，他是太緊張了。天快亮的時候，婆婆已經解了大手，就解在馬桶裡。婆婆的四個兒女簡直是太緊張了，這緊張就是要他們看看母親的排泄物裡會不會有那半根針。婆婆的四個兒女在那裡解剖和研究婆婆的排泄物了，在燈下，也不嫌那氣味。他們在心裡，也許都是這樣想，小時候，婆婆就是這樣一把屎一把尿把自己帶大的，他們一點一點把婆婆的排泄物弄開，一點一點，一點一點地看。後來呢，是婆婆的小兒子大聲叫了起來，這叫聲傳得好遠，幾乎驚動了整個浜下，鄰居們都聽到了。畢五家的，忙忙披了衣服冒了雨過來，以為婆婆不行了。想不到，婆婆的小兒子在婆婆的排泄物裡看到了，亮亮的，是什麼？就是那半根針！

早晨又來了，慢慢升起來的太陽把村子裡的玉蘭花照得簡直是晃人眼。婆婆真是福大命大，她又在那裡坐著，托托托托、托托托托剁她的臘肉了，臘肉剁好，還要切韭菜，也細細切了，她要做肉餅給孩子們吃。婆婆的四個兒女呢，在這春夜裡，簡直是只合了一下眼，現在都又出去了，各忙各的去了，這畢竟是春天，春天的日子就是金子，誰能浪擲得起呢？他們都有許多許多的事情做，他們各有各的家，婆婆沒事就好了，他們就放心了。日子呢，又回到了往日的軌道上。婆婆說好了要他們中午都過來吃肉餅。但婆婆的四個兒女實在是都太忙了，大閨女馬上就表示中午實在是顧不上來了，針拉下來就好了，她要去種菜了，菜秧怕都要放蔫了。二閨女家裡要起稻秧，還雇了外人幫忙，中午就更顧不上過來。婆婆的大兒子，原來就說好的，要去縣城拉一趟化肥。二兒子呢，要趕去上班，給私人做事，一天都誤不得。

婆婆在那裡又托托托托、托托托托地剁著她的臘肉，她覺得臘肉剁得還不夠細，一邊剁，婆婆一邊想，她覺得自己昨天真像是做了一個夢，四個兒女忽然都回來睡在這間老屋裡，多少年都沒這樣了，團團圓圓真像是又過了一個年，兩個閨女還給她連夜趕做了一床新被子。婆婆還不糊塗，現在是，她後悔自己怎麼就把那半根針解大手給解了出來，要是不解出來該有多好！婆婆的眼裡忽然有了淚水，但她馬上把這淚水擦了，她看見鄰居畢五家的從那邊過來了，婆婆站起來，笑著，招招手，非要畢五家的進屋看看那床新花被，看看花被子上那一大朵一大朵的牡丹花。畢五家的也笑著，隨婆婆進了屋，婆婆把那床新花被打開了，鋪在床上了，花被上的牡丹花開得有多麼好，一大朵又一大朵，一大朵又一大朵，一大朵又一大朵，婆婆給鄰居畢五家的不停地指著，數著，說著。指著，數著，說著。身子卻突然朝後邊一下子倒了下去。

倒下去的那一剎那，婆婆滿眼裡都是紅色的牡丹花，一朵又一朵，一朵又一朵，一朵又一朵，一朵又一朵……

# 菜頭

菜頭從小就不怎麼愛說話，總是別人問一句他說一句，再問一句就再說一句。如果有兩三個人同時在那裡問他話，他就會臉紅了，看看你，看看他地結巴起來。家裡人說菜頭大了就好了，還小呢，小孩子家都是這樣。但菜頭好像忽然一下子就大了，村子裡的王金寶出去打工把他帶了去，菜頭就好像忽然一下子長大了。首先是個子，總在人們眼前晃還讓人覺不出，但出去半年猛地再一出現，人們都覺得菜頭一下子長高了許多，像是個大人了，歲數呢，也不能再說小，都十八了。和菜頭一起打工的劉七八，還有王金喜王銀喜兄弟倆兒都愛和菜頭開玩笑，到了晚上把他按在床上脫他的褲頭子，一邊脫一邊說：「十七十八，傢伙發達。」他們要看看菜頭的傢伙是個什麼模樣。

其實那還用看，天氣熱的時候，大家總是一起下河裡去洗澡，都脫光了，大大小小的傢伙在前邊黑亮亮長短不齊地展示著。村子裡的人們離開村子到鄉裡去打工，除了幹活兒又能做什麼呢？晚上他們又不敢出去，鄉裡的壞人多，有人出去挨了揍，有人出去被搶了錢，其實他們身上又能有多少錢？他們都不太敢出去，就窩在屋子裡說女人的事，互相開身體的玩笑。

菜頭十八了，不能說他還小，但他還是不愛說話，人們說到鄉裡就靠個說話，鄉裡人又不看你下死力氣在地裡鋤莊稼，也不看你一下子跳下冬天的糞坑勇敢地去鑿那凍得很結實的大糞。鄉裡人就看你會不會說話。菜頭的娘就對菜頭不只一次地說要他到鄉裡多說說話，說是會叫的鳥兒才會有人喜歡，好鳥都出在嘴上。菜頭的媽說來說去，菜頭只笑笑地小聲說了句：「我又不是隻什麼鳥兒。」

「你真是個菜頭！」菜頭的娘就笑著說。

菜頭是什麼意思呢？人們吃菜，總是把菜葉子和菜幫子留下，菜頭卻一刀切了扔到豬食鍋裡，菜頭是沒用的東西。有時候人們叫菜頭叫急了，菜頭便會開口小聲說話，說菜頭就菜頭，總比石頭好，菜頭還能餵豬，石頭能做什麼？

「石頭能蓋房呀。」王金寶最愛和菜頭開玩笑：「你傢伙敢說石頭沒用！你菜頭家的房子不是石頭蓋的？你用菜頭蓋一間房給我看看。」

王金寶這麼一說，菜頭就說不上話了。笑笑的，臉紅紅的，害羞了。

菜頭和王金寶的關係最好。王金寶是個漂亮人物，大眼睛黑皮膚，皮膚雖然黑，卻乾乾淨淨，穿衣服也總是乾乾淨淨，女孩子最喜歡他。所以王金寶每到一處女孩的眼睛就總是跟著王金寶走。王金寶又愛說話，也會說話，有事沒事，王金寶總愛在那裡沒話找話說，這就顯得他性格開朗，因為長得漂亮，性格開朗之外又讓人覺得可愛，因為可愛，他就總是能找到活兒，因為他能找到活兒做，所以自然而然他就是二工頭兒。

村子裡跟他出來的七八個人都聽他的，不聽他的又能聽誰的呢？別人又攬不上活兒。菜頭能攬上活兒嗎？菜頭更攬不上，菜頭不起眼。而王金寶是個起眼的人物，所以事事處處都要佔個尖兒，讓別人都聽他的，好像是，他就是別人的師傅，做什麼都要他說了算。算工錢的時候也是這樣，你多少，他多少，都由他來定，大家也聽他的。這麼一來，時間長了，他說話行事果然就像是有了當幹部的味道，村子裡現在還幹部長幹部短地這樣說話。人們都說王金寶天生是個幹部料。

「你好好學學人家王金寶，一樣的歲數，人家就是個幹部料。」菜頭的家人對菜頭這麼說，好像是，他們也想讓菜頭變成一塊幹部料。而菜頭只能是個木匠，菜頭的父親是個老木匠，菜頭能學什麼呢？只好也學木匠。

王金寶帶著村子裡的這夥子人鄉裡做來做去。但他們能做什麼？這七八個人裡邊不是木匠就是泥瓦匠，所以他們要做的活兒就是給人家裝潢家。主人讓他們怎麼做就怎麼做，那些要裝潢自己屋子的人大多都沒什麼主見，自己沒房子的時候好像還有主見，什麼什麼的都會說出個頭頭是道。一旦買了新房，主見就好像一下子沒了，人一下子好像就慌了。他們到處去飯店裡和歌廳裡去東看看西看看，他們的靈感都是從飯店和歌廳得來的，地面怎麼做，房頂子怎麼吊，安什麼樣的燈，一樣樣都是飯店和歌廳的翻版，然後他們回頭去把這種想法當作自己的想法一一告訴王金寶。

這種裝潢家的活兒，從泥瓦匠活兒幹起幹到木匠活結束最少也得兩個月，活兒做好了，最後一道粉刷的工序做完了，主人來看了，挑三揀四一番，想多多少少扣一些工錢，但他們大致都會滿意，因為他們的屋子裝潢得像極了飯店和歌廳，天花板上有五顏六色的燈，門上有花玻璃，他們滿意了。

按照規定，完工的時候他們還要請王金寶他們這些工匠吃頓飯，但這頓飯大多不會好到哪裡去，要幾個最便宜的菜，炒山藥絲算一個，拌粉皮又會算一個，焯菠菜拌豆腐乾又是一個。菜沒什麼好菜，但酒是少不了的。酒是個好東西，一有了酒，有好菜沒好菜就好像不重要了——只要有了酒，王金寶他們就會忘掉了一切，再說酒一下肚子誰還想吃菜？酒一下肚子人們就光想說話了。

菜頭不會喝酒。別人喝酒他只會在那裡看著，一邊看著別人喝酒一邊吃菜。

「菜頭，光吃菜，不會喝酒你還像個男人？」別人說。

菜頭不說話，你說不是個男人就不是男人啦？菜頭自己在心裡說，又挾一筷子來放嘴裡，細細地嚼，喉結一動一動，嚥了，再挾一筷子放嘴裡。

「不會喝酒倒佔便宜，光吃菜。」別人又說。

菜頭就臉紅了，停了筷子，他怕別人這麼說自己。

「你怎麼不吃菜？」王金寶說。

「我不愛吃菜。」菜頭說。

「操，還有不愛吃菜的？吃菜。」王金寶把菜給菜頭往碗裡猛挾。

菜頭臉紅了，看看別人，其實別人都不注意他，話只是隨口說的，是逗他玩兒的，人們都在酒裡熱鬧著，男人們有了酒就熱鬧了。

菜頭跟著王金寶在鄉裡做事，他和別人一樣也背著一捲兒自己的行李，菜頭媽說外出做工髒哩叭嘰的，白被裡不經髒，別人的行李是藍被裡，乾脆，你連被面都是藍的吧。

但和別人不一樣的是他還要把大傢伙兒的鍋背著，還有一個大傢伙兒的電爐子。王金寶他們辛苦一年也掙不上多少錢，所以他們得自己做了自己吃，能省幾個算幾個，他們能吃什麼呢？什麼便宜就吃什麼，有時候就白煮一鍋麵條子，吃的時候在麵裡倒點醬油就是頓飯，菜呢，不過是山藥蛋和茴子白，上頓下頓都是山藥蛋茴子白。吃是這樣，晚上睡覺呢，在誰家做活兒就睡在誰家的地上，不過是把要做家具的三合板五合板或者是木板子在地上鋪一鋪。好在裝潢房子都在天氣暖和的時候進行，也凍不著。睡覺好說，一睡著，什麼地方都一樣，吃飯就不行，不太好湊合，起碼要做熟了，煮麵條子呢，又要煮熟了還不能煮成一鍋漿糊。跟王金寶出來的都是年輕後生，在家裡誰做過飯？所以都不願做這種事。

「別人都不做你就做吧。」王金寶對菜頭說讓別人做他還不放心，手一會兒抓東一會兒抓西，一會兒擤上邊的鼻涕，一會抓下邊的那個傢伙，髒哩叭嘰的。

別人都不肯來做飯，菜頭只好來做，菜頭做飯別人來吃，吃好吃賴且不說，閒話倒不少，不是嫌菜頭把菜做鹹了，就是嫌菜頭把麵下軟了，菜頭都聽著，笑嘻嘻的，別人的話說重了，菜頭的臉就紅了，也不多說什麼，好像是，菜頭天生就膽子小。每到一處，人們就總能看見菜頭不是出去買饅頭就是滿頭是汗抱兩棵大白菜笑嘻嘻地回來。人們總不見菜頭跟人們說話，有人還真以為菜頭是個啞子，有人還問金寶：菜頭這人是不是個啞子？

問王金寶話的是個年輕女子，是王金寶他們做活兒的這家新房的主人，菜頭也知道這女人叫軟米，是王金寶告訴他的，王金寶還告訴菜頭說這年輕女人有些喜歡自己，要想把她放倒幹一下子是件很容易的事。菜頭知道王金寶在這方面很有本事。

軟米在那裡問王金寶的話，菜頭在這邊早聽到了。

「誰說我不會說話。」

菜頭臉忽然紅了，小聲申明自己會說話。

「我還以為他不會說話。」

軟米也笑了，卻只對王金寶說。

菜頭隨著王金寶在鄉裡一幹就又是半年多了，鄉裡這幾年總是在蓋新房，這家裝好了，那家馬上也要裝，只要活兒做得好，別愁沒事做。菜頭在心裡算了算，自過年從家裡出來，這是裝的第三家，這第三家的活兒做得格外細，王金寶也格外上心。為什麼王金寶格外上心呢？人們都看得出來，是因為那個叫軟米的年輕女人很喜歡王金寶，她一來就總是不停地和王金寶說話，還給王金寶拿蘋果吃，有一回還拿了香蕉，有一回還拿了一個豬蹄兒，有一回還拿了桔子，有一回還給王金寶剝桔子吃，還對王金寶說吃桔子下火，還把桔子瓣上的桔絡一絲一絲剝下來。

「操！多會兒她把她自己剝光拿給我吃才好。」王金寶那天臨睡覺時對菜頭說。

菜頭不說話，外邊好像是下雨了，有細細碎碎的聲音在窗上響著。

「你想啥呢？你他媽咋不說話？」王金寶說。

菜頭說話了，說軟米這女人挺好的，只是她那個在鄉裡做武裝部部長的男人歲數太大了，比她要大出十多歲。像她爸。

「操！你別說了。」王金寶說。

菜頭就不說話了，他知道王金寶是喜歡軟米的。

軟米來了，總愛站在那裡看王金寶做活兒，看他使鋸，鋸子呢，很鋒利，很怒氣沖沖地就把木頭鋸開了：嘩、嘩、嘩、嘩、嘩、嘩、嘩、嘩、嘩……

「看什麼看？」王金寶說。

「你鋸得真直。」軟米還能說什麼？

「木匠還有把木頭鋸歪的？」王金寶說。

「真香。」軟米說木頭的味道真香。

王金寶正在鋸一塊松木，松木是有一股子香味兒。

「香什麼香，爛木頭味兒。」王金寶用手抓了一把鋸末，「給！讓你說香。」

軟米還真把那把松木末子拿在手裡團來團去。軟米心裡是苦悶的，好像是得了什麼病，總是空落落的，又好像急煎煎的。

這天，因為下了雨，到處都是黏黏的，外邊的雨不住，而且一下就是三天都不停。軟米就在新房裡待著，看累了就到陽台上去看陽台對面的堡牆，堡牆土的茅草長得一蓬一蓬的，還有結紅果實的枸杞，枸杞在雨裡紅紅的讓人看了很傷心，怎麼會讓人覺得傷心呢？這就讓人有些說不出來，天是灰灰的，雨是涼涼的，那紅紅的枸杞是鮮亮鮮亮的，好像是，在這種天氣裡，越鮮亮的東西越會讓人傷心，好像是，在這種天氣裡任何東西都得一塌糊塗才對。

「唉呀，唉呀，看看你做的是什麼飯？」軟米忽然大聲對菜頭說。

菜頭呢，正要下麵條，鍋裡水開得嘩嘩的，鍋是坐在電爐子上，鄉裡用電都是放開了用，連雞窩裡也安個燈泡子，這樣雞可以多下幾顆蛋。大家理直氣壯地都不交電錢，誰家也不肯交電錢，理由是鄉裡有三個月沒給人們發工資了。

菜頭嚇一跳，不知自己出了什麼錯。

「讓開，讓開。」軟米要菜頭站到一邊去。

「這是人吃的飯又不是餵豬。」軟米大聲地說。她是忽然想這麼干涉一下菜頭的，這麼一來，她的心情忽然好像好了起來，一下子亮了，就好像天晴了一樣。

軟米打了傘出去了，她自己原本帶著傘，但她這時又不用自己的，她偏要打了王金寶的那把爛傘去，她知道王金寶的傘放在哪裡。軟米打了傘出去，不一會兒買回了一袋子醬，一袋子味精，還有八個雞蛋。

她算計好了，要用醬和雞蛋給王金寶他們炸一個雞蛋醬，做醬用五個雞蛋，剩兩個再做一個湯，湯裡再放些香菜，香菜是向菜鋪子白要的，既然買了這家菜和雞蛋和醬。天下著雨，地上黏糊糊的，人家不去這家，也不去那家。單單去了你這家，你還不白給人家一點點香菜？

軟米覺得自己像是在做主婦了，這讓她很激動。天上下著小雨，這小雨是讓人心生悵惘的，雨聲好像是有，又好像是沒有，遠遠近近都溼著。軟米在那邊忙著，心裡激動著，她在給王金寶他們做飯了。王金寶他們還在做他們的事，不過是鋸鋸刨刨，讓軟米激動的還有一件事，那就是她從她男人「鬍子」那裡給王金寶悄悄拿了一盒中華菸，她知道那是好菸，菸在那裡放著，她就悄悄給王金寶拿了一盒，待會兒她要把菸拿給他，讓王金寶好好抽抽。

女人就是好，女人的好處說也說不完，王金寶他們吃上好麵了，女人是可以讓生活變得有滋有味的，但女人也會讓一個人的生活一下子變得一塌糊塗。

天下著雨，在這種天氣裡，人們的心情一般都不會太好，軟米的男人鬍子忽然從外邊推門進來的時候，軟米也正端著碗吃麵條，軟米用誰的碗呢？她端著王金寶用來吃飯的大茶缸子。那種有蓋子的大茶缸子，凡是進城做工的好像人人都有這麼個大茶缸。軟米的男人鬍子這天心情壞極了，區裡要讓下邊的鄉合併，小鄉合併成大鄉，這樣的好處人們暫時還不知道在哪裡，壞處卻一下子就可以讓人看出來，壞處就是兩個鄉合併成一個鄉原來的兩個鄉長就只能留下一個，其他部門呢，比如婦聯和武裝部，比如團委和辦公室，所有部門都一樣，都只能留一下正頭。

軟米的男人呢，原是鄉武裝部的部長，部隊下來的，平時總是粗粗笨笨的，鬍子好像總是刮不淨，眼睛呢，又細細地總是瞇著，見人總是笑笑的，給人的印象原是好的，說實在的鬍子也算是個能人，從部隊下來沒有三年就把家從晉南遷了來，還蓋了房子，而且呢，還給自己的弟弟把戶口也遷了來，而且呢，他還和晉南那邊原來的女人離了婚，把比他小十多歲的軟米娶了過來。他真是極能幹的角色。比如徵兵的時候，他會笑咪咪地悄悄對這個說：「今年的兵我給你留一個指標，你有沒有要走的？」跟這個說完，他又會去跟那個笑咪咪地悄悄說：「你有沒有要走的兵？我給你留一個指標。」人們都覺得鬍子好相處，因為他的鬍子，人們就叫他鬍子，一開始呢，只是在背後叫，後來連書記和鄉長都這樣叫了。書記有了事，會從自己的辦公室裡出來，腳上呢，是雙藍塑膠拖鞋，上邊呢，也許就只穿著一個小背心，這是天氣熱的時候，書記在走廊裡叫了：「鬍子，你他媽過來一下。」鬍子便笑嘻嘻地過來了。

鄉長呢，有時候也會站在走廊裡大聲喊，鄉長長了一張馬臉，要多長有多長，而且是個小眼，鬍子是黃黃的，又總是忙得顧不上刮。鄉長總是睡不好覺，開會的時候總愛打哈欠，「鬍子，鬍子，來一下。」鄉長在那裡喊了。鬍子便馬上笑咪咪地出現了。

鬍子有時候也會很風光一下子的，那就是訓練各村的民兵，他喊操喊得特別好，「立正！」「稍息！……齊步走！」每逢這種時候，鬍子也特別的神氣，臉都是亮的，臉上的那個肉鼻子更亮。

人們對鬍子都好像沒什麼意見，可是呢，一到鄉要合併，兩個武裝部部長無論如何只能留下一個，人們就好像都對鬍子有了意見。意見又說不出具體是什麼意見，這種事向來是含含糊糊的，總之，人們都推舉另一個鄉的武裝部部長來當部長，鬍子呢，便只能是副職。這便讓鬍子火得不行，臉上的笑容不見了，一張臉整個兒黑下來。他也明白另一個鄉的武裝部部長的叔叔是區裡人大的主任，這有什麼辦法呢？沒了辦法便只能生氣，只能讓肚子裡的火兒憋著。

鬍子在這個雨天裡冒著雨瞎走，比如，在書記的家門前走走，想進去說說，怎麼說呢？雨還是不停地下著，他又到鄉長的門前走來走去，想進去說說，但鬍子也明白即使是書記和鄉長都同意他來當武裝部長，那又頂什麼屁事，這事是要區裡定的。

鬍子的心情壞透了，他就是懷著一肚子壞透了的心情來到了自己的新房，來這裡又能做什麼呢？他也不知道自己來這裡能做什麼？也許抽支菸，也許看看工匠們做活兒，他的衣服已經溼透了。鬍子進門了，愣了一下，他看見了自己的女人軟米在那裡吃飯，火兒就是在這時候一下子燒起來的。鬍子其實是個很好的人，一個從鄉下來的人，而且他待的這個鄉不是他們老家，是外地，所以說他無論怎麼說也是個外鄉人，這就讓他事事處處都存了一份兒小心，再說他在部隊裡待了整整十年，十年的部隊生活讓他學得很有紀律，做事很有分寸；他是從一個小士兵慢慢做起來，後來做了個連長，也風光過，比如，下邊的士兵會給他把衣服洗了，把洗腳水給他天天倒好，早上呢，刷牙水總也是打好了放在那裡。這就讓他慢慢慢慢有了一種優越感，他原是沒有上過幾年學的，這優越感就讓他不知頭重腳輕，讓他好像是兩個人，一會兒很了不起，一會很卑微，他在上級面前是一個樣子，在下級面前又是一個樣子，這讓他自己也弄不清自己到底是個什麼樣的人，然後，他就到鄉裡來了。

軟米的男人一進門，屋子裡的氣氛便不一樣了，先是他帶進來溼漉漉的雨氣，再就是他把門重重地一下子關了。重重地把門一關後他就先去了南邊的屋子，那間屋子已經裝潢得差不多，窗套子和門套子都已經打好了，都是按他的心思做的，他對怎麼裝潢屋子是一點點想法都沒有。他是經常去書記家的，書記家就是他心裡的樣子，比如一進家就要安一串紅紅綠綠閃閃爍爍的燈，比如住人的屋子的頂棚上要裝許多的石膏花，角上、四邊、中間都要一一安滿。

軟米的男人鬍子進到南邊的屋子裡了，好像是，他要看一看，其實他什麼也沒看到，他只是點了一根捲菸，菸是好菸，這幾天他見人就要給人好菸抽。鄉裡的事情已經定下了，但他好像還在心裡存在著一線希望，希望事情會突然來個轉變，所以他在口袋裡就總是裝著「中華」這樣的好菸，其實這只是給別人抽的，他自己抽的是另一種牌子的香菸，「昆湖」牌子的香菸。這幾天，他一直是當著人抽「中華」，背著人他只抽「昆湖」。但他突然覺得自己真是窩囊，又好像是，翳子忽然想開了，他就給自己點了一支「中華」。這菸硬是和「昆湖」不一樣，綿綿的，輕輕的，軟軟的就流到喉嚨裡頭去，對人好像是一種安慰了。

翳子先是站到窗子前邊去抽菸，窗子外又能看到什麼呢？灰灰的天和被雨淋得一塊顏色重一塊顏色輕的城牆。翳子是有些怕自己的女人的，道理就是軟米太年輕，他事事都會依著她。但他想不到軟米會在這裡和裝潢屋子的工匠一道吃飯，還用王金寶的飯缸子。這就讓他忽然火兒了。但他又不敢讓這火兒發出來，翳子怕什麼？翳子怕的就是軟米生氣。抽著菸，想著這事，翳子覺得自己應該算了，抽完這支菸去辦正事吧，等有機會再收拾這個王金寶，怎麼收拾呢？也只是房子裝潢完的時候挑挑毛病，不是這裡不對就是那裡不對，然後從中扣一點兒錢。

軟米從外邊進來了，她也有些底虛，好像是做了什麼對不住自己男人翳子的事。鄉裡的事她還不知道，翳子很怕把鄉裡的事告訴她，怎麼說？原來是正職，現在一下子成了個副職？

他這會兒倒有些懷念晉南鄉下的那個女人了，那個女人雖然比自己大兩歲，雖然牙是黃板兒牙，可真是體貼自己，自己有什麼話都可以向她說。翳子忽然在這個小雨不停的日子裡心裡很難受，那種難受又幾乎接近委屈，他很想回到老家的村子裡去，去找自己原來的黃板牙女人，這是一種衝動，這種衝動一上來就讓人鼻子酸酸的。

翳子的鼻子酸酸的，就這時候軟米從外邊進來了。

「我過來看看活兒做得好不好。」軟米站在翳子身後輕聲輕氣說。

「對，多看看好，工錢他們又一個不少要。」鬍子已經抽完了那支「中華」菸。

「油匠找好了沒？」軟米又輕聲輕氣地說。

「金小紅家的油匠挺好。」鬍子覺得自己的火氣已經消了，人只要鼻子一酸酸的，還會有什麼火氣？他忽然想回家了，既然外邊下著小雨，既然鄉裡的事讓人不順心，他覺得自己應該回家去，回家做什麼呢？操！關起門和軟米做夫妻們都愛做的事。鬍子是喜歡下雨天做那事的，下雨天人們都不出門，天氣又不那麼熱，兩個人正好可以脫得光光的，被子也不用蓋，院子門關上，兩個人在炕上可以天翻地覆，也可以和風細雨。鬍子總是喜歡既天翻地覆又和風細雨。鬍子覺得世上最好的事就是夫妻間的事了，這事會讓人忘掉一切不痛快。「咱們回吧，雨下得挺好。」鬍子對軟米說，聲音是柔情的。

軟米就明白鬍子心裡想什麼了，這也是讓她心裡歡喜的，她其實是喜歡鬍子的。鬍子的身體是結實的，每一塊肌肉都還很年輕，很有力，很怕人，很可愛，只是鬍子最近太忙。

「回吧。」軟米也說，聲音也是柔情的。

鬍子和他女人軟米要回家了，這讓鬍子的心情好了一些，一想到要做的事，他還是很衝動。鬍子和軟米從裡屋走了出來，忽然，鬍子一下子怔住了——王金寶和菜頭他們已經吃完了，是要歇一歇的。菜頭正在那裡低著頭索索索索地喝水，劉七八也在那裡索索索索地喝滾燙的水，王金寶在那裡抽菸，他把軟米拿來的那盒「中華」菸拆了，取了一支在那裡細細抽，那盒菸呢？就在他的身邊紅紅地放著，和王金寶一起出來打工的王金喜和王銀喜在一邊調乳膠，兌了水拚命地在桶裡攪。

鬍子怔在那裡，他看到了那盒紅皮子「中華」菸。

王金寶想把菸收起來已經來不及了，他用手把菸虛虛罩了一下，又鬆開了，這又有什麼用呢？這麼一來，情況就更加糟糕，這是不打自招。王金寶的臉就紅了起來。王金寶還沒有結過婚，女人卻是搞過許多個的，玉米地裡，高粱地裡，王金寶的肩膀那麼寬，腰那麼細。好像是，他生下來就是要樣樣討女人歡喜的，他知道軟米的心思，他也想過該不該做那種事，他明白那種事就在眼前了，只要自己樂意，就好像飯就在鍋裡，只要自己肯去盛。因為心裡想過這種事，王金寶的臉子就更紅了。

「你，先回去。」鬍子忍住火氣對軟米大聲說。

軟米早在一邊羞紅了臉，便急急出了門。外邊的雨還下著，遠遠近近一片迷濛，就像是這世界一下子都沈到了水底。軟米的心跳得多厲害，步子呢，深一腳，淺一腳。軟米覺得自己是沒了臉，這沒臉是兩頭都沒臉，在自己男人這頭和王金寶那頭，就讓她有一種絕望的感覺。

軟米從屋裡出去後，鬍子怎麼對王金寶說話呢？屋子裡一下靜得不能再靜，倒像是屋外的雨一下子下大了。鬍子先是對王金寶說了聲「站起來！」王金寶就站起來了，王金寶站起來後，鬍子還能說什麼呢？鬍子又大聲說了句「立正！」這原是他在部隊裡天天喊熟的一句話，因為天天喊來喊去地喊了那麼十多年，所以聲音特別的大，特別的好聽。好像是，每個人聽了這話都會不由自主地站起來。所以呢，菜頭也跟著站起來了，菜頭一站起來，劉七八和王金喜還有王銀喜也就跟著站了起來，就好像這種事竟也會傳染。他們都那麼往起一站，鬍子就覺得自己又像是當年的那個連長了，這種感覺一回到鬍子身上。鬍子就更生氣了，鬍子就又大喊了一聲。這一聲純粹是習慣性的，鬍子又大喊了一聲什麼呢？他又喊了一聲「稍息！」這兩個字一出口，鬍子馬上覺得自己是喊錯了。他這麼「站起來！」「立正！」「稍息！」一連串地喊，不知怎麼就生了一種很好笑的戲劇效果，劉七八這狗日的壞東西就先嘻嘻嘻嘻地笑了起來，他一笑菜頭和王金喜王銀喜也就忍不住嘻嘻哈哈跟著笑了起來。

鬍子真正的發火就是這時候開始的，在部隊的時候讓他最最惱火兒的就是戰士們嘻嘻哈哈。

鬍子火兒了：「都笑你媽個狗屁！」

緊接著，鬍子又喊了：「立正！」

劉七八和王金喜王銀喜都不敢笑了，都站好了。

王金寶和菜頭也都站得正正的。

鬍子的臉這時候是黑的，是那種從心裡發出的怕人的黑。這就很讓王金寶和菜頭他們感到害怕，他們不知道鬍子會做什麼，也不知道他下一步會有什麼動作，他們都盯著鬍子。鬍子一步、兩步、三步走到王金寶跟前了，一彎腰，拿起了那盒被拆開的「中華」菸，又一步、兩步、三步回到了自己原來的位子。鬍子站在了那裡，在原地轉一個圈兒，他不知道自己該怎麼說，或說什麼，這就讓他臉紅了起來，他感覺到自己臉紅了，就更惱火兒了。人在火頭上，話又往往會脫口而出，想都不用想的。

「你怎麼這麼不要X臉！」鬍子對王金寶說。

這時候的王金寶是一臉的尷尬，他在想自己該說什麼，可他能說什麼呢？

「這種菸也是你抽的？」鬍子又說，接下來他又不知該怎麼說了，怎麼說呢？菸是自己女人軟米拿過來的，這讓他怎麼說？怎麼處置？他想努力想一想有什麼辦法可以處置這王金寶，他想如果是在部隊，出了這種事該怎麼處理？部隊能出這種事嗎？部隊怎麼會出這種事，這就讓他為難了。

「真不要×臉！」鬍子就又罵了一聲。

鬍子的樣子是可笑的，他那可笑的樣子讓人不能不笑，笑有時候是難以忍住的，有時候是越想忍越忍不住。劉七八忍不住，嘻嘻嘻嘻地已經在那裡又笑了起來，他那裡一笑，王金喜和王銀喜也都忍不住了，也笑了開來。菜頭不敢笑，他看看王金寶，王金寶好像也要笑了，菜頭忙扯扯他的衣服。

鬍子火了，這種事讓他又丟臉又生氣，又生氣又沒法子說，沒法子說他也要說，鬍子能說什麼呢？這種事一不能講大道理，二不能送派出所，鬍子現在是東家，東家能怎麼對付工匠呢？鬍子明白了自己該怎麼說了。「我讓你們笑，你們要是想好好兒拿到工錢你們就笑！」鬍子有話說了，他指定了王金寶，「他這麼不要臉你們還敢笑？」說這話的時候，鬍子心裡有主意了，他想起了他當新兵的時候，一個新兵做錯了事，排長存心想要羞一羞他好讓他進步，便要班裡的士兵都吐他口水，每人走到這個新兵跟前把口水吐到這個新兵的臉上，那新兵是誰呢？原來就是鬍子。鬍子當時做錯了什麼呢？就是不知是誰的菸放在窗台上被他拿來放在了自己的口袋裡，而後來有人來找那盒菸，那菸原來是給部隊送菜的鄉下人的，那鄉下人常常來部隊，原是和部隊相處得極好的。

鬍子坐下來，臉上竟有了一些笑容，這笑容讓菜頭他們感到害怕。

「笑吧，只要你們不想拿工錢。」鬍子說。

菜頭和劉七八他們不知該說什麼好，都看著王金寶，他們都知道他們馬上就要收工了，收工那天就要拿工錢，但許多時候那工錢總是不會好好讓人拿到手，要一遍不行，要十遍不行，有時候一兩年過去了那工錢還要不到手。

「你們都看他。」鬍子臉上的笑容在慢慢擴展開來，他用手一指王金寶，「他也太不要臉了，不是他的菸他都敢抽，這麼好的菸他都敢抽，你們想要工錢就每人給我往他臉上吐一口。」菜頭和劉七八他們都一下子看定了王金寶，他們都不覺得好笑了，都覺得問題不一樣了，鬍子居然要他們每人吐一口王金寶，還要往他臉上吐。

「想要工錢你們就每人往他臉上吐一口口水。」鬍子又說。覺得自己這個主意真是太好了。

菜頭看著王金寶，王金寶的臉一陣紅一陣白。

「不想要工錢你們就別吐。」鬍子又說。

菜頭、王金寶、劉七八、王金喜和王銀喜都愣了，都互相看著，想不到事情會是這樣，想不到鬍子會這樣處置人。

「看什麼，想要工錢你們就朝他臉上吐。」鬍子又說。

菜頭、劉七八、王金喜和王銀喜就都看定了王金寶。

「不吐就別想拿工錢！」鬍子又開始火兒了。

讓菜頭想不到的是王金寶這時突然說了話，聲音是小的：「操，吐就吐吧。」

菜頭的臉就一下子紅起來，他看著王金寶，心怦怦亂跳，好像口水就要吐在他自己的臉上了。

「吐吧，看什麼看？」王金寶忽然火兒了。

王金寶和誰火兒呢？是和自己火兒，又是和菜頭他們火兒，這是丟臉的事，鬍子這頭兒的臉丟了，自己這邊人的臉也丟了，這是兩頭兒丟臉的事。王金寶看著劉七八，忽然對劉七八說：「你先吐，我不怕。能拿上工錢我啥也不怕。」話是隨口說出來的，但這話一出口，王金寶忽然覺得自己像是給自己找到理由了，自己讓人往臉上吐口水原是為了能拿到工錢，這個理由真是很好，讓人心上能好受一點，還好像有點點英雄的味道在裡邊。

「劉七八，你先吐，能拿上工錢我啥也不怕。」王金寶又說了。

劉七八不敢笑了，事情發展到這種地步已經不好笑了，他往前邁了一步。

「操，誰不吐我扣誰的工錢。」王金寶又說，把臉側了一下。

菜頭的嘴一下子張得老大，因為他看見，劉七八真的往王金寶的臉上吐了一口。緊接著是王金喜走了過去也吐了一口，然後是王銀喜。菜頭這裡的臉因為激動都好像要變了形，這時候沒人注意菜頭，人們的注意力都集中在王金寶的臉上，王金寶的臉上掛著唾液。沒人注意菜頭的激動已經接近了極點，這極點怎麼說呢？菜頭臉上的肌肉忽然開始抽動，一下一下抽動，樣子呢，真是有些滑稽。「菜頭你來。」

王金寶喊菜頭了，菜頭是最後一個，好像是挨板子，最後一下打完恥辱也就會隨之結束了，而菜頭偏偏又那麼慢，這就讓王金寶火兒得可以，一步，兩步，三步就可以過來了，菜頭卻好像每邁一步就讓什麼膠在了那裡。

「你他媽快點兒！」王金寶大聲對菜頭說，菜頭吐完他就可以把臉擦乾淨了。

菜頭覺得自己像是快要暈倒了，心像是要從胸口裡跳出來了。

「金寶——」菜頭叫了一聲金寶，聲音讓人覺得這菜頭有些个對頭。

「快你媽的X吧！」王金寶又說。

「金寶——」菜頭又叫了一聲，聲音讓人覺得菜頭真是有些个對頭了。

「菜頭，媽的，快點兒。」王金寶說。

菜頭忽然站住了，不動了。讓屋子裡所有的人大吃一驚的是，菜頭忽然把身子轉向了鬍子，人們都一下子張大了嘴，人們都看到口水從菜頭的嘴裡一下子呸地唾了出來，這口水卻沒落在王金寶臉上而是落在了鬍子的臉上，這是一口分量很足的口水，菜頭把它一下子都吐在了鬍子的臉上。

鬍子愣住了，臉上掛著的是菜頭的唾沫，他一屁股坐了下來。

讓人們更吃驚的是，菜頭又吐了一口，又吐了一口，又吐了一口，往鬍子的臉上。

# 狂奔

儘管他們盡量不讓人們知道他們在城裡做什麼事，但後來該知道的人們還是知道了，儘管他們不想讓人們知道他們在什麼地方住，但後來人們還是知道了他們就住在廁所裡。先是，他們怕極了讓老家的人們知道他們住在廁所裡，所以他們從來都不讓老家的人來，幾年來，幾乎是斷絕了來往。

在他們的老家，當然是鄉下，人怎麼能夠住在廁所裡邊？只有豬，那還得是坑豬。但這是城裡，城裡的廁所裡有上水和下水，牆面上還貼了亮晶晶的白瓷磚，但瓷磚再亮，也還是廁所。進了廁所那個漆了綠漆的門，往左是男廁所，往右，是女廁所，正對著一進門的地方是一間屋，這家人就住在這個小空間裡，這間屋當然也有一個門，不單單是一個門，挨著門還有一個窗，窗上還另開了一個小窗口兒，剛好可以讓人們把手伸進去，或裡邊的人把手伸出去，進廁所，要是解小手呢，就是兩毛錢，要是解大手呢，就是五毛錢，五毛錢交進去，裡邊還會把幾張軟塌塌的再生紙遞出來。這公廁的外部呢，也貼了瓷磚，亦是白色的那種，給太陽一照有些晃眼，門頭上，照例是兩個很大的紅字：公廁。公廁這兩個字是居高臨下，讓遠遠的人就能一眼看到。公廁那兩個大字的下邊又是兩個窗子，亦是漆了綠色的油漆。只是在那窗台上放著不少瓶瓶罐罐，因為是夏天，這公廁的窗下還有一個爐，那種極簡單的三條腿鐵皮爐，鐵皮爐上安一節生了鏽的鐵皮煙囪，歪歪斜斜朝著公廁牆壁那邊，所以那公廁的牆上有給煙燻過的痕跡。靠著這鐵皮爐，是一個很大的運貨的白皮木條釘的那種箱子，裡邊是一口炒菜的小鐵鍋，一口做飯的鋼精鍋，還有就是幾個塑膠盆子，紅的和綠的，或者還會有幾個塑膠袋子，袋子裡是幾棵青菜，或者是兩根黃瓜和幾個土豆，或者是芹菜和菠菜。這就是這家廁所人家的生活。

在夏天，他們的生活好像還寬展一些，要是到了冬天，這些東西就都得搬到公廁裡邊去，公廁裡就顯得更加擠擠的，碰到上邊有人下來檢查，他們會受到嚴厲的批評，因為，沒人讓他們住在這裡，這裡只是公廁和看公廁發發手紙收收如廁費的所在，誰讓你一家子住在這裡討生活？而且，他們居然還有那麼大一個兒子，人們都注意到他們的那個兒子了，個子很高，總是趴在一進門正對著的那個小屋裡寫作業。這間屋呢？頂多也就是十二平方米，卻放了一張大床，床靠著裡邊，外邊的地方就剛剛只能放下一張小辦公桌，放了辦公桌，就沒有放椅子的地方。但桌子下和床下還有牆上都放滿了和掛滿了各種零零碎碎的東西，因為他們要生活，床下先是兩個大扁木箱子，裡邊放著這家人四季的換洗衣裳，還有小木箱子，裡邊是冬天的鞋，還有就是各種的麵袋，都掛在牆上，一袋是米，一袋是麵，一袋或者還是米，這回卻是小米，一袋或者還是麵，這回卻是玉米麵，還有更小的袋子，是豆子，這家人愛吃豆粥，豆子又是好幾種，就又有好幾個小小的袋子，這就讓這裡多少有了一些鄉村的氣息，讓人們想起他們原是從鄉下來的，但他們一定有背景，別看是看廁所，也不是人人都能找到這份差事的。還有就是一尊毛主席的半身瓷像，白瓷的，竟用一根紅繩子從脖子那裡拴好了吊在牆上，讓人覺得很不對勁，但也不會有人說什麼，還有就是一束罌粟蓮蓬頭，猛看上去像是一束乾枯了的蓮蓬頭，卻是罌粟的種子，這家人原想找塊地種種他們的罌粟，他們也只是喜歡那花的美麗，但公廁旁邊哪有什麼地可種？那罌粟種子就一直給掛在那裡。

屋子本來小，這家人卻又在床的前邊拉了一道布簾兒，兩塊舊床單拼起來的，布簾兒上邊的花色早已經很暗淡很模糊了，就像他們的日子一樣暗淡和模糊，沒一點點鮮亮的地方，這樣一來這屋子就顯得更小，拉那道簾兒全是為了他們的兒子，也是那做兒子的，一再地爭取和抗議才給拉上去的，這樣一來，那做兒子的就可以安安心心躲到簾子後邊去寫他的作業，不怕被別人看到。

這兒子為了怕人看到他生活在公廁裡，只要是在家就總是躲在簾子後邊，躲在後邊也沒別的事，就只是看書和不停地做題，所以一來二去學習出奇的好，常常考試是全校第一。像他這樣大的學生，學習好，心事就重，學習越好心事越重，心事重到後來就會向病態方面發展，一開始他是怕被人們發現他是生活在這樣的一個家庭，所以他盡量躲在布簾子後邊，像一隻土撥鼠，土撥鼠的安全感就是要不被人看到。到了後來，他乾脆是天沒亮就早早離開家，中午那頓飯就在學校裡吃了，晚上一定要等天黑了才肯回來，天不黑就不進家。從公廁，也就是他的家出來的時候，天還沒亮，但他還是擔心被人看到，低著頭，把車子猛地往外一推，車子嘩啦嘩啦好一陣響，回來的時候，他總是擔心廁所裡會冷不丁走出個熟人，心總是蹦蹦亂跳，可是呢？既然是夏天，廁所門口的那塊空地上就總是有人，都是些老頭老太太，坐在那裡說話，他便寧肯在不遠處的小飯店門口蹲著等，等著人們走散，車子就打在那裡，那裡有路燈，後來他乾脆就在燈下看書，所以有人總是能看到一個學生在那裡看書。

後來做父母的發現了兒子總是在那裡不肯進家，有時候會把飯端了過去，一碗菜，上邊扣兩個大饅頭。這做兒子的，性格和他的名字恰恰相反，他的名字叫大氣。這家人姓劉，他就叫劉大氣。只不過那個氣字後來讓老師給改動了一下，改成了器字，老師在課堂上說劉大氣你是什麼氣？氣只是一種看不著的東西，你這一生只想做看不到的東西嗎？你今後叫大器好了。劉大器當時的臉有多紅，但他在心裡佩服極了老師，老師只給改了一個字，自己就和以前完全不同了。

現在是夏天，天真是熱，這裡有必要再說一下公廁附近的情況：公廁前邊原是一片空地，往南是街道，往西是菜市場，所以人們沒事就總愛圍在這裡，坐在這裡把買來的菜擇一擇，或者把買來的豆莢用剪子鉸了再鉸，用來曬乾菜，最近這一陣子，那些住在公廁附近的老太太們好像特別熱衷做這件事。一個人開始這麼做，便馬上會有許多人跟上做，好像不這麼做就是吃虧，其實首先做這件事的人是大器的母親，她年年都要曬許多乾菜在那裡，白菜了，蘿蔔條兒了，豆莢了，茄子了，曬乾了，收在一個又一個小口袋裡再掛在牆上。這種事，在城裡已經好多年沒人想起做了，這裡有一種近乎於懷舊的東西在裡邊，那些上年紀的人忽然，怎麼說呢？是一種觸動，便都行動了起來，買來豆莢和蘿蔔，或者就是茄子，就在公廁那塊地方，一邊說話一邊做這件事，這一陣子，公廁的前邊地上就總是曬滿了各種切成塊兒切成絲的東西。

大器的母親呢，是外來戶，而且又是個看公廁的，人們怎麼看她？在心裡，是側目而視，是種種的看不慣，而忽然，她可以與人們親近了，那就是她可以幫著人們照看那些等著曬乾的蔬菜，她的記性又好，哪張報紙上曬的是哪家的蘿蔔條她都能記得清清楚楚，夏天的風雨說來就來，她還得即時把那些等著給太陽曬乾的東西收回去，等太陽出來再即時晾出來，這樣一來，人們都得感謝她，都好像多多少少欠了她什麼。還有，就是人們納涼時的屁股墊子，各種各樣碎布縫的屁股墊子，在不坐的時候也不再帶了回去，而是都放在了她那裡，下回來了，要坐了，就從她那裡取出來，說完話，天不早了，再由她一一彎腰收回去，還把上邊的土再拍拍。

在這個夏天，公廁裡可真是熱鬧，人們後來明白那熱鬧是因為公廁裡養了兩隻叫蟈蟈，一隻還不行，是兩隻，一隻掛在前邊的窗上，一隻掛在後邊的窗上，而且呢，這兩隻蟈蟈特別的能叫：蟈蟈蟈蟈、蟈蟈蟈蟈、蟈蟈蟈蟈、蟈蟈蟈蟈，一隻叫得快一些，很急促，一隻叫得慢一些，幾乎是慢半拍，但這隻叫得慢的蟈蟈聲音特別的好聽，就好像有人在那裡抖動小銅鈴。兩隻蟈蟈一起叫起來的時候甭提有多熱鬧，熱鬧得都有些吵，但夏天本就是這個樣，一切都是吵吵的，鬧鬧的，讓人覺著日子無端端的是那麼鬧鬧的富足，而那蟈蟈的叫聲亦是要人懷舊的，讓人心裡有一份兒若有若無的觸動，只是那觸動來得太輕微，仔細想它的時候又會想不真切，又會沒了。

夏天的晚上，人們是吃完了飯又要下來，先是，一些年輕的男男女女，說他們年輕他們又都不年輕了，都四十左右了，他們這個歲數是既不想去舞廳花錢而又不甘寂寞的歲數。這夏日的傍晚他們又不願在家裡熱著，便有人把答錄機提了出來，在那裡放音樂，一開始是無心，但音樂這東西是有煽動性的，這煽動就是讓人們想隨著它的拍子動，這幾天，便有人在那裡跳舞，女的和女的雙雙地跳，後來有男的加入了，便是男的和女的雙雙的跳。他們在那裡跳，便有人在那裡看，有技癢的，還自動過來教授舞技，是個瘦瘦矮矮的男子，在報社工作，現在退休了，在家裡賦閒。

那邊在跳舞，這邊靠近公廁呢，老頭和老太太就坐得更靠南一些，好給那些跳舞的讓些地方。這樣的晚上，是苦了大器，他就只能把車子打在了路燈下看書，有人看到了，看到看公廁的老白，人們叫大器的母親叫老白，人們看到老白端了一碗飯菜出去了，到街對過去了，那是一個很大的碗，有時候碗裡是米飯，上邊堆著菜，茄子山藥還有一個鹹雞蛋，有時候是饅頭，下邊是菜，上邊是饅頭，而且，還有一個鹹雞蛋，這家人特別能吃鹹雞蛋。到了冬天，他們為了省錢，從不吃菜，就只吃鹹雞蛋。

人們問老白，也就是問大器的母親去幹什麼？端碗飯菜給誰？老白覺得這沒啥，便說了實話，說她兒子在對過兒的路燈下看書。她沒敢說大器是怕讓人們看到他，因為這，大器的父親和母親都很生氣，說大器心裡太虛榮。「你那心裡有什麼？有什麼？除了虛榮我看還是虛榮！」大器的父親說城裡的廁所比村子裡的好房子還好許多呢！大器的父親上過學，怎麼說，居然還上過高中。他對大器說：「我也上過學，我也年輕過，但我就不虛榮！」大器不說話，蟈蟈蟈蟈蟈蟈、蟈蟈蟈蟈叫著，燈已經關了，這往往是睡覺前的事，因為黑著，沒人能看到大器眼裡有什麼在閃閃的。三口人，都睡在一張床上，都腳朝外，這樣起身的時候，誰也不會影響誰，大器睡靠牆那邊，大器父親睡中間，大器的母親睡最外邊。大器那邊的牆上掛了一個小燈泡兒，用一個綠塑膠殼子罩著。大器就在這燈下看書，幻想著他美好的閃閃發光的未來。耳邊是東邊那條河的嘩嘩聲，只有在夜深時分，那河水的聲音才會清晰起來，才會嘩嘩嘩嘩一直響到人們的枕上。

大器十七歲，長了一張特別白皙的臉，個子也高，但就是不怎麼愛說話。這麼一來呢？氣質就像是特別的與眾不同。什麼事情，只要是與眾不同，往往會引起別人的注意。因為能引起別人注意，自然就會有朋友，大器最好的朋友是高翔宇，事情就是高翔宇引起的，說是高翔宇引起的又好像不對。無論什麼事情，只要是開頭出了錯，到後來往往會越來越難收場，這開頭的錯全在大器。

問題就出在大器穿的那條軍褲上，現在誰還穿軍褲？但大器居然就穿了一條，洗得有幾分舊，顏色淡了幾分，卻更好看。在別人，也許穿在身上不會好看，而在大器，什麼衣服穿在他身上都好。這樣一條軍褲，下邊又是一雙洗得泛了白的那種兩邊有鬆緊帶兒的懶漢鞋，這種鞋子現在已經很少有人穿了，可大器偏偏穿了這麼一雙，效果呢，更加顯得與眾不同。大器的身體是那種正要往足了長，卻還沒有長足的那種，架子已經有了，肩寬，腰細，到了胯那地方又稍微寬一些，這種身材穿什麼都好，大器又喜歡乾淨，他在心裡明白，自己能和別人比一比的就只有乾淨，所以他的衣服上總是散發著一種洗衣粉的味道。

因為大器穿了一條軍褲，那天，和大器關係最好的高翔宇，不經意地隨便問了大器一句，高翔宇問大器什麼？問大器的父親是不是在軍隊裡做事，大器不該猶豫了一下，臉紅了一下，居然，說「是」。只這一個字，一個人的生活便馬上發生了變化。高翔宇再接下來問，大器的臉便更紅了。高翔宇問大器的父親在部隊裡做什麼？是不是軍官？這一回，大器搖了搖頭。高翔宇說既然不是軍官，最差也是個志願兵吧？大器在心裡覺著這種關於志願兵的虛擬自己好像還能接受，便點了頭。高翔宇繼續問下去，問大器的父親是不是開車的？開車的志願兵好像可以在部隊留得久一些，工資也不低。這一回，大器又點頭了。大器在心裡覺著開車很不錯，他希望自己的父親就是個開車的，大器甚至希望自己的父親渾身上下都是汽油味兒。幾乎是，所有的青年人都是喜歡虛擬的，虛擬有時候可以給人以想像的喜悅，大器這個年齡離世故還很遙遠，他不知道虛擬是需要種種細節慢慢慢慢把一切虛假的裂痕彌合得天衣無縫，這需要更多的精心設計。在這個世上，不是人人都可以當騙子。騙子是細節大師，可以把所有有關的細節都想到，可以編織漫長的故事而不露出一點點破綻，他們的故事甚至可以延伸到人家的祖宗八輩，他們甚至是編族譜的高手。但對於一般人，一旦說有了一句假話，一旦擬了自己的出身，到後來總是要破綻百出。

實際上，從那天開始，大器就已經生活在另一個世界了，這個虛擬的世界就是軍隊，他既然有了那樣一個虛擬的在部隊裡當志願兵的父親，生活便開始變得和以前不一樣了。他和高翔宇在一起的時候最多，早上他們要在溼漉漉的操場上跑步，跑步的時候，大器覺得自己應該有軍人子弟的樣子，這種想法真是奇怪，這奇怪的想法讓他的跑步步法甚至都起了變化，那就是，他誇張他的步子，步子邁得又大又快，跑完了還要在原地跑一陣，也是不經意，也是有意，大器對高翔宇說新兵訓練都是這樣子跑。怎麼說呢？假話讓大器進入了一種角色，只要和高翔宇在一起，那種感覺就來了，那種感覺自己就是部隊子弟的感覺就來了，心裡是亂的，但亂之中有一些甜美，有一些反常的激動。

還有一次，大器和高翔宇去學校外邊吃中午飯，學校旁邊的那條東西路上正在過軍車，一大溜軍車，都蒙著布篷，軍綠色的布篷。高翔宇看著軍車，隨口問了大器一句：「你爸是不是也開這種軍車？」大器沒有馬上醒過神來。說：「爸爸開車？」「你爸呀，還有誰？」高翔宇看著大器，說你爸是不是也開這種車？大器簡直是給嚇了一跳，馬上就從現實中回到虛擬的角色裡來，搖搖頭，說他爸開的是小車，不是這種大軍車。高翔宇馬上就又在一邊問了，問大器他爸開的是什麼車，是部隊裡什麼首長坐的車？是三千？還是桑塔那？還是奧托？大器一時答不上來，臉就更紅了，一張臉憋得彤紅。他不知道自己該說什麼，但嘴裡已經說了：「三千吧。」高翔宇又問車是什麼顏色。大器這才定下心來，說是紅色的三千。高翔宇說：「紅色的車？部隊首長很少坐紅色的車吧？」高翔宇這麼一說，大器的臉重新紅了起來，說：「有時候開紅色的，有時候開黑色的。」高翔宇在一旁看定了大器，說：「也就是說你爸爸不是給固定的部隊首長開車？」高翔宇這麼說的時候，大器便把話岔開了。大器說哪天有時間讓他爸爸用車接了翔宇去部隊玩一玩兒。玩什麼呢？高翔宇問。打槍，也許就玩打槍。大器心慌意亂地說也許還可以打手槍，大器朝遠處比劃了一下，說打手槍最好玩兒了。「砰——砰——砰砰——」大器嘴裡發出了一聲呼嘯。高翔宇在一旁側著臉看著大器，心裡有幾分羨慕，一般男孩都會自覺不自覺地喜歡上刀和槍，喜歡上部隊，其實是喜歡軍隊那種整齊劃一的形式，若是真要讓他們吃吃部隊的苦，他們往往又會馬上知難而退。

高翔宇看著大器，又問大器的家在哪個部隊，是不是跑虎地那個部隊？大器卻說不是那個部隊，怎麼會是那個部隊？是哪個部隊呢？大器想起了這個城市南邊的空軍部隊。大器說，他們的家，就在那個空軍部隊大院裡邊。這是一種明確，一種確定，從這一刻起，一切模糊的虛擬都在一點一點清晰起來，方位和地點還有飛機，不容更改，不容再發生什麼變化，更不容許大器退出這個虛擬的空間。

在大器他們學校，真還沒有人知道大器的家住在什麼地方，但到了後來，同學們都隱隱綽綽知道了大器的家在空軍部隊裡，部隊好像總是離城市很遠，最近也應該在城市的邊緣。直到出了那件事為止。那件事，或者可以說是那個事件，那個事件的發生原因真是太簡單，是因為天上忽然下開了雨，是雷陣雨，下得很猛，打著雷，是炸雷，什麼是炸雷？炸雷就是像爆炸一樣，喀嚓嚓——像把什麼一下子劈開了，這就是炸雷。

人們都說那事件與下雨分不開，說到下雨，有多少故事都發生在避雨這件事上，在這裡，有必要把大器的家，也就是那個公廁的地理再說一遍，那個地方，就叫河西門，是城市東邊的那一帶，東邊臨河，在城牆上，原是有個小便門方便供人們出入的，所以叫河西門。現在這個城市既然茁壯地成長了再成長，河西門一帶的城牆早就給人們拆除了，只不過，留下這麼個名字。離大器家的公廁不遠，往南，是一家醫院，那原是輕工局的醫院，輕工局在早幾年就不行了，所以連累了這家醫院，一是設備日漸陳舊，二是總是進不了好的藥品。沒錢，醫院就這樣漸漸垮了下來，垮了有那麼四五年吧。偌大一個醫院每天只有少得可憐的急診病人前來打針輸液，也只是救救急，等病人的病情一緩解，便會馬上又去了別處。醫院雖然一天比一天不景氣，但醫院的大樓還在那裡，又加上這醫院在好地段上，這幾年，忽然就又起死回生好轉了起來。原因是，這家醫院忽然變成了這個城市第一家性病醫院，門診樓前突然多了三個牌子，一塊是「衛民健康性病專治醫院」，另一塊是「男性專科醫院」，還有一塊呢，是「XX市城區血站」。

在這裡，我們說醫院做什麼？這醫院和大器又有什麼關係？和我們的故事又有什麼關係？問題是，在這個夏天裡的某一天，大器的同學高翔宇來這個醫院了，他怎麼會到這家醫院來看病？問題是，高翔宇有沒有病？高翔宇沒病，他的父親在報社發行部上班，報社的發行部是最最有辦法的部門，可以和各種各樣的單位發生親密而曖昧的關係。高翔宇的父親給兒子找了個健康檢查卡，卡是白來的，所以高翔宇的全家都來了，三口人都來查一查。

不知出於什麼想法，高翔宇非要到外邊去留他的尿樣，他不能容忍醫院的廁所裡有那麼多的人，取一個尿樣，大家都還要排長隊。高翔宇已經從醫院的窗裡看到外邊的那個公廁了，那公廁紅紅的兩個大字召喚他去那裡。其實這時候天已經開始下雨，只是星星點點，等到高翔宇從醫院裡出來，往西拐，再往北，到了那個公廁，雨才猛然大了起來，這麼說，高翔宇其實不是到公廁來避雨，但這又有什麼重要？重要的是，他進了男廁，解了小手，把一小部分尿液小小心心尿到那個小塑膠杯裡，做完了這一切，他從男廁出來，他怎麼能想得到呢？他怎麼能想得到在這裡會一下子看到了大器。

高翔宇在小便池那邊取尿樣的時候就聽到了大器在說話，但他沒想到說話的人會真是大器，他只覺得聲音熟，很熟，好像是自己的熟人，是誰呢？這個熟悉的聲音在應答著另一個聲音，另一個聲音就是大器的母親。大器的母親讓大器快幫幫忙，快把晾在外邊的豆莢了茄子了什麼的收回來。大器雖不願意，雖在看書，但還是一邊答應著，一邊跑了出來。他放下手裡的作業，從布簾兒裡出來了，腳上穿著拖鞋跑了出去，外邊是啪啪落地的大雨點子，大器把地上曬的東西收起來就往回跑，也就是在這個時候，高翔宇突然從男廁那裡出來了，手裡拿著個白色的小塑膠杯，裡邊是一點黃黃的尿液，先是，高翔宇一下子就愣在了那裡。大器兩隻手撐了報紙，報紙裡是快要曬乾的豆莢。然後是，大器也一下子愣住了。他的對面，怎麼會是高翔宇？兩個人好像是僵住了，互相看著，都不知道自己該說什麼，就這樣過了好一會兒。

「你原來是個大騙子！」高翔宇突然說，他突然憤怒了，是年輕人的那種憤怒，是突然而至，是從天而降，是一種受欺騙的感覺，是一剎那間對對方的深刻瞧不起，像是一件衣服，外邊是漂亮的，裡子卻是出人意料的破爛，這時候偏偏又給人一下子給翻了過來。

大器的嘴張著，手裡的報紙和豆莢掉了下去。「劉大器！你個騙子！」高翔宇又說。大器張著嘴，人好像已經不會說話，臉色也變了，是怕人的慘白。「劉大器！」高翔宇又叫了一聲，他甚至想把手裡的尿潑到劉大器的臉上，但他來不及潑，劉大器臉色慘白地往後退了一下，又往後退了一下，一轉身，人已經從他的家裡，也就是公廁裡跑了出去，人已經跑到雨裡去，雨是嘩嘩嘩嘩從天而降，只是降，而不是下。雨現在是柱子，一根一根的柱子，在廁所門前躲雨的人們都看到了大器，看到他已經跑進了雨裡，正在往南跑，已經跑上了那條街，街是東西街。大器是朝東，已經跑過了那個菜市場，菜市場門前是花花綠綠的蔬菜，跑過這家菜市場就是那個馬蘭拉麵館，有人在拉麵館的門前避雨，他們也看到了狂奔的大器，跑過拉麵館，前邊又是一個小超市，超市的門前亦有人在避雨。

大器再跑下去，前邊便是個十字路口，這時候有輛貨車正穿過十字路口，狂奔的大器停了一下，然後又馬上狂奔了起來，就這樣，大器又穿過了那家玻璃店，玻璃店忽然發出了燦爛無比的閃光，是天上打了雷，一下子把玻璃店裡的所有玻璃都照得光芒閃閃。這讓大器的腦子清醒了一下，也可以說是愣了一下。但他馬上又狂奔了起來，他狂奔過了這個城市最東邊的一個十字路，然後就狂奔上橋了，那橋是剛剛修好的，是水泥和鋼筋的優美混合物，橋上還有兩排好看的玉蘭燈，下邊的河水早幾年就乾涸了，只是為了這個城市的美麗，人們在這橋下修了前所未有的橡膠大壩，還在裡邊蓄了水，水居然會很深，這便是這個城市的一個景點了，人們可以在這裡划船散散步，細心的人還會在這裡發現被丟棄的白花花的安全套，但這是雨天，那些顏色豔麗的塑膠殼子遊船已經都停泊在了河邊。

大器這時已經狂奔到了橋上，橋邊的收費亭裡有人看見了這個狂奔的青年，一路狂奔上了橋，只用手輕輕扶了一下橋欄，身子也只那麼輕輕一躍，怎麼說，人已經從橋上一下子躍了下去，人躍到了哪裡？當然是躍到了河裡。

在河邊，躲在遊樂廳裡避雨的那幾個人也看到了，都吃驚地張大了嘴，一個年輕人忽然從橋上躍到了河裡，為什麼？他為什麼？出了什麼事？這時雷聲又響了起來，河面一下子燦爛了一下，是驚雷照亮了河面，給了河面前所未有的燦爛。然後又是雨，白嘩嘩的雨，河面上又重新是白花花的。而突然，河面上，又燦爛了一下，這又是一個雷。在河邊遊樂廳裡避雨的人，紛紛說，怎麼？你們看到沒有，那年輕人可能給橋上的汽車撞飛了，被從橋上撞飛到河裡了。雨下得實在太大了，橋下的人根本看不到橋上，他們當然更看不到大器是一路狂奔而來，一路狂奔而來，扶了一下橋欄，把身子再一躍，沒有什麼更多的細節，簡直是簡潔得很，就那麼，一下子躍入了水中。

雨停了，有一道彩虹，真是美麗，就掛在天邊，雷聲也去了大邊，隱隱的。

端午

工地上是亂得不能再亂，一邊還在修建著，另一邊則已經有住戶在抓緊時間開始裝潢了，這邊裝潢著，那邊卻已經亂哄哄地種樹種草了，工地太大，一共是二十二棟樓，開發商一是急，二是從沒做過這麼大的工程，房子已經賣出去了一部分，所以開發商簡直是慌了手腳，是有一頭沒一頭。應該是，樓都起來，把外牆粉刷過，把地面硬化過，再把草皮和樹慢慢種起來，然後再把房子出售。這會兒是全亂了，顛倒了。

工人們也跟上亂，一會兒做這個，一會兒做那個，忙忙亂亂中，端午節又來了。工地上的民工百十多號，都在那個大食堂裡吃飯，大食堂亦是一個臨時搭建的工棚，一個大煙囪，很高，在工棚屁股後邊立著，工棚前面是一個大灶。人們不用問，只用眼看就知道這裡是工友們的食堂了。那大籠屜，蒸饅頭的，十多節，如果氣勢雄偉地全架起來，騰騰地冒著氣，讓人覺著工地的日子亦是雄赳赳的。這樣的十多節籠的饅頭蒸好的時候，下籠才好看，要那兩個年輕的伙夫踩著架子上去，兩個人合了力，一二三！把籠蓋掀下來，下邊要有人接著，然後是下屜，屜裡是熱騰騰的大饅頭，照例是，下一屜，下邊另兩個人就接一屜，再下一屜，下邊的那兩個人就再接。這就是說，這工地食堂一共有四個人在那裡做菜做飯。整屜的饅頭下來都放到兩個空的大鐵皮筒上，再架穩蓋好，然後是炒菜了，是兩口大鍋，炒菜用的是小號兒的鐵鍬，這樣的鐵鍬亦是無法拿在手裡鏟翻騰挪，亦是被一根繩子綁縛住吊起在一根橫槓上，借了橫槓的力，大師傅才能用得了它。

兩口鍋炒菜，是先在鍋裡注一些油，兩碗蔥花一下子倒進去，嘩嘩嘩地先炒出香味來，再放白菜和土豆，然後再放豆腐，然後是澆醬油，是一碗醬油嘩地潑進去，再翻翻，把鍋蓋蓋上，隔一陣再炒炒，這樣的菜，也並不出鍋，臨要把菜鏟給工友時，又是一只碗，這一回碗裡是油，是熟油，往鍋裡一潑，菜就亮了起來，油汪汪的，也好看了，油水也大了，味道呢，卻還是那樣。

工友們吃飯的家什都是大家什，是那種帶蓋兒的大搪瓷缸子，工友們排隊過來，把大家什伸過去，大師傅就把那把大鐵勺往鍋裡一探，半勺就夠，再往工友的大家什裡一扣，然後再從籠裡抓兩個大饅頭往這菜上一扣，這便是一頓飯了。工友們吃飯，因為天氣熱，就總是在工地工棚的背蔭處，一個挨一個坐了，話亦不多，一大片的呼嚕呼嚕聲，極有氣勢，是響成一片的呼嚕聲，呼嚕聲過後一頓飯大致也吃完了，然後是大家都去那個鍋爐前去接水，嗦嗦嗦嗦喝水。工地吃飯，天天是這樣。是填肚子，有什麼滋味？沒什麼滋味！吃飽就是。工友們這樣可以，那些工頭們呢？有時候便會去工地改善一下，工地對面也是新蓋的樓房，下邊的一層原是要開超市的，又高又大，但在沒有裝潢之前卻開了麵館，也是應急的那麼個意思，先抓一些錢再說，裡面有麵條，還有幾種涼菜，用方的白搪瓷盤裝了放在那裡，一樣兩元，若是要各種的拼一盤亦是兩元。但工友們來這裡的很少，依舊在工地裡吃那大燴菜。就這樣，端午節到了。

端午節到來的前兩天，工地裡就有了雞叫，是一片的雞叫，是慌亂而不知所措的叫，就在伙房的前邊，是一群雞，很醜陋的雞，毛是又禿又難看，原來是雞場裡退休的下蛋雞，牠們的前途並不光明亦不樂觀，等待牠們的就是挨最後一刀，給人們改善一下生活，雞既是那麼一大群，給圈在了伙房的前邊，用工地那種門框樣大的幾個大篩子圍著，不知哪隻雞還抓緊時間又下了蛋，是一顆，也引不起人們的注意，那顆蛋白白的在那裡任其他雞踩來踩去。

工友們還有不知道端午快到了，他們在工地上，又沒個日曆看，看日曆也沒有用，但這群雞讓他們知道端午節來了，而且呢，他們知道是要給他們改善生活了，雞是退了休的母雞，醜就醜吧，肉可是香的。工友們這時候卻巴不得馬上就過節，想的是有雞肉吃，到時候主食該是什麼？工友們猜了又猜，最後覺得最好應該是油餅，當然還會有粽子，但有的工友也注意到了，伙房那邊連個粽子皮都沒有，應該是，有幾盆江米白白地泡在那裡，再有就是，有幾盆棕子葉也綠綠地泡在那裡，但這一切都沒有。但是，工友們看到伙房的大師傅們在那裡殺雞了，雞給尖叫著一把抓過去，頭很快給背過去壓在牠們自己的翅膀下，好像是，怕牠們看到自己被殺的情景，頭給背過去塞到牠們自己的翅膀下不說，大師傅們在拔牠們脖子那裡的毛了，這讓牠們感到了十分的疼痛，牠們就尖叫了起來，叫聲戛然而止是因為刀已經切斷了牠們的氣管。

一隻一隻的雞都是這樣下場，殺了的雞都給扔到一邊去，牠們最後的掙扎實際上是撲騰，瞎撲騰，把自己那點點可憐的血撲騰得到處都是。這是一場氣勢磅礡的屠殺，很快整個工地就都聽不到雞的叫聲了。大師傅們已經燒好了水，都傾在一個大鐵桶裡，四五隻雞一下子同時給扔進去，然後，那大師傅，真是手急眼快，飛快地拔毛，他們也只能飛快，慢一點呢，就要燙到自己了，拔下的毛也就讓它沈到大鐵桶的水底，這邊把毛拔了，是拔一隻往另一只桶裡扔一隻，另一個大師傅在另一邊再細細拔一次，這都把工友們看呆了，他們站在那裡看，想像著雞肉的香，有的已經在那裡嚥口水了。有個工友還不放心，問了一句：「多會兒給吃雞肉呀？」是那個江蘇的小工友，嫩嫩的，白白的，卻是一臉的灰土，灰土又給汗水一道一道破開，便是一張好看的花臉。大師傅便說，明天，明天就是端午了。「明天等吃雞肉吧，明天給你們改善生活。」只這話，便讓工友們快活起來，工友們幾乎清一色都是從鄉下來，從離開家那天開始，他們已經很少吃到肉了。鄉下人更捨不得殺雞，客人來了，或過年的時候，他們才能聞到雞肉的香氣。而這樣的一大堆雞，雖然都還沒下鍋，卻已經夠讓他們簡直是驚呆了，這讓他們忽然對工地的大頭兒有了好感，甚至是感激。

工友們吃完中午飯就散去了，散到背蔭的地方躺一會兒，種種的姿態在那裡橫陳著，並且是馬上有鼾聲響起，只一會兒，真是香甜，小睡最是香甜，然後馬上就又要開始幹活了。而伙房這邊卻更忙了，雞是流水線樣地給收拾出來：殺、拔毛、收拾小毛、開膛，再褪一下雞腳殼兒，再把肚子裡紅豔豔的東西依次都取出來，再肝歸肝，腸歸腸，雞肫歸雞肫，一盆一盆各各放開。最後再把整個的雞再一次一次地洗，便，洗得乾乾淨淨的了。

到了下午四點多的時候，忽然，來了一輛小麵包車，吱地一停，就停在了伙房的前邊，那個叫四哥的工地二頭目從車上跳下來，把一大把食品保鮮袋遞給了伙房的大師傅，然後，是裝雞，揀肥的，大的，好看的，順眼的，一隻一個袋裝了起來，這麼一裝，一半的雞就沒有了。裝好的雞都放到小麵包車上去，然後車就開走了。四哥說是要送土地局的領導，送規化局的領導，送方方面面的領導，因為是端午節！四哥還小聲說：「還有只送雞的，媽的，我透他媽的，透死他媽的，連他姐也一起透！每隻雞肚子裡還要放兩千塊錢。」四哥的車開走了，大師傅們又開始收拾那些雞雜，把裡邊的雞糞細細捋出來，清理乾淨了，亦是放在那個大鐵桶裡收拾，水髒得不能再用時，就把那大鐵桶猛地一推，人馬上往一邊一跳，桶就翻了，桶裡的水滾滾滔滔，一股雞屎雞臊味四處散開。然後再過去人，再把大鐵桶立起來，再把那根膠皮管子捅到桶裡，又接了水，再把雞雜碎倒進去，再洗。那邊，剩下的那一半雞已經給剁開。然後，時間已經到了，是該給工友們做晚飯的時候了，收拾好的雞都給放到兩個很大的塑膠盆子裡去，大師傅們開始做晚飯。又是，蒸大饅頭，每一個都有碗那麼大，然後是炒菜，嘩地一碗油倒在鍋裡，然後是蔥花，然後是一大扁筐的青菜，又一大扁筐的土豆，豆腐是一大洗臉盆，等鍋裡的菜煮過一會兒，才小小心心地倒在菜上邊，然後是一大碗醬油，嘩地倒進去，然後就把大鍋蓋蓋上了。

這時工地那邊還在叮叮噹噹地做著，幾天沒下雨了，地上的尖土有半尺厚，便有工友扯了膠皮管在那裡灑水，水是一道線，從這人的手裡一下子射出去，一道線怎麼可以？這人使了力，用兩隻手把膠皮管的出口處壓扁了，這樣射出去的水便是一個扇子面，他站在那裡轉著圈灑水，灑完了再換個地方，然後又澆那些半死不活的小樹，那些小樹才剛剛種下沒幾天，那種葉子紅紅的樹，被種成波浪形，另一種樹，是種成圓形。還有人在另一邊挖坑，坑很大，看樣子是要種大樹了，什麼樹呢？誰也不知道。水灑在很厚的塵土上，很快便有好聞的泥土味兒漫了起來，泥土原來也是香的。但它還是香不過伙房那邊的味道。便是，吃飯的時候到了。

生活是什麼，生活實際上就是重複，不停地重複，什麼樣的生活不是重複呢？吃，拉屎，再吃，再拉屎，醒來，再睡下，然後，不可能就從此不睡，就再睡，再起來。衣服也是脫掉，再穿上，然後呢，還是再脫掉，再重新穿起，這樣一想，真正是讓人有些覺得無聊，但人類的生活就是這樣無聊，即使是最最好的事，也一樣是重複，進去，動，再動，再動，再動，越動越快，然後就完了。到了下一次，依然是進去，動，再進去，再動，再動，越動越快，然後又完了。這便是生活。所以說，重複便是人類的生活，要是不重複了，那倒是可怕了。所以，工友們又開始吃飯了，每個人端著一個碩大的缸子，排著隊去打飯。大師傅手裡的大勺子在鍋裡一挖，然後再在那碩大的缸子裡一扣，然後是兩個大饅頭給大師傅一下子抓過來扣在這大缸子上。每個人過去都是這樣，是機械的，大師傅是機械的，工友們亦是機械的。

工友們開飯了，開始機械地吃，是在夕暉裡，夕暉是黃黃的，但已經柔和了許多，不那麼刺眼，那個小工友，嫩嫩的，白白的，已經洗了一把臉，整個臉都好像要放出光來，是那樣的漂亮，坐在黃黃的光線裡在吃他的饅頭，一手捧了饅頭，一手使筷子，用筷子夾一下菜，馬上便把饅頭接過去，是兩隻手同時往嘴裡送，他是垂著腿坐在水泥預製板上，兩條腿一晃一晃，另一個年輕工友呢，也坐在水泥預製板上，是盤著腿，把饅頭撕一塊，再用筷子夾了蘸一下菜湯，然後再送到嘴裡，然後呢，再撕一塊，再蘸，再往嘴裡送。

這些工友，吃飯的時候還要把嘴騰出來說話，說端午節的事，自然，又說到吃雞的事，從雞又說到酒，因為說到了酒，另一個問題也被扯了出來，那就是會不會給他們放假？如果放假就好了，可以好好喝一回酒。這時候，他們都看到了，伙房那邊，那個大師傅，在用一把高粱頭子做的大掃地掃帚在洗那口大鍋了，鍋裡的水已經滾滾地開了，大師傅就用那把大掃帚嘩嘩地洗鍋。洗了鍋，又用那很大的黑鐵勺子，一次次把洗鍋水再舀出來潑在地上，鍋裡的水舀盡了，再倒進一些水，再洗一次，便開始做雞了。雞已經切成了小塊兒，足足放滿了兩只塑膠大盆，做這樣大鍋的菜，大師傅的手法便沒什麼花樣了，是，嘩地把一大碗油先傾到鍋裡，鍋裡馬上冒起青煙，然後便是把八角和紅辣椒大蔥段和薑塊都先放進去炒，香味出來了，再把那兩大盆切成小塊的雞肉全數倒進去。然後，真是讓人吃驚，大師傅整整往鍋裡倒了一瓶酒，是二鍋頭，很便宜，才三塊錢一瓶，然後又是一整瓶，這回是醋，一瓶酒和一瓶醋倒進去後，大師傅才用那小鐵鍬樣的鏟去翻動鍋裡的雞肉，七七八八地翻了一陣，再把一整瓶的醬油又嘩嘩嘩嘩地倒進去。然後再翻。

有幾個工友在那裡看得有點發呆，又好像是，要在心裡記住怎麼做，又好像是，想知道另外那一大盆雞雜怎麼做。香氣便已經飄了過來。這時候天還沒有黑。做完這些，那四個大師傅才開始吃他們的飯，他們的習慣，總是最後吃，留好的菜，已經扣在了那裡，現在端了出來，慢慢吃起來，不像工友們那樣風捲殘雲，呼嚕呼嚕一頓飯就下去。他們也是，和工友們一樣的菜，也是，和工友們一樣的大饅頭，他們原來，也是從鄉下來的工友。

這時候站在那裡的工友們也許會這樣想。但他們和工友不同的是，竟然有那麼半瓶子酒，細看呢，還有一碟子鮮蒜，這時候是下鮮蒜的季節，他們是就著鮮蒜喝酒，吃一口蒜，喝一口酒，那個小工友，不知什麼時候已經洗了他的飯缸，在手裡拿著，在一旁問。

「吃蒜喝酒，辣不辣？」

但沒人理他，他又問了。

「雞肉在鍋裡煮著，也不翻一下？」

但還是沒人理他。

「好香！」

那小工友又說。

「還沒熟呢，香什麼香。」

這時又有人說話了，說雞肉不香什麼香？雞巴香？

人們便笑起來。

這個小工友，也，嘻嘻嘻嘻地笑起來。

而雞肉真正香起來並且把香味一下子飄到很遠很遠的時候是晚上的事了，晚上八點多。工地管材料的老王來了，管材料的老王黑不溜秋，還戴著付眼鏡，這說明他多多少少有些文化，他一下子帶來了十多個大塑膠袋子，伙房外邊沒有燈，工地上的燈又照不過來。工友們便看見這個管材料的老王讓一個大師傅用大手電照著，照什麼，照著那口香噴噴的大鍋，照著老王手裡的勺子，老王把一勺子一勺子已經煮得噴香的雞肉盛到一個一個的塑膠袋子裡，老王不但一勺子一勺子盛，他還在那裡挑挑揀揀，他的另一隻手裡還有一雙筷子。他挑好了一個塑膠袋子，又挑好了一個塑膠袋子，裝好的塑膠袋子紮好了口兒都放在了一個很大的紙箱子裡，老王就那麼一直挑挑揀揀，盛了一勺又一勺。說是工地的大頭兒讓給各小隊隊長送去，工地上居然有小隊，小隊還有小隊長。

那些民工，晚上也沒什麼事了，雖然天黑了，但還很熱，他們就站在那裡看著這個老王把挑好的雞肉裝了一袋又一袋，終於，這個老王挑完了也裝完了，裝著雞肉的袋子都給放在那個大紙箱子裡，然後讓這個老王給推走了。那個大手電也給帶走了，也就是說，光亮一下子也給帶走了。民工們看不見鍋裡還有多少雞肉，但那香氣還在，而且，香的氣勢一點點都沒因此而減弱。民工們的棚子和伙房這邊的棚子離不遠。他們就在雞肉的香氣裡幸福地躺下來，他們幾乎都是，一下子睡著。然後呢，就是，天亮了。民工們起來，洗臉，吃飯，上工。

工地並沒因為這天是端午節而把工停下來，工地上依然是亂得不能再亂。又有樹給拉來了，還是小樹，都給卸到每棟樓的前邊，又來了車了，這回是大樹，一輛車只拉一株樹，可見這樹是多麼大，這樣大的樹拉了來，車卻拐不了彎，只好再慢慢退出去，從南邊的門再進一次，樹是用吊車吊下來的，這時才發現昨天坑挖得小了，急忙中，便喊了幾個民工過來大挖那個坑，兩個民工下去轉不了身子，一個民工在下邊挖得很吃力，好不容易挖好了，這棵樹才安頓了進去。另外的土坑這會兒也各有一個民工在裡邊奮戰，土是溼的，顏色是黑的，被一鍬一鍬從坑裡揚出來。這時又來了一輛麵包車，是這裡住戶的車，是把整體櫥櫃拉來了，卻進不到裡邊的那個單元去，被拉大樹的車堵在那裡，便只好把整體櫥櫃從車上抬下來，走一段路抬到樓上去。這時又有一輛送沙子的車來了，也要把沙子送到裡邊的那個單元門口兒去，但被拉大樹的車堵著，過不去，主人便和民工在那裡搞價，搞的是把一袋子沙子扛到八樓要多少錢？這個民工說：「過端午節呢，要加一毛錢。」那沙子的主人便笑了，說：「端午節還是個節？國家放不放假？不放吧？所以不是節日。」意思呢，是不願加那一毛錢。這個民工又說了。

「誰說不是節日，工地都給我們改善生活呢。」

那沙子的主人笑了笑，而且朝那邊看了看，說：「怎麼改善？你說怎麼改善？」這個民工說工地給我們燉了一大鍋雞肉！「香噴噴的一大鍋！」那個沙子的主人還是不願多加那一毛錢，說等吧，你們這幾棵樹總有種完的時候。

「我不信你們就會種到下個月！」

樹在中午時候終於種完了，太陽筆直筆直地從兩座樓的中間照了下來，也就是說，已經到了吃飯的時候了。民工們的食欲已經被那燉雞肉的香氣鼓蕩了起來，是一蕩一蕩。中午吃飯的時候，民工們一般都不洗手，今天就更沒有洗手的必要，人們在心裡想，有沒有粽子？沒有也罷，有雞肉就行，有雞肉沒酒行嗎？多少要喝一點，是過節呢。有幾個民工這樣商量著。

那個小民工，臉又是花的，白白嫩嫩的臉上又蕩了一層水泥灰，又給汗水一道一道破開，是個好看的花臉，是個出了力的樣子。他這時比誰都急，他是餓了，食欲猛烈得很，他的食欲像是一頭老虎，就要跑出籠子了，是想吃雞肉，是那麼想吃。但還是得排隊，一隊，從這頭排起，排到左邊的那口鍋跟前，一隊，從另一邊排起，排到右邊那口鍋跟前。人們打到飯了，是米飯，還是用那每人一個的大缸子，下邊是半缸子米飯，這就足夠了，上邊是一勺子菜，當然是雞肉，也真是香，只不過內容有了變化，裡邊加了一些豆腐，但味道還是雞肉的味道。民工們打到飯了，但他們都有些毛愣愣，都有些不解，怎麼沒有雞肉？只有些雞骨頭在裡邊，或者是一個雞頭，一個雞爪子，一個雞屁股，更多的是雞骨頭架子，但民工們還是香香甜甜有滋有味地在那裡風捲殘雲——吃了起來。每一根雞骨頭，都一一吮過，每一個雞頭，也都一一拆開了細細吃，他們並不問那些大塊大塊的好雞肉都去了什麼地方，那雞湯還是雞湯，已經滲到了米飯中去，所以更香，這便是節日的意思。只有那個小民工，花花著臉，用筷子在飯缸裡急急忙忙地找來找去，到後來，他失望了，問旁邊的老民工。

「雞肉呢，那麼多雞肉都哪去了？」

「到雞巴狗肚了。」

旁邊的老民工笑著說。

小民工還在找，還不死心，用筷子，在飯缸裡找，這回又是一根雞骨，他把雞骨吮了，吮了好一會兒，吐了，再找，又找到了什麼？他這次用筷子把找到的東西舉了起來，竟是一根大魚刺。小民工愣了一下，說。

「怎麼？雞肉裡會有魚刺？」

那老民工，「噗哧」一聲笑，說：「吃吧，吃不出球毛（注：「球毛」為屌毛之意，罵人之語。）就不錯！」

工地上是亂得不能再亂，下午，再開工的時候，又拉來了大樹，幾個民工，又被喊去往大了挖樹坑，他們挖得格外有力，他們中午真是吃好了，這是一頓很香很香的午飯，端午節能吃上這麼一頓飯真是很不錯，好像是，那香味兒，此刻還在工地上一飄一飄。

# 懷孕

雨下著下著就變成雪了，是那種極細的雪，這就告訴人們冬天要來了。天氣呢，有些冷，溼漉漉的那種冷，地上到處是滑滑的，這就要比冬天還要讓人難受。

這種日子裡，地裡的事該忙的都已經忙得差不多了。二店對他女人說，要不，就從這個月開始吧。二店已經細細地算過了，二店是那種不太多見的細人，再說這種事小細算也會出事。十一月、十二月、一月、二月直到明年的八月，整整要十個月，只是到了最後兩個月天氣太熱，天氣太熱了就不怎麼太好對付，因為衣服穿得單，不好遮掩。二店的意思是，到了那時候他女人小柔就不用出門，不出門在家裡待著人們誰還會看得出？就這麼辦吧。二店對小柔說。小柔呢，卻說從六月開始才好呢，六月、七月、八月，一直到隔年三月，不顯山不露水就把活兒幹了。

二店和小柔結婚都七年了，七年有什麼呢，別人的孩子都六歲了，或者五歲了，或者三歲了，不管多大吧，總是都有了孩子。可二店和小柔不管怎麼整都沒有孩子。二店長得很好看，當了四年兵讓他除了好看還長了愛乾淨的好習慣，他就是眼睛有點細，因為眼睛長得細，看人就總像是瞇著眼，笑咪咪的，這就讓人們喜歡他。人們說二店的孩子將來也肯定錯不了，可小柔的肚子就是沈得穩穩的，就像是人們往地裡撒了種，下過了幾場雨，那地裡居然一點點動靜都沒有，這就不能不讓人著急。

二店和小柔商量想要個別人的孩子回來，小柔同意了，但她說要是可以要，但一定要裝出是咱們自己生的。他倆合計好了，這事還要在城裡醫院的表姐幫幫忙，到時候把孩子抱回來就說是自己生的。但小柔馬上說不行不行，這事不能讓任何人知道，到時候你不會自己到醫院門口去等，抱一個孩子回來？二店呢，也同意了。孩子真不是小事，不能讓任何人知道孩子是抱的，要讓任何人都相信是小柔懷孕了，是小柔真生下兒子了。

小柔是興奮的，這種興奮因為沒法兒對別人說就顯得更興奮。她背著人悄悄縫了五個枕頭，一個比一個大，縫枕頭的時候她把院門和家門都關得嚴嚴的，這就更讓她多了一份激動。她一開始想把小枕頭縫成個小孩子模樣，這樣一來她就更激動了，她就真把那個最小的小枕頭縫成了小孩子樣，有胳膊有腿。縫的時候，她覺得自己手裡的針把小孩子扎疼了，她倒先在那裡啊呀啊呀地低聲叫起來。縫一針還吹一下，好像手裡的布孩子已經懂得疼了，這連她自己都覺得好笑。小孩子縫好後，她怎麼看都覺得太難看，便用筆給這個布孩子畫了眉眼和頭髮。晚上她把縫好的布孩子裝進褲子裡要二店看，二店一看就忍不住笑了，說這哪像是孩子，倒像是偷了兩根老玉米在褲腰裡塞著。

小柔照照鏡子覺得也不像，也笑了起來，覺得還是要縫個小枕頭好，圓鼓鼓的才像是懷孕了。

小柔對著鏡子笑得腰都直不起來。

村子裡的人們都知道小柔有喜了。連小柔也覺得她出來進去人們對她的態度不一樣了。以前是，小柔覺得村子裡的人們都討厭，沒一個好東西。尤其是那些老婆婆，見了她的面就癟著個嘴問有喜了沒有？有喜了沒有？小柔給問煩了，就頂她們兩句：喜事可多呢，天天都有喜，蠍子下了一窩小蠍子！那些老婆婆才討人嫌呢，還聽不出這是個好話還是壞話，還直是說喜和喜不一樣，二店的喜是掙錢，你的喜是多會兒給他生個胖小子。一聽這話，小柔就真想找個地方去痛痛快快哭一場。

老婆婆們討厭，那些小媳婦們就更不是省油的燈，擠在一起總是說誰誰家的男人本錢好，傢伙兒像個玉米棒子，只一下子就給他媳婦懷上了，誰誰家準男人本錢不好，懷一個就是一個×片子的，懷一個又是一個×片子。那一天也是人們忘了小柔在一旁站著，有一個人就說生女的咋啦，有人連個蚊子都飛不出來，那還叫個女人？小柔當下就沈不住氣了，扭轉身跑到粟子地邊去哭了，哭得許多螞蚱都傷心地蹦到別處去了。

小柔覺得村子裡的人真是討厭，都愛多管閒事，人家生不牛跟你有什麼關係。問三問四也不嫌浪費唾沫。還有那個劉起珍家的老伴兒，真是討厭，硬說是老母豬的胎衣吃了就可以懷孩子，非讓二店給小柔找了老母豬的胎衣吃，那是吃的東西？軟不嘰嘰，粉不嘰嘰，下鍋一煮筋不嘰嘰臊不嘰嘰，真是難吃死了，讓小柔吐得五臟六腑都快出來了。現在小柔一看見劉起珍家的老伴兒就來氣，劉起珍的老伴兒連個臉色都不會看，碰見了小柔還直是說那東西吃少了不管用，放個屁就啥也沒了，多吃幾個才能見喜。小柔覺得二店怎麼會有這麼個乾媽。

你怎麼認這麼個老母豬乾媽！小柔對二店說。

話不能這麼說，我吃過她的奶。二店笑嘻嘻地說。

小柔有喜了，她肚子裡揣了那個小枕頭出門了，這對她來說是新鮮的，好像是，她自己也覺得肚子裡有了什麼異樣。天剛剛下過雪，地上滑滑的，她想到小賣部那邊買點鹽，她想醃點菜。有人在她後邊忽然大聲喊開了，小柔你別在冰上走，冰上那麼個滑。小柔聽聲音是劉起珍老伴兒那個老鬼。小柔就偏在冰上走。看看你，看看你，你就怎麼偏在冰上走，劉起珍的老伴就從冰上追過來了，往牆根子邊上地拉她：你有喜了，還敢在冰上走，在土上走，土上不滑。

劉起珍老伴兒這麼一說就嚇了小柔一跳，自己怎麼就忘了自己是懷著孕？小柔還不太習慣，動不動就會忘了自己的角色。那天，小柔是當著大傢伙兒，因為賣大白菜的車來了，小柔挑了六棵大白菜，一下子抱起來就走，還是劉起珍老伴這個老東西，哇哇哇哇地就叫了起來：「啊呀小柔你快放下，讓誰給你送誰還不給你送一下？」怎麼啦？小柔說我還抱不了這六棵菜，頂多七八斤。她心裡和劉起珍老伴兒這老東西有氣，就想頂她兩句，想不到劉起珍老伴這老東西就把小柔的菜一把給搶了下來：「你有喜了還敢抱這麼些菜？可不敢。」

小柔又嚇了一跳，小柔覺得自己是怎麼了，怎麼總忘了自己是懷了孕，全村子人也都知道自己懷了孕。再看看劉起珍老伴兒那個老東西，已經抱起那六棵菜給自己送家裡去了。那一會兒，小柔的眼睛汪了眼淚，她覺得劉起珍老伴兒真是個好人。從那以後她就又管她叫乾媽了，小柔已經好長時間不叫她乾媽了，因為那粉不嘰嘰，軟不嘰嘰，筋不嘰嘰臊不嘰嘰的老母豬胎衣。

小柔有了喜之後，劉起珍的老伴兒見人就說老母豬的胎衣就是靈：二店媳婦一直沒孩子，這不懷上了？肚子也起來了，一天一個樣，兩天大變樣。

小柔現在好像有了一樁心病，就是要時時刻刻記住自己懷孕的事。走路，吃飯，上炕坐著，上坡，下坡都要看看周圍有沒有人，都要想著懷了孕的人該怎麼走，怎麼行事，這真是太累了，太不自在了。她現在真好像有了一樁心病，連洗澡都不敢跟著別人去，更不敢在人多的時候去，只好自己在家裡把門關得緊緊的擦一擦。有時候小柔覺得自己真委屈，還背著人哭。

我受不了啦，受不了啦。小柔對二店說真懷上個孩子可能也沒這麼苦。

這事我也不能替你呀。二店嬉皮笑臉的說。

這天，小柔又在街上碰見劉起珍的老伴兒了。

劉起珍的老伴兒攔住了小柔，問她這幾天想吃什麼，是不是想吃口酸菜？

小柔有點害羞，臉都紅了。

你別怕羞，有喜的人都是這樣，都想吃口酸的。劉起珍老伴兒說。

小柔能說什麼呢？她點點頭。

劉起珍的老伴兒下午就把剛剛醃好的酸菜給送了過來，這倒提醒了小柔。小柔就拿了一整片酸菜葉子到街上去吃，專門吃給人們看，這就好像是在演戲，人們從來都沒見過小柔會是這樣子。小柔是個要體面的人，從來都不肯在人們面前掉了樣子。那些老婆婆們看見了小柔在吃酸菜，便一起說小柔這回肯定是懷了小子，都對小柔說想吃什麼就多吃點什麼，你那不是給你吃，你那是給你肚子裡的孩子吃呢。小柔忽然覺得那些老婆婆真好，自己以前是錯怪了她們。

這天晚上，小柔又換了一個枕頭，更大一點兒的枕頭，那個小枕頭取出來放在了一邊，小柔看看那個小枕頭，心裡好像是有幾分難過，好像是，那真像是她身體的一部分了，畢竟她把這枕頭在肚子裡形影不離地揣了兩個月了。

換了第二大的枕頭後的一天，小柔差點出了事。

這天小柔和村子裡的字花去了鄉裡，小柔和字花關係一直很好，她倆想去鄉裡的集市上看看熱鬧。在村子裡待久了，想看看熱鬧也就只不過是看看人。集市上人多，人擠人是很好玩的事。小柔和字花到處看了看，她們嫌東西太貴，看了又看，挑了又挑，但她們什麼也沒買。字花忽然對小柔說藥店裡有人造的本錢（注：「本錢」為生殖器的俗稱。），比驢的還粗還長，去不去看？小柔想看，但又不敢去看，還沒到那藥店的門口臉就紅了。然後她們倆兒就去吃了一碗涼粉，天很冷，但她們倆還是吃了碗涼粉，然後又喝了一碗驢雜碎，鄉裡的驢雜碎味道很好。喝完驢雜碎字花就說要去去廁所，小柔也覺得自己下邊緊了，就也跟上去。字花已經解開褲子蹲下了，小柔完全忘了自己懷孕這一碼子事，打了個怪舒服的冷顫，一下子也把褲帶解開了，這就出事了，那個小枕頭一下子就掉出了一半兒，小柔一下子就給嚇出了冷汗，忙又把褲子繫了起來，好在字花正埋頭解決問題。

你怎麼又不尿了？出了廁所，字花覺得奇怪。

我肚子疼，咱們趕快回吧。小柔也給自己的行為嚇得夠嗆。

晚上，小柔對二店說白天發生的事，說她不想再懷了，太累了。累不死也要嚇死了。

二店就大笑了起來。笑得在炕上直打滾。

管他娘的，不懷了。小柔委屈地哭了。

別哭，別哭。二店說這種事我又替不了你。

「還有八個月呢。我擔心死了，總有一天會露了豆餡子。」小柔說。

過年的時候，小柔肚子裡的孩子四個月，小柔也習慣多了，她現在無論在什麼地方都不會再去廁所，走路也總是慢慢的，好像是，小柔真的覺得自己已經懷了孕。她和村子裡的傻法是今年村子裡的兩個懷孕婦女，傻法好像比她早幾天，可傻法好像比她腿腳靈活得多，都四個多月了還什麼都幹，無論是抱柴火還是壓粉條子。快過年的時候，村子裡家家戶戶都要把一正月的粉條子都壓出來，一坨一坨地放在外邊再凍硬實了。傻法就一跨腿上到灶台上去，人就騎在壓粉的床子上了，她男人把一根一根驢球一樣的粉麵劑子往壓粉床子裡一塞，傻法就坐在上邊用屁股往下使勁，粉條子就給勻溜溜地壓出來了。人們都說傻法真能幹，也不怕把肚子裡的孩子給壓到粉鍋裡。

沒事的時候，小柔愛和傻法在一起說說話，小柔愛看傻法怎麼走法，傻法走路的時候像個鴨子，兩條胳膊好像在搧屁股，尤其是下坡的時候。小柔便也這麼走，傻法想彎腰從地上撿什麼的時候，人就要整個蹲下來，身子朝後蹲才能把要撿的東西拿到手，小柔也就這麼蹲，把身子一直往後，往後，再往後。有一次是她當著人要把地上的醋瓶子拿起來，就一屁股坐倒了，嚇得旁邊的人趕忙把小柔扶起來。扶她的人都說小柔這一回一定是個小小子，要不怎麼會把他媽弄得這麼笨。看看人家傻法身子多靈便，旁邊的人還說傻法肯定是要生個女子。

女子心疼她媽，不會讓她媽蹲都蹲不下去。小小子都不是個好東西，長了個小雞巴就以為自己有什麼了不起了，呸呸呸呸！在肚子裡就和他媽過不去，更不用說大了要媳婦。

快要過年了，村子裡家家戶戶都在收拾屋子。

一到年底，二店就更忙了，他就這幾天能掙個好錢。

小柔把自己關在家裡打掃家。她把院門插了，把屋門插了，把塞在肚子裡的枕頭乾脆取了出來，在家裡又是撣，又是掃，幹活幹得累了，她把外邊的衣服也脫了。小柔是個愛乾淨的人，每年都要把房子刷一遍，窗紙當然也要換，還要貼一些紅紅的窗花在上邊。小柔是個能幹的女人，上午她就差不多把房子收拾完了，下午她想洗衣服。因為一個人上來下去地幹活，她出了一身汗，她就又把外邊的那件蔥葉兒綠的毛衣脫了。

外邊敲門的聲音響起來的時候，小柔就根本忘了自己是咋回事。

「誰呀？誰呀？」

小柔連衣服也不穿就要跑出屋去開門。

外邊的人一答應，小柔才醒過神來，是劉起珍的老伴兒。

小柔嚇壞了，忙跑回屋去穿衣服，往褲子裡塞那個枕頭，再穿毛衣。

劉起珍的老伴兒等不及了，她也急了，她以為小柔在屋裡出了什麼事，她去了小柔旁邊的院子，從那邊的牆頭上咕咚一下子就跳過來了。這可真把小柔嚇壞了，她正在繫褲子呢，還露著半個枕頭呢。小柔就只好一下子躥到炕上去，把被子扯過來蓋住了自己，只露個臉在外邊。

唉喲，唉喲，唉喲，唉喲，小柔的樣子好像疼得快要死了。

劉起珍的老伴兒已經進來了，一進來就叫了起來，啪啪啪啪地拍著巴掌，我說是有了事不是，他爺爺個×，你怎麼一個人在家裡收拾家了？

唉喲，唉喲，唉喲，唉喲。小柔的樣子好像疼得快要死了。

「是不是摔著了？」劉起珍老伴問小柔。

小柔便說自己剛才從桌上摔下來了。

劉起珍老伴可嚇壞了，但馬上嚇得更厲害的是小柔，劉起珍的老伴想把手從被子外伸進來摸摸小柔的肚子，這可把小柔嚇壞了。她把身子蜷成個刺蝟不讓劉起珍老伴摸，劉起珍老伴摸這邊，她往那邊滾。劉起珍老伴摸那邊，她往這邊滾。疼死我了，疼死我了，一動就更疼死我了。小柔把被子裹得緊緊的。

劉起珍老伴兒就跑出去了，跑出去找人。她昏了頭，她也不知道自己該找什麼人。她在村子裡跑了一圈兒，倒是俊法挺著個大肚子跟她來了。俊法現在是個閒人，壓粉條子可以是用屁股，但收拾家俊法家的人都不敢讓她上陣，村子裡別的女人都在忙。

劉起珍老伴兒和俊法再走進小柔家時，她們看見小柔坐在炕上了，小柔也把自己收拾好了，圍著條紅花兒被子坐著。可嚇死我了，我怕你小產。劉起珍老伴說肚子裡的孩子都快五個月了你還敢上來下去地打掃家？你咋忽然又不疼了？

小柔笑著說自己剛才放了屁，這陣子好多了。

「我摸摸，我摸摸。」劉起珍老伴兒說。

「您一摸我就又要疼了。」小柔說。

劉起珍老伴兒不摸了，她要俊法多陪一會兒小柔。

劉起珍的老伴回去了，既然小柔這邊沒有事，她的事可太多了。

小柔覺得劉起珍老伴兒人真好，人家都出去了，小柔才想起在屋裡說乾媽您慢點走。

小柔問俊法昨天做什麼去了，讓男人馱著？是不是到藥鋪買那玩意去了？那玩意保胎是個寶。說完小柔就笑得東倒西歪。

俊法告訴小柔她昨天進城了，去醫院檢查了一下，是個小小子：這王八蛋小小子一點點動靜都沒有，他要有動靜還用我跳到灶上去壓粉條子，這傢伙不是個好東西，在肚裡憋著不動就讓他媽幹活兒，就怕他媽累不死。他想吃肉，我偏不吃肉。俊法說她這幾天就是想吃肉，見肉就想吃，把過年準備的肉吃了一大塊兒。你說這小子多壞，是他想吃，害得我就吃。我發誓不吃了，他想吃我也不吃了，饞死他。俊法笑了。

我也就只想肉吃，也吃了一大塊，我可不敢再胖了。小柔想想，說。

俊法說要看看小柔的肚皮花了沒，俊法說她的肚皮花得一道一道的。俊法要看小柔的肚皮，這可把小柔嚇得夠嗆，小柔把自己捂得嚴嚴的不讓看。俊法倒大方，撩起衣服讓小柔看她的肚皮，俊法的肚皮可不花得一道一道的，俊法還讓小柔摸摸她的肚子，說那雞巴臭小子在裡邊瞎踢亂動。

俊法走了後小柔關起門來哭了好一氣。

第二天，村子裡的人們都看見二店用車子馱了小柔往村子外邊走，天陰陰的又像是要下雪了，這樣的天氣是暖暖的，下雪前都是暖暖的。眼睛細細的二店笑嘻嘻地對人們說要帶小柔到城裡去看看肚子裡是個什麼東西，是小小子還是個小×片子。二店這麼說的時候，小柔就撅著個大肚子倒騎驢樣坐在車子後邊，她頭上圍了塊綠頭巾，腿上蓋了塊紫花線毯子，村子裡的孕婦都這麼個坐法兒，挺著個大肚子讓男人慢慢推著走。

出了村子，二店看看左右沒人就一下子躥上了車子，他把車子騎得飛快。

「媽呀，累死我了，我出不上氣了。」小柔在後邊說。

「快到了，快到了。」二店說。

「我把枕頭取出來一會兒吧，路上也沒人看見。」小柔說。

小柔就把肚子裡的枕頭取了出來抱著，這樣她舒服多了。

「讓人看見我看你咋說。」二店說。

天上開始下雪了，猛地大了起來，周圍白茫茫的。

小柔在後邊咯咯咯咯，咯咯咯咯地笑個不住。

「笑啥？笑啥？」二店說。

「你說我像不像那個菊豆？」小柔說。

二店想不起哪個菊豆。

「哪個菊豆？電影裡的菊豆。」小柔說。

二店就想了起來，說那女人真厲害，就是不太會穿衣服，村像（注：即蠢像）。

二店帶著小柔快到縣城的時候，小柔又下車把枕頭塞到了肚子裡：冷死我了，冷死我了，灌我一肚子雪你還笑呢。小柔一邊塞枕頭一邊說。快進縣城的時候是個下坡，二店不敢騎了，兩個人慢慢慢慢下坡，坡上都是雪，忽然，小柔一下子滑倒了，仰面朝天就從坡上滑了下去，這可把二店嚇壞了，扔了車子就去扶小柔。

「你肚子這麼大可別摔壞。」二店說。

兩個人就又都坐在雪裡大笑了起來，二店現在都讓小柔的肚子給弄糊塗了，有時候就真覺得小柔肚子裡懷上孩子了。

過年的時候，二店帶著小柔回娘家。小柔已經好長時間沒回過娘家了。這天兒小柔有點不太高興，原因是為了做衣服。過年人人都要做新衣服，可小柔今年的衣服就和往年不一樣，因為她懷了孩子，肚子鼓脹脹的，她按著計畫已經又換了一個比較大的枕頭，肚子就更鼓了。這讓小柔自己看了都生氣，那是個肚子嗎？就好像不是個肚子，好像是一大塊要送給別人的東西，挺出去，挺出去，就好像肚子在那裡自己說：給給給給給，我把它給你們吧。讓小柔生氣的是到了裁縫那裡，那個溫州裁縫把小柔繞著圈兒量了量，說要讓她去買兩米半的料子。小柔當下就尖叫了起來，因為她過去做衣服都是一米半多就夠了。

怎麼要這麼多？怎麼會要這麼多？小柔一急就忘了自己是孕婦了。

你這麼個大肚子，兩米半也怕不夠！溫州裁縫說要做就做，不做就拉倒，這幾天活兒可忙呢。下一個，下一個。

「小柔你就做吧。」二店在旁邊說，「你不做過年你穿什麼？」

小柔說就不做，做了以後咋辦？以後誰還穿，你穿？

二店就嘻嘻嘻嘻地笑了：「做吧做吧，人家俊法都做你不做。」

小柔不知道俊法也做了新衣服，她不信，硬讓二店把她帶回了村子，她非要親眼看到俊法做了新衣服她才肯做。小柔去了俊法家，可不就看到了俊法的新衣服，很肥很大的那種，紫紅色的大翻領配著紫紅色的有機玻璃大釦子。俊法還把新衣服穿給小柔看，還對小柔說反正下一回生孩子還要穿，也不算什麼浪費。俊法還勸小柔也大大地做一件：一輩子還能當幾回媽？再說以後還要穿。俊法的意思是以後還要生三四個，現在村子裡這方面管得不嚴了，人們都放大膽子地生。

男人的本錢好，咱們的地好，怕啥？生幾個也是生！

俊法勸小柔要生就索性多生幾個。

「到咱們老的時候，孩子就是搖錢樹，生他娘的！」俊法說。

小柔回到家好好哭了一場，人家俊法那是浪費嗎？人家生了這個還有下一個，咱們有嗎？我快要累死了。小柔對二店說自己現在像是特務，裝不像就會讓人發現了，比真生一個孩子還要累一百倍。

二店過了幾天還是帶小柔去城裡做了衣服，做了很肥很大的衣服，也是那種樣式，紫紅色的大翻領配著紫紅色的有機玻璃釦子。

小柔就穿著這很肥很大的衣服坐在了娘家的炕上，她現在也習慣了，她靠著花花綠綠的被垛子坐，身子朝後挺，兩條腿朝前伸著。小柔的爸爸說小柔你看你那樣子真不好看，你就不會把腿盤起來才像個女孩子？小柔的爸爸這麼一說就讓小柔的媽給數落了好一陣子：「你以為是你這個老東西，你吃多了都是那麼個樣子，你以為光是你閨女在那裡坐著？還有你外孫呢。」

小柔的媽想起來了，她想知道小柔肚子裡懷了個小小子還是個女×片子。

小柔一下子慌了，她忘了上次從城裡回來是怎麼對村子裡的人們說的了，當時說的是男的還是女的？她直看二店。

二店喝酒喝得臉紅了。

小柔的爸爸還勸二店喝：「喝，好男人還怕個酒。」

「是男的還是女的？」小柔小聲問二店。

「我怎麼知道？」二店早忘了這事了。

「你們上次不是去醫院檢查了一回？」小柔的媽說。

二店就笑了：「是個男的，醫生說是個男的。」

小柔忽然想起來那天自己對俊法說是個女的，因為俊法就想要個女的，她就那麼說了，她想在這件事上比過俊法，她在心裡忌妒俊法，就說自己懷的是個女的，也不為了什麼，就只想氣氣俊法。

「是女的。」小柔小聲說。

你還想哄你爸，我早聽俊法她男人說了，說你們懷的是女孩兒。小柔爸爸得意地對二店笑笑，又對著小柔笑笑，說他早就向人們仔仔細細打聽過了。

小柔和二店互相看了看。

「起個名兒沒？」小柔的爸爸一喝酒就高興了。

「就叫少少。」小柔忽然不高興了。

小柔的爸爸和媽一下子愣在了那裡，少少是小柔過去的物件。怎麼會叫這麼個名兒？再說二店還不知道小柔和少少搞過物件的事。小柔的爸媽就都看著二店，不知道是不是出了什麼事，怎麼會叫少少？

我生下兒子就叫少少，少少就是您二老的外孫。小柔很恨那個少少，那個少少把小柔按在高粱地裡就把那事給辦了，把他那根驢球硬塞到小柔的身體裡，也許就是他，小柔到現在還懷不上孩子，小柔恨死了這個少少。

就叫少少，少少是我的兒子是您二老的孫子。小柔這麼一說又開心了。

小柔不讓二店再喝了，怕二店喝多了騎不了車子。

「晚上還走？還不住兩天？」小柔的媽說小柔你都快半年沒回媽家了，不許走。

晚上，小柔還是讓二店用車子帶著回了家。

「我可不敢在我媽家住，到了晚上不脫衣服不行，脫了衣服我媽要是想看看我肚子怎麼辦？我給她看個枕頭？就對她說這就是她的外孫女？」小柔說。

那是你媽，告訴她又不是外人。二店說。

小柔說那可不行：「你什麼人都不許說，說了我就死給你。」

小柔說著哭了起來，她說自己夠可憐的了，像什麼？像特務不說還要比人家傻法都要累，還說我像演員呢，人家桃子紅在台上演一會兒就完了，我呢？我呢？我要累死了，我要演到明年八月才收場！

二店脾氣很好，小柔一發脾氣他就不說話了，二店用細細的兩隻好看的眼睛看著小柔，說小柔你怎麼這麼像縣劇團的桃子紅？二店真是很會哄小柔開心。到了晚上他就更會哄，關了燈，二店拿出了他的好本錢和小柔玩夫妻們玩也玩不厭煩的遊戲。玩著玩著又開了燈讓小柔看，那話兒亮晶晶的。

讓小柔想不到的是，第二天，小柔的媽來了，坐著一輛蹦蹦蹦，她起了疑心了，疑心小柔是不是和二店吵了嘴，所以在家裡待不住了。她和家裡人合計了一下，飯菜都是臘月裡做好了的，想吃溜一溜就好，還有凍餃子一下鍋就行。小柔的爸爸天天都要喝一口，菜也是弄現成的，她夜裡又給拌了一盆子黃豆芽鹹菜絲子，豬頭肉壓在瓦缸裡還有一大半兒。你吃你的，喝你的，我看我女兒去了，我要在那邊住幾天，我也要給自己過個年，我也要讓我閨女過個年，她那麼大的肚子還要做菜做飯，二店又不會做，我走了，剩下那半個年你自己過吧。

小柔的媽又帶了些換洗的衣服，看樣子她想住一陣子。

讓小柔爸爸想不到的是到了晚上，門外有蹦蹦蹦的響聲。小柔爸爸朝外看看，二店笑嘻嘻地把岳母又送了回來。把岳母送回家，二店又趕回去了。

「咋弄的，你怎麼又回來了？」小柔的爸爸說。

「你說咋弄的？」小柔的媽沒好氣，「小柔懷了孩子說要忌屬狗的。」

「活該你屬狗！」小柔的爸爸笑了起來。

「放你媽個狗屁！」小柔的媽生氣了。

小柔的肚子裡換到了第四個枕頭的時候天已經熱了起來。

劉起珍的老伴說小柔這回要生下個好脾氣的孩子，你看看傻法那張臉就是個蒼蠅糟踐過的猴兒屁股，左一片右一片都不能看了，看看咱小柔，原來是啥樣現在還是個啥樣，這才叫真人材，桃子紅哪比得上咱們小柔。

劉起珍老伴這麼一說，小柔就想去看看傻法的臉。

小柔現在很少出門，天熱了，衣服不能多穿，弄不好會露出豆餡子。所以小柔總是在家裡窩著，窩著做什麼？做小衣服。她現在越來越覺得自己就像足真的懷上了孩子，有時候睡著了，又給嚇醒了，因為她喜歡趴著睡，睡著睡著就覺得把肚子裡的孩子給壓死了，人就給嚇醒了。小柔現在總是想再過幾個月就要給二店悄悄抱回來的孩子到底是個什麼樣？她想那個孩子應該在自己肚子裡，這麼一想的時候小柔忽然就很想哭。

「你咋啦？」二店說。

「不咋！」小柔氣呼呼的，好像二店惹了她。

二店說小柔是在家裡給捂壞了。你不會出去轉轉？二店說。

轉個屁！你不怕露豆餡子？二店那麼一說小柔就更生氣了，我敢出去轉，就這麼一件單衫子能遮住個啥啥啥，你害死我了。

「要不，你去看看傻法那個臉。」二店說。

「你去看！你想啦？十月的肥母雞臨月的大水×！你想啦！」小柔現在的脾氣變得怪怪的，有時候會出語傷人，惡狠狠的，這連她自己都不知道是怎麼回事。

二店不敢再說什麼了，他走了，外邊下著雨。

二店一走，小柔就去看傻法了，因為下雨，小柔才敢出門，她踩了雙二店的大雨鞋，走路的樣子怪怪的，一忽拉，一忽拉，肚子又挺著，那地方又癢，因為枕頭一天天地捂著，小柔的肚皮上長滿了密密麻麻的痱子。二店給那些痱子抹了些涼不嘰嘰的清涼油，小柔就啊啊啊啊地叫了起來，也不知是難受還是好受。這連小柔自己也說不清了，小柔躺在那裡閉著眼睛的時候就覺得懷孩子可能就是這麼個滋味吧，癢癢涼涼的還多少有點疼。她已經給自己的那個現在還不知在什麼地方的孩子起了個名字叫少少，只有她明白這是一種報復。

少少。

少少。

少少。

小柔摸著自己的肚子上的那個枕頭叫著這個名字心裡又總是充滿了溫情，她給那個枕頭上縫了一塊小小的黑山羊皮子，想像中這就是孩子的頭髮，她閉著眼摸這一塊皮子時，就覺得好像在摸少少的頭髮，就覺得心上麻麻的。

小柔一忽拉一忽拉地到了傻法家了。

傻法的那張臉真嚇了小柔一跳，小柔想不到傻法的臉會變成了那樣，不是蒼蠅屎，而好像是狗在傻法臉上拉了一泡稀屎，要多難看有多難看。

你看看我，再看看你，你怎麼就像沒懷孩子一樣？傻法對小柔說。

小柔給傻法的話嚇了一跳，她不敢在傻法家多待了，好像是，她覺得傻法是不是看出了什麼破綻。小柔又回了家，她明白一個懷孩子的女人的臉應該是什麼樣了，她關起了院子門，又關起了家門，小柔找出了自己的化妝品，又找了點煤灰兌了兌就在自己臉上畫開了，畫畫，照照鏡子，畫畫，再照照鏡子，小柔的臉也就不像個臉了。

晚上，小柔的臉把二店嚇了一跳。

「你咋啦？」二店還從沒見過小柔的臉是這樣。

小柔就笑了起來，笑到後來又哭了起來，哭到後來小柔說自己快要瘋了，快堅持不住了，小柔要二店看她肚子上的痱子，要二店看她後邊腰上的痱子，小柔要二店看那幾個枕頭，一個、兩個、三個、四個都擺在了那裡，四個枕頭都給小柔的汗吃得油津津的。

「我受不了啦。」小柔說。她真是有些受不了。

「堅持堅持。」二店笑嘻嘻地說，他在關鍵時候總愛說這句話。這又不是做那事，一會兒就完，還有幾個月呢。小柔想想都害怕：「都是你，非要從十一月開始，要是從二月開始有多好。」小柔有些埋怨二店。

「二月開始你就不出汗了？」二店又嘻嘻嘻笑了起來。

「是不是捂壞了，我這個月連月經都沒來。」小柔說。

「月經都跑到肚子上了，你不看一片一片紅紅的。」二店笑著說。

「我快活不出去了，我快活不出去了。」小柔說。

「再堅持堅持，再堅持堅持。」二店就會說這兩句話。

「我受不了啦，我受不了啦。」小柔說，這是她的真實感受。

小柔懷孩子懷到快十個月的時候，天真是熱得有些不像活了。小柔真是有點受不住了，那個被她揣在肚子上的最大的枕頭簡直一擰就要出水，小柔肚子上的痱子都連成了一片，紅紅的一片，擦了些紫藥水又變成了藍汪汪的一片。二店對小柔說你乾脆就不要出門了，我從外邊把你鎖在家裡，你就在家裡脫它個光光的。要咋舒服就咋舒服。小柔呢，現在最怕的就是出門，撅著個大肚子在太陽下一站人就好像馬上要暈倒了，倒是傻法好像啥也不怕，還是到處走，說不走走不行，怕到時候不好生，有時候傻法還到小柔家來串門子，小柔現在就怕有人來，來了人，一坐下不走小柔受的罪就大了，肚子上那個癢啊，搔又不敢搔，動又不敢動。

鎖就鎖他娘吧，小柔對二店說。她要二店趕快打聽哪裡有人們生了不要的小孩子，別到時候找不到那可抓了瞎，傻法那邊一生咱們就得跟上生，不能耽誤了。

二店就嘻嘻哈哈笑了起來，這事多少有些好笑，小柔也忍不住了，小柔笑著笑著忽然又想起讓二店在牆頭上栽些圪針，要是再有人像上次劉起珍老伴兒那樣一下子翻過牆頭進來可就壞了。

二店忽然哈哈哈哈大笑了起來。

「你笑啥？」小柔說。

二店笑得更厲害了。

「我快要難受死了你還笑？」小柔要生氣了。

到時候嚇死的不是你，而是從牆頭進來的人，你那個藍肚皮誰看見都會給嚇懵了頭。二店說要是在黑夜你就挺著這個藍肚皮出去，人們不以為看到了鬼才怪。

小柔看看自己的肚皮，也忍不住笑了起來。

二店出去了，往牆頭上密密麻麻栽了些圪針。

院門鎖住了，家門也關住了。小柔把自己脫光了，這才舒服，這才痛快，這才美，這才好。小柔打了水，美美地給自己擦了一個澡，她一邊擦一邊呻呻吟吟地說可累死我了，可累死我了。擦完了澡，小柔躺到了炕上，又給自己的肚皮上抹了些藍藥水，藍藥水麻麻涼涼地弄得她又興奮起來，她想說話了，但她能對誰說呢？只好對那幾個枕頭說話。

「你們呀，你們看看傻法多好，比我輕省多了，想去什麼地方照樣去什麼地方。

「你們呀，我一個一個把你們懷過來有什麼用，一點點兒用沒有。

「你們呀，你們快要累死我了。」

小柔挺著個藍肚皮躺在那裡對那幾個枕頭說話解悶兒。

小柔說著說著就挺著個藍肚皮睡著了，天太熱了，很快就到了中午。

有人在外邊拍門了，啪啪啪啪拍了好一陣子，小柔被拍醒了，她先是緊張了一下，然後馬上把衣服穿了起來，她覺得自己即使是在自己家裡脫得這麼光也有點太放肆了。她坐在炕上聽了一會兒，敲門聲就停了。

小柔才想再把衣服脫了，卻聽到牆頭那邊有了動靜。

「小柔，小柔。」

「小柔，小柔。」

是劉起珍的老伴兒。她端著碗涼麵想送給小柔吃。

我過不去了，小柔你過來拿一拿，吃碗麵條，生孩子就順順的。劉起珍的老伴兒在牆頭那邊說麵條子一會兒就要給曬熱了。

小柔就下了地，她把大枕頭又塞到了肚子裡，又把外邊的衣服穿了，然後才慢慢慢慢出去，慢慢慢慢踩在了磚頭上，慢慢慢慢隔牆頭接了劉起珍老伴兒的那碗涼麵，涼麵肯定很香，上邊有切得細細的黃瓜絲子。小柔心想劉起珍老伴兒真是個大好人。她又慢慢慢慢從牆頭上下來，慢慢慢慢把那碗麵放在窗台上。

「我看你也快要生了吧？」劉起珍老伴兒在牆頭那邊問。

「快了，我要憋死了。」小柔在牆頭這邊說。

「記不清是哪天？」劉起珍老伴兒在那邊問。

「快了，就這兩天。」小柔在這邊說。

劉起珍老伴兒在牆頭那邊說俊法剛才生了，生了個長雞巴的小雞巴小子。

小柔卻在牆頭這邊哇哇哇哇地吐了起來。

人們都說小柔要生了，俊法都生了兩天了。人們都說俊法的命好，生下孩子天就涼快了下來，下了點兒小雨，天上有薄薄的雲罩著，好像專門給俊法打了個傘，天氣是不冷不熱正好，人們都去看俊法的孩子，鄉裡人的習慣，人們都給俊法送些雞蛋了，掛麵了，紅糖了，羊肉了，或者殺隻雞了什麼的。這種天氣又讓人們從心裡喜歡，莊稼還要最後再努努力灌灌漿，遠遠的山是青藍青藍的，好像那邊還積存著許多許多的雨水，好像只要這邊雨水一不夠。那邊的雲就會及時趕過來，這真是讓人們喜歡。

小柔這兩天比誰都急，二店也急，他把買賣交給朋友讓他們替他做兩天，他這幾天天天到處跑著找剛生下來的小孩兒，當然只能跑醫院，跑了一個醫院又跑一個醫院，終於找到了一個剛剛生下兩天的小女孩兒。人家張口就要兩千塊錢，二店根本就不會跟人家講價錢，再要是講價錢把這事給弄黃了，小柔那邊的肚子就不好向人們交代了。

「兩千就兩千吧。」二店對那人說。

二店在城裡已經找好了一間房子，一切都安排好了。

中午的時候，二店從外邊租了輛計程車滿頭大汗地回來了，村裡的人們都知道小柔這回要生了，都出來看。小柔在家裡早就全部武裝好了，肚子裡又塞上了那個大枕頭，這麼一來她就又開始難受了，又不能走得很快，又想走得快一點兒。小衣服和小被子還有屎尿布子都打了一包早放在了那裡，現在給拿到了車上，人們都知道小柔是要去生孩子了，都過來看小柔怎麼上車。小柔挺著個大肚子，用一隻手撐著後腰慢慢慢慢從院子裡出來了，又慢慢慢慢往車跟前走，走到車跟前又停了下來，然後才慢慢慢慢動作很笨地上了車，她的肚子大得都好像要擠不到車子裡去了，人們都有些擔心，人們都為此張大了嘴，但人們都看著小柔一用力一用力終於還是上了車，車下的人們都為此鬆了一口氣。

小柔挺著個大肚子上了車，站在車邊的劉起珍老伴兒才開始擦她的眼淚，她都急出淚來了。小柔在車上朝劉起珍老伴兒招了招手。在車上，二店用很小很小的聲音對小柔說小女孩兒找到了，你先在旅店裡住幾天咱們就回去，這樣誰都不會知道了，咱們這事可是做得太圓滿了。二店說話的時候，小柔忽然就又吐了起來，這讓她真不好意思，因為她把東西一下子都吐到車上了。

「既然你吐了又吐，要不咱們先去看看醫生吧？」二店對小柔說。

「咱們先去一下醫院好不好？」二店對計程車司機說。

「行。」計程車司機很痛快。

從醫院婦產科出來的時候，小柔和二店都傻了，兩個人你看看我，我看看你都忽然大笑起來。因為那個大夫說小柔有了。小柔的藍肚皮把那個大夫先是給嚇了一跳，但那個大夫沒看到小柔的那個大枕頭，因為進婦產科之前小柔去廁所把枕頭給抽了出來。「怎麼就會有了？」二店站在那裡看著小柔。

「有了就是有了，有了你還不高興？」小柔也看著二店。

兩個人忽然又都大笑了起來，笑到後來，小柔忽然又哭了，她不知回去該怎麼向村裡人交代？管他娘呢，再從頭懷吧。哭到後來，小柔又笑了，笑得很好看。

# 洗澡

麥子收過了，知青們累得簡直像是小死了一回。天那麼熱，人們的身體上到處是臭汗，用手在脖子上和隨便什麼地方搓搓，便一條一條地流下來。村子東邊的河裡沒了水，蛤蟆都沒地方浮水了，別說人。收麥子的時候，不單單是央子覺得自己簡直就要活不下去了，好像馬上就要倒下，好像馬上就喘不過氣，好像要瘋了，這種種感覺加在一起就讓人產生了絕望的情緒。天是那麼藍，麥子地白得晃眼，許多人許多人都盼能下一場雨，要是真下了雨，央子就覺得自己會一下子把衣服剝光站到雨裡去，管他周圍有沒有女人。

日子真是過得讓人快受不了了，晚上也那麼熱，熱得央子和別人都上了房，上了房就沒人看了，沒人看了他們就可以把褲衩都脫了，但涼快也只好像是那一塊兒地方，因為那塊兒地方很少有機會被風吹一吹。這幾天，男知青們都上了房，反正是夜裡，都赤條條的，這就好像生活又有了點意思了，新鮮了也浪漫了。星星們都在天上，很繁密，銀河橫在人們的頭上像是一股煙。收麥子時候是知青們最難過的時候，人們心裡都是絕望，因為那麥子太多了，就像是海，一直挨著天邊上。麥地裡比別處更熱，麥芒刺得人難受。但不管是怎麼說，麥子是收完了，麥子收完了，那一片麥子的海就一下子消失，倒讓人覺得有些傷感了。為什麼傷感？誰也說不上來。人們都累壞了，都想好好地大睡幾天。央子有時候站著就睡著了，那是在麥子地裡，一下子就睡著了，那是最甜的睡眠，只那麼一會兒，感覺身體一下子就不存在了，什麼也不在了，真是舒服，就是那麼一種感覺。

知青隊長王志強說，麥子也他媽收完了，咱們到縣城洗個澡吧。這真是一個很好的提議，知青們都想洗澡，麥收的時候，他們只好把門關了在屋裡用小臉盆子把身子這裡那裡擦擦，擦完上身，盆裡的水早就黑了，人們都赤條條地在屋裡站著擦，一邊開著身體的玩笑，擦完了，就那麼光著躺在炕上舒服一會兒，舒服原是讓人鬆懈的，人一鬆懈就要睡著了，一個睡，別人也就跟著睏了，就好像是傳染病，是防也防不住的。

麥收的那幾天，男知青的屋子簡直就不能進人，炕上，都是一絲不掛的身體，身體鬆懈了，身體的某個地方便甦醒了，那種甦醒便讓人想女人，女人好嗎？女人再好也不能讓人涼快一會兒，也不能讓人身上好受一會兒，當然那也是好受，但好受得會出更多的汗，最好的事情是什麼？就是洗澡，躺在澡堂裡閉著眼泡泡是一種享受了，或者就什麼也不做好好睡一天，一天夠嗎？一天也不夠。

於是，男知青們準備去洗澡了。央子把肥皂和毛巾弄好了，還有換洗的衣服，一條乾淨的藍布短褲，一件紅背心，更重要的是央子把壓在小木箱裡邊的一斤糧票取了出來，還取了五塊錢，因為他們都說好了，洗完澡就去西門外的那家飯店吃一頓飯，每人帶一斤糧票五塊錢，這頓飯就會很像樣子了：一個過油肉是三毛錢，一個雞蛋炒番茄是兩毛五，肉包子是一毛二兩糧票一個，如果是吃餡餅呢？就是一毛二分二兩糧票。他們還要喝一些酒，到了飯店，當然他們要喝的酒是一毛錢一兩的薯乾酒。這都是洗完澡的事。但劉小平說：「最好是吃完了再洗，洗完了再讓服務員上一壺茶，要是先洗了再吃，又出了一身汗。」這麼說一氣，那麼說一氣，洗澡的事就定下了。

男知青這邊要去洗澡，女知青那邊呢，就也要去了。女知青的事比男知青更多一些，瑣碎一些，洗澡的式樣還要悄悄順便洗一下衣服，當然大件的衣服不行，要洗也只是背心短褲什麼的，便都一包一包地帶好了。因為女知青們也要去，所以男知青們便會了女知青們一起去，沒車子的女知青讓男知青帶著，一路便說說笑笑了，這就好像是過節了，收麥時的種種心情一下子就沒了，心裡呢，只想著到了縣城泡澡堂和下飯店吃飯。他們很早就出發了，這樣才能洗頭水澡，要是中午才趕到，澡堂裡的水還不知會是什麼樣。央子也騎著車子，但坐在他車子後的不是女知青而是高建新，在這個隊裡，高建新和央子最好，是形影不離的。

縣城是個小縣城。縣城小有小的好處，人好像都很老實，從西城走不了多時就到了東城，從東城呢，到西城也用不了多長時間。小縣城裡的人原是都互相認識的，有什麼壞主意也不好施展，所以就早早打消了那念頭。幹部也像是很清正，搞女人的事很少發生，你這裡和一個女人說兩句話，全縣城就會馬上知道了。飯店呢，也都是熟人來熟人去，有一點點不合適就會讓人發現，所以服務態度也好。總之，這是個讓人感到溫馨的地方。而那些知青呢，卻恰恰又不是這個小縣城的，大多都是大城市來的，所以他們就給這個小縣城帶來一種新的風氣，比如女知青們穿的那種很短的褲子，原是上海的式樣，競給這個小縣城開了風氣，比如男知青們穿的那種鞋底上了白邊的懶漢鞋，洗幾水後就很好看了，這都是小縣城所沒有的。所以這些知青一進小縣城，小縣城就好像有了新的味道。知青們呢，也願意到小縣城走走，小縣城人們的眼光讓他們覺出一種優越感。並且，他們中的有些人居然還有全國糧票，全國糧票在小縣城裡很少，但這種糧票用處又很大，所以飯店裡的服務員一收到全國糧票就會忙收起來。有了全國糧票，一個人就好像有了比別人優越的身分，就可以全國各地都去了。小縣城原是也有全國糧票的，但都在縣長手裡掌握著，誰有公事要出差，便要辦許多手續去批，最重要的到縣長手裡去批，批好了，再到糧食部門去取，一次取不成，還要等第二次第三次才行，取到了便歡天喜地。但實際上，許多有辦法搞到全國糧票的人都把糧票放在箱子底下壓著，這小縣城的婚娶大事居然也離不開糧票，比如，如果女方向男方要的是二百斤糧票，如果男方給的是全國糧票，那一百斤也就足夠了。

於是，知青們就到了縣城了，時候呢，也算計得正好，剛剛九點，縣城是乾淨的，街邊種了柳樹，有人把街掃了，還灑了些水。到了縣城，知青們是從東門進的縣城，再往東就是縣城裡唯一的澡堂了。一進縣城，知青們就都覺得餓了。央子對高建新說：「下來，下來，咱們吃一碗豆腐腦吧。」央子這麼一說，不但高建新同意，別人也都要吃了。豆腐腦是一角錢一碗，因為是豆腐腦，所以就不要糧票。這些知青便都下車吃豆腐腦了，把在街邊擺豆腐腦的飯店服務員驚得了不得，一時盛也盛不迭，飯店裡便又出來一個人端了碗幫著盛。不遠的另一家小飯店便有人探出頭來朝這邊看，心裡想必是羨慕的。狗也來了，牠們來了能做什麼呢？在知青們的胯下穿來穿去，希望找到些吃的。央子把嘴裡的一口豆腐腦吐給狗，狗便歡天喜地的吃了，把地皮也啃去一片。吃完豆腐腦，知青們便去了澡堂，澡堂的門兒臉很高了，澡堂其實並不很高，只是給這磚砌的門臉兒誇張的高了，刷著白漿的門臉兒上畫著兩個大花瓶，花瓶裡是幾朵大花，被塗得很紅，這紅多多少少有些刺激人，遠遠地就讓人看到。

縣城裡的小澡堂真是小，但座位卻不少，一個擠一個，一個擠一個，這是男知青這邊，所以男知青每人都可以有一個座兒。女澡堂那邊就不行，只有五個座兒，要兩個人才能佔一個座。座兒呢，其實就是一張小一點的床，上邊鋪著說乾淨不乾淨，說不乾淨又像是乾淨的褥子，枕頭上的枕巾黃黃的，座位旁邊的茶几上放著一把茶壺，兩只杯子，要是客人要水，服務員就會給提來，但茶葉要自己掏錢買。把錢給了服務員，他就會出去對面小城把茶葉給買回來。也只一毛錢一包的花茶。這包茶一般來洗澡的會喝一下午，一邊說一邊喝，睏了就睡著了。

縣城小，洗澡的人原不多，你願睡多長時間就睡多長時間，就像是回了家，但要比家裡睡覺更愜意一些，誰在家裡睡覺會脫得那麼光？但在澡堂裡睡覺你就可以一絲不掛，那簡直就是一種放縱。人其實都是喜歡放縱的，只不過是沒有機會。說沒機會好像也不是，而是沒有地方，所以人們才會喜歡澡堂。就是不想睡一睡，什麼也不穿，如果天氣熱，連那地方都不會蓋，這就是放縱了。人們為什麼會喜歡洗澡呢？也許是有這麼一點兒道理的。

央子便和高建新各佔了一個座兒，高建新看著央子脫，他自己卻把自己那邊座兒上的褥子撩起看臭蟲，果然有一隻在縫子裡伏著，高建新便打一氣臭蟲。央子已脫光了，央子的身體很好看，肩膀呢，腰呢，小腿肚子呢，都挺挺的，讓人覺著還是年輕好。收麥時身子給太陽曬得有多好看，但好看的是前邊，膀子後邊就不好看，原是花的，皮掉了一層又一層。央子站在那裡等高建新。等高建新也三下兩下把衣服剝了，兩個人便進澡堂去。腳上是澡堂裡的木板拖鞋，也就是一塊木板，上邊橫著一條黑的或紅的膠皮，腳大腳小都一樣穿得，每走一步都啪唧啪唧的響。澡堂裡真是沒多少人，知青們一進去，便都佔了好位子，坐在池子裡靠邊的台子上，個個都只把頭露出在水面上，他們把帶來的毛巾墊在腦袋後邊，這樣會舒服些，能打一會兒瞌睡。水呢，是有些熱，但誰又會要洗冷水澡呢？熱就熱吧。池子不太大，兩邊坐了人，為了舒服，人人又是伸了腿的，這邊和那邊人的腿便交叉了起來，互相觸碰到了，那感覺是異樣的，像是有點親密，又讓人有些不好意思。有誰把腳抬起來忽然碰碰對面誰的陽具，便一池子的笑聲。這夥知青便在那裡泡著，舒服著，汗一出來，便覺得餓了，自然就說到一會兒下飯店吃飯的事。

小縣城裡的飯店呢也只有兩家，一家叫迎春飯店，這家飯店的陽春麵做得最好。一家飯店叫紅衛飯店，這家飯店大一些，有各種的炒菜，樓上是一家照相館，紅衛飯店門口的狗很多，小縣城原是不禁止人們養狗的，狗呢，是聰明的動物，知道什麼地方可以吃到好東西，就在那飯店門口臥著。央子和高建新在紅衛飯店吃過飯，那一次還有別人，他們是到縣城來獻血。

住在縣城附近的部隊在地裡挖洞，洞就塌了，有許多的戰士流了許多血，血就不夠了，鄉裡就號召知青們獻血。知青們也存了私心的，年年都有回城的指標，這指標要靠評分來決定。為了分數打得高一些，知青們就都搶著來了，都去輸血。想不到只有一半人的血可以用，另外一半人呢？就算白跑了一趟，這就讓他們在心裡很忌妒能被醫院抽了血的。結果呢，連獻了血的知青都想不到，獻了血，每人除了喝到一大碗紅糖水外竟還領到了一百元錢。這錢怎麼辦呢？他們便去了飯店。

要了許多酒和許多的菜。央子躺在澡堂池子裡就想到了這事。還想到了什麼呢？央子就臉紅了，那次吃飯的時候，許多人都說十滴血一滴精，一下子給抽了那麼多血，怕是肚子裡的精子連一粒都找不到了。這讓央子很擔心，夜裡總想這事，總想這事呢，下邊便挺脹了，挺脹了，央子就想看看自己還會不會有，手便不停了，想不到會一下子弄出那麼多。央子就更擔心了。央子泡在水裡想到了這事，別的人呢，卻在說洗過澡下飯店吃什麼的事，王志強在說什麼呢？央子看著在對面的王志強，聽不清他在說什麼，才明白自己真是睏了，明白自己睏了的結果是他讓自己清醒了一會兒，便聽清王志強是在說吃什麼菜的事。王志強說好不容易進一趟城要吃就吃他媽幾個肉菜，蘿蔔青菜村子裡也有，要吃，回村裡去吃。「你們是不是餓了？」王志強說，「你們要是餓了我現在就給你們用嘴炒幾個菜。」

泡在池子裡的知青便聽王志強給他們用嘴炒菜。央子也聽著，央子坐起來，把墊在腦後的手巾又重新疊了一下，然後再墊好，這一下舒服多了，可以躺得更低一些，這麼一來，脖子也泡在水裡了。央子把腿也伸開，腿伸開才舒服，腿一伸，就不知和誰的腳蹬在一起了，睜開眼看看，是高建新的腳，那邊高建新的腳也蹬穩了央子的腳，這樣一來，央子就更舒服了。那舒服好像一下子把割麥時的疲累和說不清的憤怒和絕望一下子拉平了。割麥的時候，央子都想過要用鐮刀把自己的腳脖子割一下，那麼一來，他就可以去休息了。人有時候是會被自己的念頭嚇一跳，嚇一跳的結果是可以讓人暫時清醒一下，站在麥地裡看看遠處，麥子遠得看不到邊。他忽然想撒尿了，卻直不起腰來了，尿著尿著腰才能慢慢直一下。

「央子，輪到你了。」王志強在旁邊說，「我給你好好炒一個菜，你他媽吃還是不吃？」央子聽到王志強說話了，他就聽他要給自己炒一個菜，現在只是王志強一個在說話，別的知青都泡得很舒服，也都睏了，都像是半睡半醒了，洗澡怎麼會這麼舒服？睏倦怎麼會這麼舒服？那感覺是雲裡和霧裡了。

王志強在閉著眼睛講，他給央子炒的是一道什麼菜呢？也就是一個肉炒青椒，王志強知道央子是愛吃一口辣的，很辣很辣的辣子給瘦肉炒，油要大，火要旺，要炒得人在屋子裡待不住，那個香才叫香，炒大大的一盤，就著米飯吃，那才是越吃越香，越吃越香。

王志強真的要把央子的口水給炒出來了，央子都在想飯店裡會不會有肉炒青椒了。央子就愛吃這麼一口，央子一回家，央子的母親就總是要給兒子炒這麼一道菜，青椒呢，最好是那種最辣的尖椒，央子就好像看見母親在那裡切青椒，給青椒辣得直打噴嚏。央子聽不見王志強在說什麼了，其實王志強也不說話了，連日的麥收和澡堂裡的舒服讓這些知青們都舒服得什麼也不再想什麼也不再說，這狀態和睡覺差不多。咚的一聲，是澡堂天花板上的一滴水掉下來了，這就顯得澡堂裡更靜了，過不一會兒，又咚的一聲，過不一會兒又咚的一聲。

人們誰也說不清是誰先從池子裡出來的，一個出來，別的人也跟著出來，到噴頭下淋浴了，淋浴的時候人人都往頭上和身上打了許多肥皂子，下邊呢，也打許多。池子裡的水渾濁了，渾濁得那麼厲害，可見這夥知青的身上是多麼髒。有不願再洗淋浴的就早早出去穿衣服，穿衣服的時候，這夥知青才覺得剛才不知是誰說的「先吃飯，後洗澡，洗完澡想睡到什麼時候就是什麼時候」，這話有道理。結果呢，現在大家都要去吃飯了，吃完飯就沒了地方待，就得往回趕，天又那麼熱。人們就都說沒安排好，不如先吃飯後洗澡。可以在澡堂裡多睡會兒。王志強卻說：「下次吧。」

先穿好衣服的已經出去了，站在澡堂門口等後出來的人，他們都餓了，洗澡讓他們饑餓的感覺來得更強烈。有的人就朝西門外的紅衛飯店那邊走了，反正都是說好了的，縣城不大，人們都認識那個飯店。人們就這樣三三兩兩地往西門外的飯店走，有人就想出主意來了，吃了飯不如就到公園去玩一玩，這個縣城雖然小，原來卻是有公園的。這主意也不知是誰出的，便馬上就被大家同意了。

王志強比別人早到飯店一步，他做什麼總是要比別人早一步，他站在開票那地方抬頭看塊寫著菜名、價格的小黑板，小黑板上的菜名寫了好長時間了，都有些模糊了。王志強一邊看菜牌，一邊在心裡把可以花多少錢算了算，他們一共是二十三個人，男女都加在一起了，每人出五元就是一百一十五元，這是可以好好吃一頓的，酒呢，是要喝一些的，他在心裡想如果女知青不喝酒是不是可以少收她們一元，女的出四元，男的出五元。他在心裡就這麼定了，這時人們也來得差不多了，頭髮都溼著，身上都散著好聞的肥皂味兒。飯店裡的服務員也已經把桌子擦乾淨了，一個醋壺並一個醬油壺也擺上來。筷子呢，一下子拿來了一大把，是紅漆筆竹筷，紅漆掉得差不多了，看上去就像是一頭黃一頭紅。男知青們先坐下來，走在最後邊的是女知青，頭髮鬆散著，有的就用手帕挽了挽，顯出一種讓小縣城的人看了心動的風格。她們之所以晚來，是她們都洗了些東西。

人們都餓了，菜也很快就端上來，人們想要哪裡坐就在哪裡坐了。高建新朝另外的桌子看。他想拉央子過來一起坐，那樣的話，他就可以和央子灌王志強的酒。可是，央子不在那邊。央子在哪裡呢？等不及的人已經開始吃了，因為女知青們先要了米飯來，她們也都餓了，她們吃得很斯文但很快，她們想快快吃完再到縣城的百貨商店轉轉，她們挾菜是一點一點地挾，挾一口菜吃一口米飯。男知青卻一上來就乾酒，菜是不怎麼動的，連乾三杯後，菜就更沒有人動了，便又開始打通關，通關呢，是先從王志強打起，他便站著，他打通關和別人不一樣，一下子先倒了一玻璃杯，一個一個碰完，然後一仰脖子就一下子乾掉，他這裡一乾掉，桌上便一陣喝彩，這就給下一個打通關的出了難題，下一個是誰呢？陳小平是坐在王志強下手的，自然就是他。他不敢一下子乾，便一個一個來，打一個喝一點，然後馬上再就一口菜，再打一個就再喝一點，再就一口菜，他也是一玻璃杯的酒，氣派卻小了許多。

「喝，好好兒喝。麥收完了還不好好兒喝？」王志強說。

央子呢？高建新又朝外邊看，他想看到央子從澡堂那邊的路上過來，他奇怪央子怎麼還沒洗完？央子在磨蹭什麼？是不是去了縣城裡的熟人家？劉小平這時又打過來了，高建新便站起來和劉小平喝了一下，喝了很大的一口，喝完，伸筷子挾了一筷子炒雞蛋送到嘴裡，然後坐下來，然後再朝窗外看去，這一下卻看到了那個臉上有白癜風的澡堂裡的服務員正朝這邊慌慌張張地跑過來。

漂起來了。

漂起來了。

漂起來了。

漂起來了。

那個臉上有白癜風的澡堂服務員一邊跑一邊喊，一邊喊一邊跑進了飯店。

什麼漂起來了呢？這夥知青都有些發愣，他們喝酒喝得正在興頭上，他們不明白什麼漂起來了？在哪裡漂起來了？只有高建新一下子明白了，他好像是明白是誰漂起來了，高建新一下子跳了起來，臉一下子變得煞白。「可能是央子！」高建新就大聲叫了，「你們咋不想想央子怎麼還沒來？」

這些知青，就都跑出了小飯店，把飯菜放在一邊，他們中的許多人這才知道原來央子還沒來，飯店離澡堂並不遠，很快人們就跑到了，還跟著縣城裡的人，這種事總是一傳十十傳百的，整個縣城很快就轟動了，還跟著狗，都興奮地叫著，人們很快都聚到澡堂門口了，這時知青們也不管是男是女了，都一窩蜂跑進了男浴室，男浴室裡的浴客慌得捂都捂不及。央子已經給撈了上來，放在一個座兒上，赤裸著他那漂亮的身體，頭髮還在往下滴水。他那地方呢，給人苫了一塊毛巾。央子的樣子像是睡著了，睡得很香的樣子。「是不是睡著了？」不知是誰小聲問了一句，卻沒人回答。

澡堂外邊的人越圍越多，踏起很高的塵土。

AQUARIUS

# 寶瓶文化叢書目錄

寶瓶文化事業有限公司
地址：台北市110信義區基隆路一段180號8樓
電話：(02) 27463955
傳真：(02)27495072 劃撥帳號：19446403
※如需掛號請另加郵資40元

Island
有詩、有小說、有散文

| 系列 書號 | 書名 | 作者 | 定價 |
|---|---|---|---|
| I001 | 寂寞之城 | 文/黎煥雄 圖/幾米 | NT$240 |
| I002 | 倪亞達1 | 文/袁哲生 圖/陳弘耀 | NT$199 |
| I003 | 日吉祥夜吉祥——幸福上上籤 | 黃玄 | NT$190 |
| I004 | 北緯23.5 度 | 林文義 | NT$230 |
| I005 | 你那邊幾點 | 蔡明亮 | NT$270 |
| I006 | 倪亞達臉紅了 | 文/袁哲生 圖/陳弘耀 | NT$199 |
| I007 | 迷藏 | 許榮哲 | NT$200 |
| I008 | 失去夜的那一夜 | 何致和 | NT$200 |
| I009 | 河流進你深層靜脈 | 陳育虹 | NT$270 |
| I010 | 倪亞達fun暑假 | 文/袁哲生 圖/陳弘耀 | NT$199 |
| I011 | 水兵之歌 | 潘弘輝 | NT$230 |
| I012 | 夏日在他方 | 陳瑤華 | NT$200 |
| I013 | 比愛情更假 | 李師江 | NT$220 |
| I014 | 賤人 | 尹麗川 | NT$220 |
| I015 | 3號小行星 | 火星爺爺 | NT$200 |
| I016 | 無血的大戮 | 唐捐 | NT$220 |
| I017 | 神秘列車 | 甘耀明 | NT$220 |
| I018 | 上邪! | 李崇建 | NT$200 |
| I019 | 浪——一個叛國者的人生傳奇 | 關愚謙 | NT$360 |
| I020 | 倪亞達黑白切 | 文/袁哲生 圖/陳弘耀 | NT$199 |
| I021 | 她們都挺棒的 | 李師江 | NT$240 |
| I022 | 夢@屠宰場 | 吳心怡 | NT$200 |
| I023 | 再舒服一些 | 尹麗川 | NT$200 |
| I024 | 北京夜未央 | 阿美 | NT$200 |
| I025 | 最短篇 | 主編/陳義芝 圖/阿推 | NT$220 |
| I026 | 捆綁上天堂 | 李修文 | NT$280 |
| I027 | 猴子 | 文/袁哲生 圖/蘇意傑 | NT$200 |
| I028 | 羅漢池 | 文/袁哲生 圖/陳弘耀 | NT$200 |
| I029 | 塞滿鑰匙的空房間 | Wolf(臥斧) | NT$200 |
| I030 | 肉 | 李師江 | NT$220 |
| I031 | 蒼蠅情書 | 文/陳瑤華 圖/陳弘耀 | NT$200 |
| I032 | 肉身蛾 | 高翊峰 | NT$200 |
| I033 | 寓言 | 許榮哲 | NT$220 |
| I034 | 虛構海洋 | 嚴立楷 | NT$170 |
| I035 | 愛情6p | 網路6p狼 | NT$230 |
| I036 | 十八條小巷的戰爭遊戲 | 廖偉棠 | NT$210 |
| I037 | 畜生級男人 | 李師江 | NT$220 |
| I038 | 以美人之名 | 廖之韻 | NT$200 |
| I039 | 虛杭坦介拿查影 | 夏沁罕 | NT$270 |
| I040 | 古嘉 | 古嘉 | NT$220 |
| I041 | 索隱 | 陳育虹 | NT$350 |
| I042 | 海豚紀念日 | 黃小貓 | NT$270 |
| I043 | 雨狗空間 | 臥斧 | NT$220 |
| I044 | 長得像夏卡爾的光 | 李進文 | NT$250 |

| 系列 | 書號 | 書名 | 作者 | 定價 |
|---|---|---|---|---|
| Island | I045 | 我城 | 蔡逸君 | NT$220 |
| | I046 | 靜止在——最初與最終 | 袁哲生 | NT$350 |
| | I047 | 13樓的窗口 | 古嘉 | NT$240 |
| | I048 | 傷疤引子 | 高翊峰 | NT$220 |
| | I049 | 佛洛伊德先生的帽子 | 娜塔・米諾著　胡引玉譯 | NT$180 |
| | I050 | 白色城市的憂鬱 | 何致和 | NT$330 |
| | I051 | 苦天使 | 廖偉棠 | NT$250 |
| | I052 | 我的異國靈魂指南 | 莫夏凱 | NT$250 |
| 有詩、有小說、有散文 | I053 | 台北客 | 李志薔 | NT$220 |
| | I054 | 水鬼學校和失去媽媽的水獺 | 甘耀明 | NT$250 |
| | I055 | 成為抒情的理由 | 石計生 | NT$230 |
| | I056 | 紅X | 李儍儍 | NT$280 |
| | I057 | 戰爭魔術師 | 大衛・費雪著　何致和譯 | NT$390 |
| | I058 | 好黑 | 謝曉虹 | NT$220 |
| | I059 | 封城之日 | 郭漢辰 | NT$230 |
| | I060 | 鴉片少年 | 陳南宗 | NT$230 |
| | I061 | 隔壁的房間 | 龔萬輝 | NT$210 |
| | I062 | 抓癢 | 陳希我 | NT$350 |
| | I063 | 一個人生活 | 董成瑜著　王孟婷繪 | NT$230 |
| | I064 | 跟我一起走 | 蔡逸君 | NT$240 |
| | I065 | 奔馳在美麗的光裡 | 高翊峰 | NT$250 |
| | I066 | 退稿信 | 安德烈・柏納編 陳榮彬譯寫 | NT$280 |
| | I067 | 巴別塔之犬 | 卡洛琳・帕克斯特 著 何致和譯 | NT$280 |
| | I068 | 被當作鬼的人 | 李儍儍 | NT$250 |
| | I069 | 告別的年代 | 張清志 | NT$230 |
| | I070 | 浴室 | 讓—菲利蒲・圖森著　孫良方・夏家珍譯 | NT$220 |
| | I071 | 先生 | 讓—菲利蒲・圖森著　孫良方・夏家珍譯 | NT$220 |
| | I072 | 照相機 | 讓—菲利蒲・圖森著　孫良方・夏家珍譯 | NT$220 |
| | I073 | 馬戲團離鎮 | Wolf(臥斧)　伊卡魯斯繪 | NT$230 |
| | I074 | 屠夫男孩 | 派屈克・馬克白　余國芳譯 | NT$290 |
| | I075 | 喊山 | 葛水平 | NT$240 |
| | I076 | 少年邁爾斯的海 | 吉姆・林奇著　殷麗君 譯 | NT$290 |
| | I077 | 魅 | 陳育虹 | NT$350 |
| | I078 | 人呢，聽說來了？ | 王祥夫 | NT$240 |

國家圖書館預行編目資料

人呢，聽說來了？／王祥夫著. -- 初版. --
臺北市：寶瓶文化, 2007［民96］
面；　公分. --（island；78）

ISBN 978-986-7282-84-2（平裝）

857.63　　96001925

island 078

# 人呢，聽說來了？

作者／王祥夫

發行人／張寶琴
社長兼總編輯／朱亞君
主編／張純玲
編輯／夏君佩
外文主編／簡伊玲
美術設計／林慧雯
校對／張純玲・陳佩伶・余素維
企劃主任／蘇靜玲
業務經理／盧金城
財務主任／趙玉雯　業務助理／彭博盈
出版者／寶瓶文化事業有限公司
地址／台北市110信義區基隆路一段180號8樓
電話／(02)27463955　傳真／(02)27495072
郵政劃撥／19446403　寶瓶文化事業有限公司
印刷廠／世和印製企業有限公司
總經銷／聯經出版事業公司
地址／台北縣汐止市大同路一段367號三樓　電話／(02)26422629
E-mail／aquarius@udngroup.com

法律顧問／理律法律事務所陳長文律師、蔣大中律師
如有破損或裝訂錯誤，請寄回本公司更換
著作完成日期／二〇〇五年
初版一刷日期／二〇〇七年三月
ISBN-13／978-986-7282-84-2
定價／二四〇元

# 愛書人卡

感謝您熱心的為我們填寫，
對您的意見，我們會認真的加以參考，
希望寶瓶文化推出的每一本書，都能得到您的肯定與永遠的支持。

系列：I078　**書名：人呢，聽說來了？**

1.姓名：＿＿＿＿＿＿　性別：□男　□女

2.生日：＿＿年＿＿月＿＿日

3.教育程度：□大學以上　□大學　□專科　□高中、高職　□高中職以下

4.職業：＿＿＿＿＿＿

5.聯絡地址：＿＿＿＿＿＿＿＿＿＿＿＿

聯絡電話：(日)＿＿＿＿＿＿(夜)＿＿＿＿＿＿

(手機)＿＿＿＿＿＿

6.E-mail信箱：＿＿＿＿＿＿＿＿＿＿

7.購買日期：＿＿年＿＿月＿＿日

8.您得知本書的管道：□報紙／雜誌　□電視／電台　□親友介紹　□逛書店　□網路
□傳單／海報　□廣告　□其他

9.您在哪裡買到本書：□書店，店名＿＿＿＿＿　□劃撥　□現場活動　□贈書
□網路購書，網站名稱：＿＿＿＿＿　□其他＿＿＿＿＿

10.對本書的建議：(請填代號　1.滿意　2.尚可　3.再改進，請提供意見)

內容：＿＿＿＿＿＿＿＿＿＿

封面：＿＿＿＿＿＿＿＿＿＿

編排：＿＿＿＿＿＿＿＿＿＿

其他：＿＿＿＿＿＿＿＿＿＿

綜合意見：＿＿＿＿＿＿＿＿＿＿＿＿＿＿＿＿

11.希望我們未來出版哪一類的書籍：＿＿＿＿＿＿＿＿＿＿

讓文字與書寫的聲音大鳴大放

寶瓶文化事業有限公司

(請沿此虛線剪下)

| 廣　告　回　函 |
| --- |
| 北區郵政管理局登記 |
| 證北台字 15345 號 |
| 免貼郵票 |

寶瓶文化事業有限公司　收

110 台北市信義區基隆路一段 180 號 8 樓

8F, 180 KEELUNG RD., SEC. 1,

TAIPEI, (110) TAIWAN R.O.C.

（請沿虛線對折後寄回，謝謝）